物理型白魔導師の軌跡

～ソロの支援職、自分にバフを盛って攻撃特化無双。後方支援？そんな事より暴力です！～

1

著者　桜ノ宮天音

イラストレーター　すきま

CONTENTS

プロローグ
!?
『欠陥白魔導師』

後衛職、支援職、サポート要員、回復要員、バフ要員。

そのように呼ばれる白魔導師が自身の役割を果たすには、誰かの存在が必要不可欠――そう思っていた。

一人だと何もできない。果たしてそうだろうか？

誰かがいないと本領を発揮できない。本当にそうだろうか？

仲間がいなければ支援の対象となる人がいない？

いや、まだ残っている。たった一人だけ、自分という対象が残っているではないか。

仲間はいない。だったら、それを受け入れよう。受け入れて抗《あらが》おう。

後衛職は守ってもらわなければいけない。支援が仕事のサポート要員。そんな常識すら覆そう。

「自分の道は自分で切り開く。誰かじゃない――他でもない私自身で」

強化魔法も回復魔法も全部自分に。

後衛職、支援職、そんな肩書などに縛られない――物理型白魔導師と呼ばれる少女の軌跡はここから始まった。

◇

「ルーミア。本日限りでお前はクビだ。パーティを抜けてもらう」

「え……？」

その無慈悲なる宣告は唐突なものだった。

ルーミアと呼ばれた小柄な少女は突然のことに驚きを隠せずに目を丸くしている。

冒険者活動を終え、宿に戻った後にパーティのリーダーであるアレンに呼び出され、なんの話だろうかと思っていたところに突き刺さった不意打ちの言葉。

その受け入れがたい言葉が頭の中で何度もグルグルと回る。

ルーミアは確かに聞いた。しかし、頭は理解することを拒んでいるのか、次の言葉は一向に出てこない。揺れる白い前髪の下には動揺の瞳が顔を覗《のぞ》かせているだけで、喉《のど》から絞り出されるのは声にならない空気だけだ。

そんなルーミアの様子を見て、アレンは腹立たしさを隠すことなくこれ見よがしに舌打ちをしてため息をついた。

「聞こえなかったようだからもう一度だけ言ってやる。お前はクビだ」

「……どうしてですか？」

二度目の宣告ではっきりしたが、やはり聞き違いなどではなかった。

パーティをクビ。ルーミアはそう告げられたのだ。

それは理解した。だが、言及されたことを理解するのと、受け入れるのでは話は別だ。ルーミアは震えたか細い声を絞り出してその理由を問う。

それに対してアレンはまたしても大きなため息と共に吐き捨てるように言った。

「はぁぁぁぁ……そんなのお前が欠陥白魔導師だからに決まっているだろう？」

「え……？　欠陥……？」

「何を驚いている？　まさか自覚していなかったのか？」

ルーミアの職業は白魔導師。離れたところから仲間に強化や回復などの支援魔法をかける後衛職。

要はバフ要員兼ヒーラーだ。

だが、ルーミアは普通の白魔導師と違って一つ弱点を抱えていた。

それは魔法の効果範囲の狭さだ。

魔法の効果が及ぶ範囲は人それぞれ。個人差はあるが広い人ならば目の届く範囲全域で魔法を使えたり、さらにはもっと遠くにまで魔法を届かせる驚異的な射程を誇る者もいる。

だが、ルーミアはその逆で魔法の効果範囲が極端に狭い。いや、狭いという言葉で言い表すのもおこがましい。

その狭さは驚愕《きょうがく》のもので、遠隔での魔法行使は不可能。

なんとルーミアは、魔法をかけたい対象に触れていなければいけなかったのだ。

「お前の支援魔法は触らなければ使えない。強化をかけなおすのにも回復《ヒール》をかけるのにもいちいち前に出てこなければいけないなんて隙《すき》でしかないだろう？　そんなお前を守るのに気を遣わなければならない俺達の負担を考えたことはあるか？」

声を荒らげてまくしたてるアレンにルーミアはビクッと身体を震わせる。

確かにその通りで、ルーミアは対象者に触らなければ支援魔法をかけられない。

その不利益は中々に大きく、無視できるものではなかった。

ルーミアが担っていたパーティの役割は主に二つ。

強化支援と回復支援の二つだ。

だが、回復はともかくとして、強化に求められるのは継続性だ。

戦闘中は常にバフが掛かった状態でありたいと思うのは当然のことだろう。

そのため、支援魔法が切れたら即座にかけなおしてもらいたい。

しかし、ルーミアの致命的な欠点は、求められる働きを可としない。

切れてしまったらそれっきりの支援など、いつ途切れるか分かったものじゃなく、かけられている側からすれば常にタイムリミットが設けられているようなもの。

明確な理由を並べられ、反論の余地もないルーミアは悔しそうに俯《うつむ》いた。

「皆さんもそう思っているんですか？」

「当然のことだろう？　これはパーティ全員の総意だ」

僅かな期待。

自身の力を少しでも認めてくれている仲間がいるのではないかという縋《すが》る思い。

そんな小さな願いも儚《はかな》く散った。

「後方からの支援をできない後方支援職のお前はもうパーティに必要ない。お荷物なんだ」

「そう、ですか。分かりました。私はパーティを抜けます。今までお世話になりました」

「いい判断だ。ごねてパーティを抜けるのを嫌がるようだったら実力行使に出なければいけないところだったが、賢い選択をしてくれて助かったよ」

酷い言われようにルーミアはパーティへの思いも一気に冷めてしまった。

これ以上話すこともないと踵《きびす》を返して部屋を出ようとしたところでアレンに呼び止められて嫌々ながら振り返る。

「なんですか……？　まだ何かあるんですか？」

「当たり前だろう。お前が今身に着けている装備、すべて置いていけ。それは冒険で手に入れたパーティの共有財産でお前には一時的に貸し与えていただけにすぎん。それはお前の後任の白魔導師に与えるものだ」

「……分かりました。全部置いていきます」

ルーミアは言われた通りに装備を外していく。

手袋、杖《つえ》、ローブ、腕輪。

どれも白魔導師としての力を増幅させる一級品の装備だ。

そんな貴重な装備を、パーティを抜けるルーミアが持っていける道理はない。

そう告げられた少女は言われるままに装備を元リーダーの前に並べていく。

それらをすべて返却し終えた時、ルーミアと彼らを繋《つな》ぐものは完全になくなった。

もう用はない、さっさと出ていけと身振りで示すアレンから目を逸《そ》らし、ルーミアは静かに去っていった。

道のでこぼこに沿ってガタゴトと不規則な揺れが起きる。その不安定な様子はルーミアの心境を表しているかのようだった。

パーティを追放されたルーミアには当然迷いや不安が付きまとっていた。これから先どうしていけばいいのか分からない。冷静な思考を失い、混乱した頭に過《よぎ》る不安に押し潰《つぶ》されそうで悲鳴を上げていた。

そんな心境の中でも即断できたことが一つあった。ルーミアはすぐに自身の荷物をまとめて街を出るために馬車に飛び乗った。

それは逃げでもあるが、自己防衛でもあった。ルーミアが即座に行動に移したのは元仲間達から逃げることだ。彼らが拠点としている場所に留《とど》まり続けるのは、もう顔も見たくないと思っている元リーダーと鉢合わせる可能性がある。散々貶《けな》されて追い出されたのだから、もう会いたくないと思うのは至って自然なことだろう。

幸いルーミアは金遣いが荒いということもなく、むしろ積極的に節約や貯金をしていたため所持金はそれなりにあった。

そのお金を切り崩して逃亡費用に充てる。彼らと顔を合わせる機会をなくすためにできるだけ遠くの場所へ。馬車を乗り継いだり、途中の街で宿泊したりするのには十分だった。

「どうしようかな。このまま一人でやっていくのかな。それとも……どこかのパーティに入れてもらう……？　でも……また追い出されるかもしれないしなぁ」

ルーミアは膝《ひざ》を抱え、ぼそりと呟《つぶや》いた。

白魔導師の仕事は味方の支援。つまりは、仲間がいなければ本領を発揮することができない。

ルーミアもそれは分かっている。白魔導師の自分だけでは大した活動はできない。だが、自身の抱える欠点が再び仲間を得ることを本能的に拒んだ。

また同じように追放されてしまうかもしれない。それならば、一人でいた方がマシ。白魔導師の在り方とは矛盾した思考がどうにも止められない。

「冒険者ランクはそのままだからある程度の依頼は受けられる。非戦闘系の依頼でしばらくはなんとかなりそうだけど……とりあえず新しい拠点を決めないといけないですね」

パーティを追放されはしたが、ルーミアが冒険者を辞めたり、資格を失ったりしたわけではない。

新天地での冒険者活動ができればなんとかなる。だが、目的地を決めることなく衝動のまま馬車に乗り込んだルーミアには新天地の目途は立っていない。

「まあ……なんとかなりますか」

迷いはまだ晴れない。それでも、やるべきことの方向性は定まり、ルーミアの表情も少しマシになったように思えた。


それから何度か街での宿泊を挟み、馬車を乗り継いでルーミアがやってきたのはかつて活動していた地からははるか遠くの西の街ユーティリス。目的や意図などがあったわけではない。ただひたすらに遠い地を求め移動を繰り返した結果がこれだった。

「まずは冒険者ギルドに行ってみましょうか」

休息があったとはいえ馬車での移動続きで疲れも溜《た》まっている。それでも第一にギルドへ向かおうとするのは冒険者としての再起を望んでいる心の表れでもあるだろう。

それだけでなく冒険者ギルドに足を運ぶのには他の目的もある。

何も依頼を仲介することだけが冒険者ギルドの役割ではない。人が多く集まる場所からはそれだけ多くの情報を引き出せる。冒険者達の世間話然り、ギルドで働く職員との会話然り、コミュニケーションを図るにはもってこいの場所だ。誰彼構わず話しかけてすぐに打ち解けられるような会話能力に自信のないルーミアでも、そこでなら誰かしらに声をかけられるだろう。ユーティリスに来たばかりのルーミアとしては、いい宿屋の情報や必要物資を調達する店などの情報はおさえておきたいところだ。

「あっ、あれですね。見知らぬ冒険者さん、道案内ありがとうございました」

冒険者ギルドの場所も当然知らないルーミアだったが、道中で冒険者らしき格好の男性二人組を見かけてから密《ひそ》かにあとをつけていた。彼らの会話内容から冒険者ギルドに向かっていることが読み取れたため、ルーミアはそれに便乗してギルドまで辿《たど》り着こうとしたのだ。

無事に冒険者ギルドに辿り着き、ルーミアは案内役に選んだ二人の背中に小さくお礼を呟いた。その背中がギルドの中に消えていくのを見送って、少し間を空けてからルーミアもその扉を開いた。

冒険者ギルドユーティリス支部。運営している場所によって細かな違いはあるが、基本的には似た構造をしている。そのためだろうか。足を踏み入れたルーミアが感じたのは既視感のようなものだった。

（へぇ……こっちはこんな感じなんだ。前にいたところと比べると少し……いや、かなり規模は小さいけど……なんか雰囲気いいかも）

冒険者サイドの賑《にぎ》やかな様子とそれに対応するギルド側の落ち着いた雰囲気。どこか肌に合う空気感にルーミアの緊張で強張《こわば》った身体から少し力が抜けた。

ルーミアは辺りを見渡しながらゆっくりと歩く。ユーティリスの冒険者ギルドに来るのは初めてだが、まるっきり冒険者として新人というわけではない。ある程度どこに何があるかなんとなく把握しているルーミアはとある板の前で立ち止まる。

「依頼掲示板はこれですか。ここはどんな依頼があるんでしょう？」

冒険者が受ける依頼が記された依頼書。それが貼り出される依頼掲示板。ルーミアはその掲示板に近付いてどのような依頼が掲示されているのかを確認した。

当然のことながら地域によって生き物の生態などが異なるため、どこでも見られる依頼もあれば、その地でしか見ることができない依頼もある。やったことのある依頼、聞いたこともない依頼、様々な依頼書に視線を巡らせる。

そんなウインドウショッピングのようなものに夢中になっていたからだろうか。ルーミアは背後に忍び寄る人物に気付いていなかった。

「何かお困りですか？」

「ぴゃあっ？」

突然後ろから声をかけられて驚いたルーミアはびくりと肩を震わせて変な声を上げた。

カタカタとぎこちない動きで振り返るとそこには綺麗《きれい》な少女が立っていた。

背はルーミアより高く、やや見上げるような形になる。彼女の仕草に合わせてウェーブのかかったプラチナブロンドの長い髪が揺れ、果実のような香りがふわりと広がりルーミアの鼻をくすぐった。見つめてくる瞳は燃え上がる炎のような赤で、吸い込まれそうな感覚に陥りルーミアはごくりと息を呑《の》む。

「えっ、あっ……その」

「すみません、突然話しかけて驚かせてしまいましたね。私はこのギルドで働いているリリスです」

「あっ、どうも。ルーミアです」

「ルーミアさんですね。先程から依頼掲示板の前で立ち止まってますが、依頼のことで何かお困りでしたら相談に乗りましょうか？」

声をかけてきたギルドの職員――リリスと名乗る少女はさわやかな笑顔でルーミアに接する。依頼掲示板の前で動かないルーミアの姿を見て困っているのかもしれないと助けの手を差し伸べに来たようだ。

きっとリリスにはルーミアが経験に乏しい新人冒険者のように見えていたのだろう。事実、ルーミアの見せていた挙動は、何から始めればいいのか分からず、行動に迷いのある新人冒険者と重なる部分があった。

「えっと、見てただけなので大丈夫です」

「そうですか？　ならいいですけど……困ったことがあったらいつでも相談してくださいね」

「あ、ありがとうございます」

リリスの申し出はありがたいが、依頼に関して困りごとはないためやんわりと断りを入れるルーミア。それでも笑顔を絶やさずに対応してくれる彼女はルーミアにとって好印象だった。

「はい！　ところでルーミアさんはここに来るのは初めてですか？」

「そうです。どうして分かったんですか？」

「見たことのない人がいるなと思いましたので。一応常連さんの顔は覚えているんですよ」

「なるほど……！　実は今日こっちに来たばかりで」

「あ、そうなんですね！　だったら街の大まかな地図とかあった方がいいですよね？　よかったらお持ちしましょうか？」

「いいんですか？　あ、あとおすすめの宿とかあったら教えてほしいです」

「分かりました。必要そうな資料をまとめてくるので少し待っててくださいね」

そう言い残してリリスはルーミアから離れていった。

（リリスさん、ですか。いきなり声をかけられたのは驚きましたが……優しくていい人ですね）

初対面にも拘《かか》わらずとてもよくしてくれる彼女にルーミアは心が温まるのを感じた。もちろんそれがギルドで定められているマニュアル対応であった可能性も考えられるが、たとえそうだとしても心

細く感じている時に寄り添ってもらえるというのは存外嬉《うれ》しいものである。

その後、地図を持って戻ってきたリリスに色々と尋ね、様々な情報を手に入れることができたルーミアはとても上機嫌だった。

第1章

『その白魔導師、ソロにつき』

翌日。

リリスに紹介してもらった宿で一晩を明かし、長旅の疲れを癒《いや》したルーミアは再び冒険者ギルドへと訪れていた。

貯金を逃亡費用に使ってユーティリスに行き着いたルーミアの懐もやや心もとなくなり始めている。今すぐに生活ができなくなるというほど余裕がないわけではないが、日々の食費や宿代など普通に一日を過ごすだけでも少なからずお金は必要だ。何もせずに過ごしているだけでは所持金はやがて底をつく。そのため、ルーミアも生活のためお金を得なければいけないのだが、やはり冒険者ならば依頼を受けるのが一番早い。だが――。

「うーん、私が受けられる依頼はやはりそれほど多くはなさそうですね……」

昨日と同様に依頼掲示板の前で依頼書とにらめっこする少女は残念そうに呟いた。

ルーミアは後衛職の白魔導師。仲間を支援するのが役割だが、肝心なその仲間がいない現状、ルーミア一人でもこなすことができる依頼を選択する必要がある。そうなると手に取ることができるのは非戦闘系の依頼になる。戦闘が絡まない依頼は比較的低ランクの依頼に分類され、華もなければ実りも少ない。それでも、ルーミアにとっては貴重な資金源だ。

「薬草採取ですか。この依頼も久しぶりですね」

「何が久しぶりなんですか?」

「ひょわっ?　リ、リリスさんっ?　脅かさないでください……」

ルーミアは一枚の依頼書を手に取ってその内容欄に目を落とす。依頼内容は簡単な薬草採取。新人御用達《ごようたし》の依頼で、かつてはルーミアもお世話になった依頼だ。そんな薬草採取の依頼に懐かしさを覚えていると、ふと背後から声をかけられた。ビクッと身体を跳ねさせたルーミア。その聞き覚えのある声の主は昨日知り合ったギルド受付嬢の少女リリスだった。

「脅かすつもりはなかったのですがすみません。ところで何やら唸《うな》ってましたがどうかしたんですか？」

「あ、いえ。別に……」

「依頼での困りごとも相談に乗りますよー。ルーミアさんのユーティリスでの初依頼ですからね」

「……何か変に期待してもらってるところ申し訳ないですが、この依頼で困るってことはあんまりないと思いますよ」

「え……？」

ユーティリスにやってきたばかりのルーミア。新天地での初依頼。そんな初めてを記念として華々しく飾ろうというリリスの粋な計らい。キラキラとした眼差《まなざ》しを向けられたルーミアは苦笑いを浮かべて目を逸らした。

その反応を不思議に思ったリリスの視線はルーミアの顔から彼女の持つ一枚の依頼書に向かう。そして、内容を見てその言葉の意味を理解した。

「薬草採取……ですか。確かにこれなら困りようがないですが……それならどうして難しい顔を？」

「これしかなかったので」

「はい？　他にも依頼はあるじゃないですか？」

「私ができそうなのがこれしかなかったので」

「ああ、なるほど。なるほど……？」

ルーミアが渋い表情を浮かべていた理由。言葉足らずで上手《うま》く伝わっていなかったそれに適切な主語を付け足して再度伝えるとリリスは納得したように頷《うなず》き、その後怪訝《けげん》そうに目を細めてルーミアを見やった。

「それっていったい……？」

「そのまんまの意味です。私は白魔導師なので」

「ルーミアさんが白魔導師……。えっと、失礼ですがお仲間さんなどは……？」

「いません。私一人です」

「支援職の白魔導師がソロ活動……？」

「……やっぱりそうなりますよね」

リリスは口を開けて固まった。赤い瞳が困惑で揺れているのが分かる。言葉にこそしていないがありえないと表情が告げている。

リリスの尤もな反応にルーミアは落ち込んだように目を伏せた。とはいえ、それが一般的な反応であることは予想できていた。ましてやリリスのようなギルド職員で冒険者と深く関わっている者ならばなおさら。支援職の白魔導師が一人で活動しようとしているのは普通ではない。

「もしパーティでお困りなら、パーティメンバー募集の貼り紙を出したり、後衛職を必要としているパーティをピックアップして斡旋《あっせん》したりできますよ」

「パーティ……」

「はい、どうでしょうか？」

リリスの提案はルーミアの目先の悩みを一掃できるものだった。

何かとルーミアを気にかけてくれるリリスから差し出された救いの手。その手を取れば白魔導師として再起できるかもしれない。だが——。

「……すみません、大丈夫です。あの……これ、受けます」

「……分かりました。では、手続きするのでこちらにどうぞ」

先程の提案のようにパーティの紹介や斡旋もギルドの仕事。だが、冒険者本人の意思が最も優先される。リリスがどれだけパーティ加入を勧めたところで、ルーミアが拒んでしまえばその話はそこで終わりだ。

やんわりとした断りだったが、その表情は浮かないものだった。ルーミアの白い前髪から覗く水色の瞳からは何かを恐れているのが読み取れる。

ルーミアが俯くまでの僅かな時間。そこでその表情を見逃さなかったリリスは、それ以上追及するのをやめ、依頼を発注するためにルーミアを受付カウンターへと案内する。

背中を向けたリリスを追うように足音を鳴らすルーミア。その足取りはどこか重たく儚げに見えた。

◇

それから数日。

ルーミアは薬草採取の依頼を毎日続けていた。

たとえ報酬量が少ない依頼でも今のルーミアにとっては貴重な収入源。また、採取系の依頼は討伐依頼に比べて失敗する可能性も少なく安全ということもあり、ルーミアの毎日の日課となっている。

「よいしょ、っと。ふぅ、結構集まりましたね」

ルーミアは持参した簡易的な籠《かご》に敷き詰められた薬草を見て一息ついた。

薬草採取は戦わずして行える活動。

今のルーミアにはぴったりだろう。

(ふふ、今日もいっぱいです)

そんな籠いっぱいの薬草を見て達成感を覚え、頬を緩ませたルーミアだったが、ふとした瞬間に難しい表情を浮かべる。

頭を過るのはつい先日の返答。リリスの提案を拒んでしまったこと。その時の感情が上手く言葉にできずもどかしい気持ちになる。

「結局私は……また繰り返すのが怖いんですね」

リリスの提案を受け入れていれば今頃新しい仲間と共に楽しく活動をしていたかもしれない。薬草採取の依頼など受けなくてももっといい稼ぎ方ができていたかもしれない。

そんな仮定の話ならばいくらでも考えつく。だが、肝心のルーミア自身がその仮定を現実に変えようとすることを恐れている。

リリスはルーミアに協力的でとてもよくしてくれている。今からでもパーティの斡旋などをお願いすれば喜んで引き受けてくれるだろう。

だが。それでも。それを頼もうとは思えない。ルーミアは根本的な部分で仲間を作ることを恐れてしまっているのだ。

(しばらくはこのままでも……いいですよね？　薬草採取でもちゃんとこなせば生活できますし……何より私でもできる簡単で安全な依頼なので)

白魔導師としての本領は発揮できなくてもこのやり方でお金は稼げる。勇気が出ないルーミアは現状維持に甘んじることを良しとした。時間が経《た》つことでしか解決できないこともある。そう自分に言い聞かせてルーミアは不安を振り払うように顔を勢いよく横に振った。

「よし！　もう少し頑張ろ！」

明るい表情を取り戻したルーミア。自分を奮い立たせるように元気よく立ち上がり薬草採取を再開した。

「しかし、ここは平和でいいですねぇ。自然豊かで気持ちがいいです」

ルーミアが薬草集めの場所に選んだユーティリスを出てすぐの森。

自然豊かでレアな植物が多く見られるだけでなく、快適な環境を住処《すみか》にする動物や魔物も生息する。

人の住んでいるユーティリスの町が近いため、動物達は比較的森の深いところに身を隠しているのだが、だからといって少し入った浅いところが完全に安全というわけではない。

「あれ……？　少し奥に入りすぎちゃったかな……？」

ルーミアは薬草を取ることに集中していたためか、いつもより深いところまで来てしまっていた。

行動範囲は入り口近辺に留めておこうと注意していたが、調子よく手に入れられる薬草につい楽しくなってしまったルーミアは無意識のうちにより多くの薬草が手に入る森の奥へと足を進めていたのだ。

「ちょっと奥に来ちゃったけど、まだそれほど深いところじゃない……よね？　危ないのに遭遇しないうちに急いで引き返さないと……！」

幸い早めに我に返り気付くことができたため、奥に入りすぎたわけではない。

魔物と戦闘になることは是が非でも避けたいルーミアは、そそくさと元来た道を引き返そうとした。

――その時だった。

「――嘘《うそ》っ？」

がさりと葉っぱが擦《こす》れ、バキッと何かをへし折る音が聞こえた。

視線を向けた先には大きな影が伸びている。

索敵手段に乏しいのに加え、周囲の警戒を怠っていたことも災いした。気付いた時にはもう遅く、ルーミアのすぐそこまで脅威は迫っていた。

「っ！」

ルーミアはすぐさま駆けだした。

目にしたのは大きな熊。

後方支援職の白魔導師が立ち向かっていい相手ではない。

しかし、肉食の動物にとって人間はエサ。

立ち向かってくるわけでもなく、背中を向けた者は特にそうだろう。

その巨体からは想像できないほどの勢いでルーミアを追いかける。

(まずい、逃げ切れない。このままじゃ追い付かれる……っ)

ルーミアは白い髪を揺らしながら木の間を縫うようにして素早く走るが、熊は木々をなぎ倒しながら距離を詰めてくる。

どんどん近付いてくる轟音《ごうおん》を振り払うように必死に足を動かすものの、とてもじゃないが逃げられるとは思えない。

(っ!　どうしようっ？)

今はまだかろうじて捕まっていないが、ルーミアの限界も近い。

普段から鍛えているわけでもない華奢《きゃしゃ》で細い身体は全力疾走を長いこと続けることはできない。

「はぁ……はぁ……」

息も上がってきてペースも落ちる。

完全に力尽きてなすすべなく食べられてしまうくらいならばと、ルーミアは覚悟を決める。

(一か八か最後の手段……試す時、かな？)

逃げるのをやめて立ち止まり、荒れた息を整えるために大きく深呼吸をする。

状況は最悪だが頭を落ち着かせ、今の自分にできることであがく。

「今の私にできることはこれしかない。やりたくはなかったけど……仕方ない。身体強化《ブースト》！」

これまで他人に使ってきた支援魔法を自分に行使する切り札。

可能性の一つとして考えていたことだが、まさかこんな切羽詰まった状況で切ることになるなんてルーミアも想像していなかった。

だが、逆に言ってしまえばこれしか方法はなかった。

普通に逃げているだけでは駄目《だめ》だ。どれだけ必死に足を動かしても危機を脱するビジョンは見えない。このまま命を散らしてしまうくらいならば、無謀を犯す価値はあるだろう。

初めての試みでどう転ぶか分からなくてもやらざるを得なかった正真正銘の切り札をここで使う。

ある意味での諸刃の剣だが、ルーミアはそれに縋るしかない。

こんなひ弱な自分を強化したところでどうにもならないのではないかという疑問もある。

体術や武術を少しでもかじっておけばマシだったのではないかというないものねだりもある。

不安は大きかった。それでも、残された手段はそれだけで——それこそが活路だった。

魔法の有効範囲の狭さは仲間を支援する白魔導師としては致命的。

しかし、そんなルーミアでも自身に施す支援魔法においては無条件で行使できる。

そして今、この危機的状況でその効果を初めてその身で体感した。

「……身体が、すごく軽い」

自身に支援魔法の身体強化《ブースト》を施した途端に身体の奥底から力が漲る。

その感覚が初めて味わうものなのも当然だろう。

何せこの力は今まで他人に対して使われてきた力なのだから。

確かに欠点はあった。

だが、その欠点込みでもルーミアの行使する支援魔法は格別なものであると彼女自身もまだ気付いていない。

それでも施された支援魔法は遺憾なく効果を発揮する。

ルーミアは自分の想像以上に自由に動かせる身体に少し戸惑いながら決断する。

「こいつはここで倒す」

選んだのは逃走ではなく対峙《たいじ》。

今逃げれば撒《ま》ける自信があった。

だが、この状況を打開する力が自分に宿っていることを証明できれば、再起を確かなものとするきっかけになる。

溢《あふ》れだす力と高揚感がルーミアから冷静さを奪い、危険な選択肢を取らせたがそれでもよかった。

「格闘の基本は分からないけど……とりあえず殴ったり蹴ったりすればいいのかな？」

ルーミアは見様見真似《みようみまね》、よく分からないところは想像で補完して構える。

そして——熊の懐に入り込むことを意識して一歩踏み出した。

「えっ？　ちょっ？　うわあ！」

ドンと地面を鳴らした音と共に想像を超えた勢いで身体が前方へ動き出したルーミアは驚きの声を上げた。

しかし、止まろうにも止まれない。

強化された身体能力から繰り出されたその一歩は、運動音痴とまではいかないが身体を動かすことはあまり得意ではないルーミアにとってはとてもではないが制御できるものではなかった。

制御不能。修正不可。

前のめりにずっこけるように突っ込むルーミアは意図せずとも大きな熊に体当たりを行い、彼女自身も尻もちをついた。

「いった……くはないけど、びっくりしたなー」

ルーミアはぶつけた頭を軽くさすりながら座り込んだ身体を起こす。

不測の事態にいつまでも驚いている暇はない。戦闘中に隙を晒し続けるのは論外。ルーミアは混乱しながらも状況把握に努める。

「あっ！　そういえば熊は……えっ？」

一瞬忘れていたが、すぐに我に返ったルーミアは辺りを見渡して息を呑んだ。

視線先にはなぎ倒された木々の無残な姿。

そしてその少し先にはピクリとも動かない熊が横たわっていた。

「あれ、倒しちゃった？」

力加減のおぼつかない足を生まれたての子鹿のようにプルプル震わせながらルーミアは倒れ伏した熊のもとへと様子を見に行った。

一応警戒は解かずに近付いたが、相変わらず動く気配を見せない熊にルーミアは小さく呟く。近くに落ちていた木の枝を拾い上げてつんつんと触れてみても何も起こらない。

「ええ？　どうしよう？　なんか思ってたのと違うなぁ……」

倒したことは喜ばしい。それは間違いないだろう。

だが、実感が湧《わ》かないというのがルーミアの本音だ。

初めての力で暴走突進をかまして知らぬ間に倒していたと言われても手放しでは喜べない。

ましてや最後の手段と称して、覚悟を決めて取った行動の結果がこれだ。

もう少し劇的で記憶に鮮烈に刻み込まれる覚醒の瞬間――所謂《いわゆる》己の原点となる予感を覚えていたルーミアは思わぬ結末に拍子抜けしてしまっていた。

それでも目の前の結果は変わらない。

自身の意思に反した行動が引き起こしたとはいえ討伐完了の事実は目の前にある。さらにはルーミアの取った手段である自身を強化して戦うという戦法がある程度は通用する証拠でもある。

「とりあえず帰って報告しよ。ちょっとは買い取り高くつくといいな」

野生の動物でも肉が食用に使われたり、革が装備品や装飾品に使われたりと何かしら値段が付く可能性がある。

ルーミアは熊の足を掴《つか》みその巨体を引きずって、ゆっくりと慎重に森の出口へと歩き出した。

◇

討伐という行為が生活に絡む冒険者。

誰かが何か戦利品を持って街に戻ってくることは珍しくない。

だが、白髪で小柄な少女――ルーミアの様子は一際異彩を放っていた。

自身の身長の何倍もある大きな熊を片手で掴んで引きずっている少女が目立たないはずがない。

ルーミアは人々から視線を浴びせられ少し恥ずかしそうに進む。白い髪、色白な肌など白が目立つ少女だが、耳までほんのり赤く染める様子はとてもいじらしく、余計に人目を引く要因にもなっている。

そんな好奇の瞳をなんとか潜《くぐ》り抜け、冒険者ギルドに戻ってきたルーミアだったが、当然ながらそこでもさらに驚かれることになる。

「えっ？　この熊を討伐してきた？　ルーミアさんが受けた依頼は薬草の採取じゃなかったんですか？」

冒険者ギルドで受付嬢をしている少女――リリスは帰還したルーミアとその手に引きずられた熊を交互に見て目をぱちくりさせた。

依頼を受けたルーミアを送り出したのもリリス。だからこそこの反応も仕方ないものと言える。

ルーミアの職業、そして手に取っていった依頼を知る者からすれば驚いて当然のことだ。

「薬草採取に夢中で森の奥まで入ってしまって……」

「なるほど、それは災難でしたね。ご無事で何よりです……」

「ほんとですよー。次からは気を付けます」

目当ての物を探していてもそうじゃない物しか見つからない時は往々にしてある。

それと同様に、本来ならエンカウントを避けたい存在が運悪く居合わせてしまうこともよくあることだ。

今回に限って言えばルーミアの不注意によるものが大きいだろうが、誰にでも起こり得る不運だ。

そんな不運を乗り切ったルーミアに怪訝そうな表情を向けたままリリスは労りの言葉をかける。

「こっちが依頼の薬草です」

「はい、確かに受け取りました」

「それで……これはどうなりますか？」

「そちらは依頼を受けていたわけではありませんし、該当する討伐依頼も現在は出ていませんので報酬は出ませんが、通常の買い取りは可能になってますよ。こちらで買い取ってしまってもよろしいですか？」

「お願いします」

「では、しばらくお待ちください」

「はーい。やった、ボーナス、ボーナス～」

依頼として討伐したわけではないため報酬を弾んでもらえるということはないが、買取の金額がその分上乗せされるだけでルーミアは儲《もう》けものだと思っていた。

肉は食用、革や爪なんかは武器や防具の素材としても使えるため意外と買取金額は高い。

それに加えて薬草採取の依頼を達成したことによる報酬も合わせて受け取ったルーミアはほくほく顔で取っている宿へと帰っていった。

◇

不運な事故であったが機転を利かせてなんとか凌《しの》ぎ切り、己の新しいスタイルのきっかけを掴んだルーミア。

自分で自分を強化して己の力で肉弾戦を取る、白魔導師らしからぬ戦闘法。

それは一度冷静になって考え直した後でも、有用なのではないかとルーミアは感じていた。

だが、その戦闘スタイルを身に付けるためには強化倍率の感覚と身体を動かすイメージを掴まなければならない。

ルーミアが初めに着手したのは強化の段階分け。

無我夢中というわけではないが、生存本能故か強力な支援魔法がかかってしまったルーミアはその制御に手間取り、身体を思うように動かすことができなかった。

しかし、ルーミアもこれまで白魔導師としてやってきた経験がある。

支援魔法発動にかけた魔力消費量や強化の程度の感覚はなんとなくではあるがすぐに掴むことができた。

「身体強化《ブースト》・三重《トリプル》」

その感覚に従って身体強化《ブースト》の強化倍率を小分けにした結果が、支援強化魔法の重ね掛けだ。

平常時の強化を一として状況に合わせて強化段階を引き上げていく設定にしたことで、うまく制御できている。

「うん。今は三重《トリプル》までが精一杯……ですか。これ以上は徐々に慣らしていかないと……暴発しちゃいそうです」

ルーミアは強化した身体をぎこちなく動かしながら呟いた。

肩を回したり腕を振ったりして確かめているが、これ以上強化段階を引き上げるのは危険と感じて浮かない顔だ。

しかし、無理は禁物であるのは身をもって理解している。

自分の身体で制御できない強化を施し、果敢に動き回る勇気はルーミアにはまだない。

（一歩踏み込んだつもりが次の瞬間自分の身体が前方に射出されていました、なんてことになったら困りますからね……）

意図せず熊を討伐した時のように、予想していない挙動が起こるのが容易に想像できる。強化された身体を自由自在に扱えるようになるまでは色々と試行錯誤が必要だとルーミア自身が強く自覚している。

後衛職の白魔導師ということもあり、日頃から身体を動かすことに慣れていなかったルーミア。そんな彼女にとって身体を動かす感覚が変わるというのは大きな変化で、すぐに適応できるものではない。

故に、時間をかけて身体を強化状態に慣れさせないといけないというわけだ。

「そのためにやってるこれもちょっとは馴染《なじ》んできたかな？」

ルーミアは自身の小さな手を握ったり開いたりを繰り返す。

その感覚は普段の彼女のものとは異なり、やや力強さが窺《うかが》える。

それもそのはず。今のルーミアは身体強化《ブースト》を常時使用して、身体を常に強化状態に保ち続けていた。

段階的には一段階目の強化なため、劇的な強化を施しているわけではないが、それでもひ弱な少女が一般男性並みの力を得るのと変わらない。

身体能力の向上は戦闘のみならず日常でもかなり役に立つようで、ルーミアはこの試みを実施して以来一度も強化を解除していない。

それでも魔力が尽きることがないのは、彼女の恵まれた資質故だろう。

常に魔法を行使している状態ということは、当然己の魔力を垂れ流し続けているのと同義。

魔力を他のもので補うということもしていないルーミアは、自身の魔力だけでも常時身体強化《ブースト》を可能にする魔力を保有していた。

恵まれた魔力を惜しみなく使い繰り出される魔法は、その効果も跳ね上がるのだがルーミアはそんなこと気にも留めていない。

「もう少し馴染んできたら今度は討伐依頼を受けて実戦で試してみたいですね」

今はまだ身体を慣れさせることを優先して軽い運動のようなもので留めて調整に努めているが、ある程度馴染んできたら実践に移してみたいと考える。

覚えたての芸を披露したい逸《はや》る気持ちを抑えて、ルーミアは引き続き身体の調子を確かめるのだった。

第2章!?
『暴力少女』

強化倍率の制御も板につき、スムーズに身体を動かすことができるようになったルーミアは実践に移す前にあることを考えていた。

「私もある程度装備を整えたいですね。以前の装備は返してしまいましたし……まあ、あったとしてももう着ませんが」

ルーミアが以前まで着用していた、白魔導師の力を増幅させる、いかにも聖職者ですと言わんばかりの装備はもう彼女の手元にはない。

あったとしてももうそれらを身に着けることはないと確信しているルーミアだったが、重要なのはそこではなく、現状ほぼ私服姿で活動しているという点だ。

非戦闘系の依頼をこなす分には気にならなかったが、これからは討伐系の依頼も受けることになる。

新しい戦闘スタイルには新しい装備が必要なのは明白。

乙女の柔肌をそのまま攻撃に晒すのにはどうしても抵抗があるというのは建前で、単純にルーミアは形から入りたいタイプだった。

そのための装備品調達。

ルーミアは己を強化して肉弾戦を仕掛ける方向で己のスタイルを固めた。

彼女が自身に必要と考えたのは剣や槍《やり》などの手に持って使う武器の類《たぐい》ではなく、己の拳を守りつつ攻撃力も底上げできるガントレットだ。

しかし、いかんせんマイナーな装備品だ。

手を守るための籠手《こて》とは違うため、一般の武器屋で販売しているかも分からない。仮に店売りされていたとしても、それがルーミアの望む性能を保有しているかという問題もある。

「せっかくだしオーダーメイドしてもらいたいなぁ」

ルーミアの思い描く最良。それを実現するためにはオーダーメイドで作成してもらうのが良いと考えている。

だが、ルーミアはパーティを追放されてこのユーティリスにやってきたばかり。知っている店も少なく顔なじみの職人もいない。

「リリスさんに聞いてみましょうか」

こういう困った時に助けてくれるのも冒険者ギルドという組織だ。

ルーミアはリリスに誰かいい店や人を知っていないか尋ねに行くのだった。

◇

「……というわけで私専用のガントレットを作れる人を探しています。あとブーツも……。心当たりはありますか？」

「はあ、また奇妙なことを……。ルーミアさん、本当に白魔導師なんですか？」

「白魔導師ですよ。それに白魔導師としての力を活かすために必要なんです」

「言ってもらえれば白魔導師を募集しているパーティを紹介することもできますが……うわ、すごい嫌そうな顔。その様子だと余計なお世話のようですね」

ルーミアはリリスに装備について相談をするが、その相談内容が白魔導師らしからぬもので、彼女も苦笑いを浮かべている。

一度は断られてしまっているがギルドの仕事としてパーティ募集や斡旋などもあるため、さりげなくルーミアに勧めてみるリリスだったが、ルーミアの嫌そうな顔を見てその提案を取り下げる。白魔導師は仲間と組むのが当然という常識を押し付けずに、ルーミアの意思を尊重しているのもリリスの思いやりであり、ギルド受付嬢としての在り方なのだろう。

「今まで白魔導師の方は何度も見てきましたが、パーティを組みたがらない白魔導師はルーミアさんが初めてです」

「そうですか。リリスさんの初めてになれて嬉しいです」

「そんな嬉しそうに頬を染められても……一応言っておきますが褒めてないですからね。っと、相談内容に関してですがどちらも心当たりはあります」

「本当ですか？　どこですか？　誰ですか？」

「ガントレットは町のはずれにある小さな鍛冶《かじ》屋さんで作ってもらえるはずです。ブーツはこのギルドからそれほど遠くない靴屋さんで作成自体は可能でしょうね。ただ、どちらもオーダーメイドとなると通常販売とは異なりますので、時間がかかったり、材料費がかかったりするかもしれませんので、そこらへんは先方とルーミアさんが相談してください」

そう言ってリリスは手元にある手頃な紙に町の大雑把な地図を書き上げてルーミアに手渡す。

「こちらを見れば行けるはずです。もし辿り着けなかった場合はもう一度聞きに来てください」

「ありがとうございます！　完成したらリリスさんに見せに来ますね！　では、さっそく行ってきます！」

「楽しみにしてますね」

ルーミアはお礼を言ってギルドを飛び出した。

リリスのメモを片手に、強化が施された身体を存分に駆使して、ものすごい速さで駆ける。その甲斐《かい》もあり、目的地に辿り着くのにそれほど時間はかからなかった。

「ここが靴屋さんか。お邪魔しまーす」

「あ、いらっしゃいませー！」

ルーミアがメモを何度も確認して間違いないと店に入ると、ルーミアとそれほど変わらない歳と思われる少女が元気な声で出迎えてくれた。初めての店、初めての出会いということで少しばかり緊張していたルーミアだったが、その元気溌剌といった様子の少女に肩の力が抜けたようで心なしか頬も緩んでいる。

「今日はどんな御用でしょうか？」

「えっと、作ってもらいたい靴があってきました」

「オーダーメイドですね。どのような靴になるのか詳しく聞かせてください」

はきはきとした口調でルーミアに要件を尋ねる少女。

それに対してルーミアは自身が着想したブーツの要望を答えていく。

第一に頑丈。

ルーミアの強化された脚力についてこられる耐久性。

踏み込みの際にかかる力などもこれまでの比ではないため、なるべく耐久性能の高いブーツを所望している。

そして第二に重量と殺傷力。

まずブーツに求められる性能ではないがルーミアはこれらの性能を望む。

蹴りの威力を高めるために重さはどうしても必要だ。

強化された身体能力だけでも十分な火力は出せるのかもしれないが、そこに重さが加わればさらに強くなる。

そして三つ目に魔法との親和性。

ルーミアの目指すスタイルとは正反対だが、彼女の本職は白魔導師。魔法を主体とするルーミアは今ある魔法を思い浮かべていた。

(付与《エンチャント》を自分の装備する武器に……。そのためには魔法との相性はとても大事です)

支援魔法を得意とするルーミアにとって、これまであまり出番が回ってくることのなかった魔法。

それは武器や装備品などに属性を与え纏《まと》わせることができる魔法だ。

本来なら武器や防具に魔力を込めるだけで発動できるように付与《エンチャント》の術式を組み込むのがセオリーだが、自前で発動できるルーミアは魔法との親和性を重要視している。

こうして、要望を伝え終わった時、意気揚々と理想を語るルーミアとは裏腹に、目の前の少女はやや困惑気味に目を丸くしている。

「どうですか？　作成は可能なのでしょうか？」

「えっと、まずお聞きしたいのですが……重くというのはどのくらいですかね？　それによって頑丈の度合いも変わってくるので……」

「そうですね。あなたが履いた時に重たくて一歩も動けないくらいでしょうか？」

「そんなにですか!?」

己に施した通常強化の強化率から考えて、同じくらいの背丈、筋力と思われる目の前の少女が持ち上げられないくらいの重量がちょうどいいと勘で答えたルーミア。

靴というのは履いて歩くためにあるもので、その重量で歩けなくするためのものではない。

「あなたそれで歩けるんですか？」

「問題ありません。パワーには自信があります」

「……そうですか。ではこの魔法との親和性というのは……？　何か発動させたい術式があるのなら組み込むことができますが……」

「あ、それは大丈夫です。私白魔導師なので、必要に応じて自分で支援します」

「は？　白魔導師？　あなたが？」

「はい、紛《まぎ》れもなく」

「はあ、なんだか頭が痛くなってきました……」

「それなら回復魔法をかけましょうか？」

「そういう話じゃありません」

このオーダーメイドの内容だけ見ればどう考えても白魔導師とは結び付かない。

ただでさえめちゃくちゃなオーダーで戸惑っているのに、さらなる追撃で混乱に拍車をかけられ少女は頭を抱えた。

「おー、どうした？　お客さんか？」

「お父さん！　ちょっとこれを確認して」

そこに少女の父が姿を現したことで、話はさらに進む。

少女が今しがたルーミアから伝えられた要望を聞くうちに、表情の雲行きが怪しくなる。すべてを聞き終えた時には少女と同じく困惑の色が見て取れた。

「ほお、こりゃまた面妖な……お前さん。自分が歩けなくなるような重量のブーツなんて履いてどうするんだ？」

「その上で動くんです。私にはそれが……できます」

「そうか……なるほど。それができるのなら面白い……か」

店の奥から現れた男は、ルーミアの要望を確認すると、その尖《とが》った性能をしたブーツについて興味を持ち、その持ち主になるだろう彼女にその要望の真意を尋ねた。

他人から見ればただの悪ふざけ。

実用性の欠片《かけら》もないただのオブジェクトをオーダーメイドだなんて、実は買う気がない冷やかしのようにも見えるだろう。

しかし、彼が見据えたルーミアの表情は至って真面目だ。

冷やかしなどではない、曇りなき瞳がそこにはあった。

ルーミアも、傍《はた》から見れば実用性皆無のブーツを心から欲している。これこそが、この装備こそが、また一つ上のステップへ進むための鍵になると本気で思っている。

「あんた、名前は？」

「ルーミアです」

「そうか、ルーミアちゃん。あんたの依頼、しかと承ったよ。必ずあんたの満足いくブーツを作り上げてみせよう」

その真剣さが伝わったのだろう。

男はそのブーツの作成を引き受けた。

「しかし、中々面白いブーツだな。履きこなせればとても強力だが……本当に大丈夫か？　嬢ちゃんが耐えられる重量とやらも要調整で難しいな」

ルーミアが常時身体強化《ブースト》を纏って強化状態を維持しているのは他人には知りえない情報だ。

条件として出した、少女が履いた時に重くて歩けないというのは、ルーミアが履いた時も当然動けないのと同義だと思ってしまうだろう。

「しかし、魔法との親和性か。特定の魔法の術式を埋め込むのではなく、あらゆる支援に対応させたいとなると、必要になる材料も多くなりそうだな……」

「必要な物があるならば私が取ってきましょう。かなり無茶を言っている自覚はあるので、手伝えることは手伝わせてください」

「そうか。そうしてくれるととても助かる。ちょっと待て……よし、とりあえずこのくらいか」

そう言って男はルーミアに一枚のメモを渡す。そこにはルーミアの要望通りにブーツを作成するために必要な素材などが記されていた。

「なるほど……結構多いですが、分かりました。持ってくるのは早い方がいいですか？」

「ブーツの完成が早い方がいいならそうだな。嬢ちゃんには重量テストなども挟んでもらって調整しながら仕上げたいから、こっちとしてもそうしてもらえると助かる」

「了解です。可能な限り早めに用意してみせましょう」

己が追い求める装備のためならば尽力は厭《いと》わない。

要求される素材がどれだけ多かろうと、全力でかき集めてみせるという気概がルーミアにはある。

「とりあえずこっちもできる作業は進めていくから、二、三日経ったらまた顔を出してくれ。その時に足のサイズを測ったり、重量テストをやったりする。ルーミアちゃんは空いた時に材料集めをよろしく頼む」

「はい、よろしくお願いします！」

ひとまずブーツ作成にこぎつけることができてルーミアはほっと胸を撫《な》で下ろした。

しかし、理想の装備を手に入れるためにやらなければいけないことも増えてしまった。

のんびりしている暇はないと、ルーミアはまた走り出すのだった。

◇

それから数日。

思い描く装備品を得るために奔走したルーミア。

オーダーメイドに必要な素材を集めたり、納得できる装備ができるように機能の調整などで何度も店を訪れたりと大忙しだった。

だが、その甲斐もあってルーミアの装備は完成した。その装備をリリスに見せると決めていたルーミアはお披露目のために冒険者ギルドへと足を運んだ。

「リリスさん！　来ましたよ！」

「ルーミアさん……しばらくぶりですね。前まで毎日来てたので来なくなって少し心配してましたが元気そうで何よりです」

常日頃から冒険者と接する仕事のギルド受付。長くやっていれば常連の顔は頭に入っているため、姿を見せなくなった者がいるとすぐに分かる。特に毎日訪れる常連の者がぱったり姿を見せなくなると自ずと気にしてしまう。ルーミアが何をしているのか知っていたリリスだったが、それでも何日も顔を見ていないのが気がかりだったのか、数日振りに少女の無邪気な笑顔を拝みほっと胸を撫で下ろした。

「その様子だと納得のいく装備が手に入ったようですね」

「おかげさまでいい装備ができました。本当にありがとうございます！」

「私は店の場所を教えただけですが……お力になれたなら何よりです」

ルーミアからの相談を受けたとはいえ、直接的な協力はできていない。それでも、お礼を言われるのは嬉しいことで、リリスは照れくさそうにはにかんだ。

「今日は依頼の前にリリスさんに新装備のお披露目です。約束しましたからね！」

「ああ、そうでしたね。どんな装備なのか確かに気になります」

「今着けるのでちょっと待ってください」

そう言ってリリスの前でごそごそと装備の装着を始めたルーミア。その様子を見ていたリリスは初めのうちはにこにことしていたが、装着が進み姿を変えるルーミアを見て次第にその表情を変化させた。最終的に笑顔は鳴りを潜め、ジトリと目を細めている。

「……えー、ルーミアさん、随分白魔導師らしからぬ格好をするようになりましたね……」

「どうですか？　似合ってますか？」

「そうですねー。白魔導師としては絶望的に似合ってませんね」

「えー、かわいいと思いますけど？」

「そのゴリゴリの装備のどこにかわいさを見出《みいだ》したのかお聞きしたいです」

「聞きますか？」

「……いえ、結構です」

リリスは、ルーミアのフル装備姿を見て——端的に言ってしまえば引いた。

この少女はいったい何を目指しているのだろうかという口まで出かかった疑問をなんとか堪えて、幾分かマイルドな表現で伝えてみるも、ルーミアには何も届かなかった。

どや

そのような装備が欲しいということは事前に知っていた。その装備を手に入れるための相談にも乗った。だからこそ、ルーミアがどのような装備を携えることになってもそれほど驚かずに受け入れられると思っていた。

だが、よく、よくよく考えるとおかしい。よく考えなくてもおかしいだろう。これは本当に白魔導師なのかと目を疑ってしまう、ごつごつと厳《いか》つくその身を黒に染め上げた少女が目の前に立っている。

ギルド職員として働くリリスはこれまでにも様々な冒険者を見てきた。その記憶を総動員させてもルーミアのような姿をした白魔導師は残念ながら存在しない。

それほどまでにルーミアの格好は一般的な白魔導師とはかけ離れていた。

「……ちなみにその装備はどういった物なんですか？」

ひとまず白魔導師に見えない云々《うんぬん》は置いておいて、リリスはルーミアが満足そうに見せつけてくる装備について尋ねた。ルーミアが身に着けたガントレットやブーツはどちらもオーダーメイドで作成したものだ。何かしらのオプションが盛り込まれているに違いない。装備も含めて冒険者の実力ということもあり、リリスも多少興味がある素振りを見せている。

「ガントレットは硬くて丈夫にしてもらって、あとは魔法親和性を高くしてもらいました」

「魔法親和性ですか？　何か魔法と組み合わせて使うってことですか？」

「はい。主に使うのは付与《エンチャント》になりますが、他にも私の使う支援魔法の効果を発揮させやすいように作ってもらいました」

「なるほど。武器などに属性を与える支援魔法ですか。自前で発動できるルーミアさんならではですね」

「武器に刻み込める属性にも限りがありますからね。それだったらいっそ魔法との相性だけ高めてもらって、必要に応じて自分で付与《エンチャント》しちゃおうってことです」

一般的には武器に魔法発動のトリガーとなる術式を刻み込み、使用者の魔力で発動させるといった使い方をする。よくある例として魔法属性を付与《エンチャント》するものが挙げられるが、ルーミアは自身の支援魔法で臨機応変に属性を変化させられる。そのためにあえて余計な機能は盛り込まず、丈夫さと魔法との相性を追求したオーダーメイド品を作ってもらっていた。

「そちらのブーツも似たような感じですか」

「そうです。こっちも頑丈さと魔法親和性、あとは重さですね。とっても重たくしてあるのでリリスさんでは持ち上げられないと思います」

「え……それはもはや靴として機能していないのでは？」

「ちょっと触ってみますか？」

「じゃあ、せっかくなので失礼します」

ルーミアは片方のブーツを脱いで片足で立つ。両手を使ってバランスを取る姿はカカシのように揺れている。頼んでもいないがそこまでしてくれるのならとリリスはしゃがみ込んで黒く存在感を放っているブーツに手を伸ばした。

「んっ、すごく硬いですね。特に硬いのは靴底と……爪先と踵の部分ですか。これで蹴られたら痛いじゃ済まなそうですね」

「えへー、とってもいい作りです」

満遍なく触って質感をその手で感じ取ったリリスは感心したように声を漏らした。少し強めに叩いてみると、鋼鉄をノックしているかのような響きが手に跳ね返る。その硬質さが攻撃に転用されるとなると生まれる破壊力は凄まじいものになるだろう。リリスは冷静に分析をして、満足そうに頷いているルーミアの足元にブーツを返そうとして気付いた。

「重っ……なんですかこれ？　本当にびくともしないんですが」

ほんの少し、ルーミアの足元にその靴を移動させようとしただけ。だが、そのブーツが持ち上がることはおろか引きずられることもなかった。

「どうですか？　いい重さだと思いませんか？」

「いや……これ履いて動けるのおかしいですって。どういう仕組みですか？」

「一応力技で履くこともできますが重量軽減《デクリーズ・ウエイト》という軽量化の魔法がメインですね。靴自体の重さをなんとかしないと木造の建物とかに入った時にうっかり床を踏み抜く恐れがあるので……。これを作ってもらった靴屋さんの床も軋《きし》んでました……」

「ここの床は頑丈でよかったです……いや、本当に」

ルーミア自慢のオーダーメイド品である重量ブーツ。それを着用するにあたってルーミアが用意した手段は二つある。一つは身体強化《ブースト》の魔法で引き上げられたパワーを用いて足を動かす方法。もう一つは軽量化の魔法を重量ブーツにかけ、重さを軽減する方法。どちらも歩行に問題はなく普段使いと戦闘時で用法を切り替えて使用することになる。

「よいしょ。性能面でも気に入ってますが、この黒色の光沢感……かわいいです」

「そうですか？　どっちかというとカッコいい部類だと思いますが……まあ、ルーミアさんがそう感じるならそれでいいです。なので見た目の話はこれくらいにしておきましょうか。それより今日は依頼を受けるんですよね？　どんな依頼をお求めですか？」

「そうですねー。一応どちらも試運転はしましたが魔物相手にはまだですので……なるべく耐久が高そうな魔物の討伐依頼がいいですね」

新たなスタイルにも慣れ、装備も整った。満を持して討伐依頼に手を出す時がやってきた。ルーミアは自信を持って高らかに告げる。

「……一応確認ですが、それは魔法耐性が高い、ということでしょうか？」

「ん？　何を言ってるんですか？　物理耐性に決まってるじゃないですか。疲れてるんだったら気休めに回復《ヒール》でもかけてあげましょうか？」

リリスはぴくぴくと頬をひくつかせた。目の前できょとんと首を傾《かし》げている少女は本当に白魔導師なのだろうかという疑念が再燃する。だがリリスは喉まで出かかった言葉を飲み込んだ。

(落ち着くんです。ルーミアさんは変人、変人です。白魔導師のくせにパーティを組みたがらないし、何かおかしな方向に向かってますがただそれだけです)

ルーミアという少女と上手く付き合っていくには、彼女の非常識な部分を受け入れ、適度に諦《あきら》めることが大切というのを心に刻み、リリスは大きく深呼吸をした。

「……ふぅ、分かりました。では、こちらのトレント討伐なんていかがでしょうか？　本来ならソロの白魔導師の方に勧める依頼ではありませんが……。そもそもソロの白魔導師っていうのがおかしいんですけどね？」

「ん？　何か言いました？」

「いえ、トレントは木に擬態して獲物を待つ魔物です。一応植物系の魔物ということで火に弱いですが……ルーミアさんはこの情報を活用してくれるのでしょうか」

「さっきも言いましたが私だってやろうと思えば付与《エンチャント》で武器に属性付与できるんですよ。火属性を纏わせることだってできますよ！」

装備についての解説もあり、ルーミアに可能なこともある程度は把握した。それでも、ルーミアの口にする言葉の端々から感じられるよくない方向への確信。アドバイスをふいにされる気がしてならないリリスは半ば諦めていた。

「でも、わざわざ物理耐性の高い魔物をお望みということは……属性付与はしないんですよね？」

「そうですね。使わずに倒せるのならそれが一番です」

「……はぁ。トレントは基本的にそれほど強くありませんが、ソロで挑むとなれば話は別です。養分を蓄えて大きく成長した個体ほどその胴体は硬く丈夫なものになっているので過信はしないで、危ないと思ったらすぐに逃げるか、火を使ってくださいね」

「ご忠告ありがとうございます」

「ええ、忠告を聞かなそうな人にも一応言わないといけないので」

会話の途中で何度「理解不能」と思ったことか。何度も頭を抱えたくなったリリスだったが、なんとか堪《た》えて依頼の説明を終える。トレントという魔物の特性や注意点など、必要な説明をしたのだが、それは義務的なもので、彼女はルーミアにその説明はあまり意味を成していないと悟っていた。

「では、お気をつけて」

「はい！　暴力ですべて解決してきますね！」

依頼を受けたルーミアを見送ったリリス。

手を振る彼女から去り際送られた言葉に再度疑問が頭を過る。

(白魔導師、とは？)

◇

トレント討伐の依頼を受けたルーミア。

自慢の身体強化《ブースト》を施した彼女は、木々を利用した三次元的な動きで森を駆けていた。

本来なら今現在着用しているブーツの重量で、強化段階の引き上げがなければこれほど軽やかな動きはできないのだが、ブーツにかけられた重量軽減《デクリーズ・ウエイト》の魔法のおかげでルーミアは変態的機動を可能としている。

「うーん。中々見つからないですねぇ」

ルーミアはトレントを探し回りながら小さくぼやいた。

「もう少し他の依頼も聞いておいた方がよかったかなー？　全然いないじゃないですか……」

トレントという魔物は木に擬態していて発見に手間取る魔物だ。

魔力感知や索敵のスキルがあればその存在を容易に把握できるのだが、残念ながらルーミアにその能力はない。

仮にその類の魔法が使えたところで、肝心の効果範囲が狭すぎるせいであまり役には立たなかっただろう。どのみち、自分の足で探すことは必至。

故に自らを囮《おとり》として手当たり次第木々を飛び回ることでトレントをあぶりだそうとしているのだが、中々当たりを踏むことができずルーミアは嘆くように声を漏らした。

「はあ、面倒くさいなぁ。トレントは近付いた人間に襲い掛かって、枝で捕まえて自らの養分にする……でしたっけ？　私自身が餌《えさ》となるように動いているのですが……今のところすべて外れですかー」

目についた木々を踏み台にするようにして無造作に動いていれば、獲物が来たとトレントが動き出す。そんな想定で奔走しているが一筋縄ではいかないようだ。

手当たり次第で探すのも一苦労だとルーミアはため息を吐いた。

しかし、そんなことを考えていると、足蹴にした木の枝が大きく動き出した。ようやく状況が動き出したことにルーミアは歓喜の声を上げる。

「きたきた！　やっと当たった！」

ルーミアは素早く着地し振り返り構える。

そこでは地面から根っこの形をした足を引き抜いて動き出すトレントが、ルーミアを己の糧にせんと枝を伸ばしていた。

「身体強化《ブースト》・二重《ダブル》」

トレントは強い個体だと岩をも砕くほどのパワーを持つ。

そんな個体に捕まって身動きの取れない状況になってしまえば、いともたやすく身体中の骨を砕かれ、養分へと変えられてしまうだろう。

ルーミアは回避、そしてヒットアンドアウェイを基本に、より力強く素早く動くために強化の段階を一段引き上げる。

「さて、倒させてもらうよー。でも思ったより大きいし、まさかの大当たり？　ま、なんとかなるなる」

楽しそうにひとりごとを呟きながら、ルーミアは伸ばされた枝の腕に三回の蹴りを放つ。

それほど太くない枝は折れ、好機と見たルーミアはトレントの懐に一気に潜り込み回し蹴りを放つ。

そして離脱。大きく飛び退《の》いて様子を見る。

「うーん、胴体の方は思ったより硬いですね。二重《ダブル》じゃ貫けないかもしれないなぁ」

伸ばされた枝と違って胴体の部分は硬く、ルーミアはそれこそ鋼鉄を蹴ったような感触を覚えた。

まともに入った蹴りでびくともしないことに少しばかりの驚きを覚えながらも冷静に思考する。

（うーん。身体強化《ブースト》の引き上げと撃ち込む瞬間にブーツの重量軽減《デクリーズ・ウエイト》を解除でいけるかなー？　いけると思うんだけどなぁ）

ルーミアはそんなことを考えながら、迫りくる枝を腕で弾《はじ》き、押しのけ再び接近して、拳のラッシュを叩き込む。

捕まらないことを最優先に動いているためか、それほど力も溜めることができず、軽いラッシュになってしまったことに舌打ちをするルーミア。

手応えのなさは言うまでもない。

「……付与《エンチャント》を使えば楽なんだろうけど……それは面白くない……ですねっ」

この拳が火を纏っていればどれだけ楽に葬《ほうむ》れるのだろう。

そんなことを一瞬でも考えてしまったルーミアだったが、面白くないという非合理な理由でその選択を破棄した。

あくまでも物理の力で突破したい。やはり白魔導師らしからぬ考えだが、その信念のようなものが今のルーミアを突き動かす。

「私の身体強化《ブースト》は引き上げれば引き上げるほど強くなれますが、その分消費も激しくなります。さて、こいつにはどれほど引き上げるのがいいでしょうか？」

三重《トリプル》より上の強化となるとその体力、気力、魔力など消費が馬鹿にならないためしっかりと考えなければならない。

つまり、時と場合によっていろいろと変わってくる。

短期決戦に持ち込むなら大きく強化させればよいが、その分自由に動ける時間も短くなる。

仕留めきれなかった場合のリスクなども考えて適切な強化を施さなければならないのだ。

安定を取るか、それともリスクを承知で更なる力を宿すか。二つに一つ。ルーミアは――力を求めて声を上げる。

「よし……身体強化《ブースト》・五重《クインテイ》。そして……っ、重量軽減《デクリーズ・ウエイト》解除っ！」

今この段階で最も危惧しなければならないのは、身動きできない状態でトレントに捕まることだ。

仮に捕まってしまったとしても、さらに強い強化をすれば脱出は不可能ではないが、捕まった時にその強化ができるかは定かではない。

また、先程は折ることができた枝も勢いなどがなければもしかしたら折れないかもしれない。

ルーミアはバカみたいな発言や行動はするが、バカではない。

そんな彼女が弾き出した答えは単純明快。

そのような状況になる前に、ぶちのめす。

これが最適解と踏んでの行動だ。

「行きます」

ドンとルーミアが地面を踏み抜いた音が響く。

まるで消えたかのように見える速さで肉薄したルーミアは、握りしめた拳を容赦《ようしゃ》なく叩きつける。

メキメキと嫌な音が鳴り、トレントの外皮が削られる。

痛みを訴えるかのような叫びがこだまするが、ルーミアは止まらない。

いや、止まれない。

ここで動きを止めて数秒無駄にするのは、今後にどう影響するか分からない。

故に、ここで確実にトドメを刺す。

「うん、これなら……やったかな」

今の一撃の手応えから確実に殺《や》れる確信を得たルーミアは木々を破壊しながら飛び上がった。

飛び膝蹴り。勢いをつけて加速したルーミアの膝がトレントの胴体に深々と突き刺さる。

ルーミアはすかさず二発殴りつけ、その反動でめり込んだ膝を抜くと、後ろに下がりながら蹴りを放ち、さらに胴体を削る。

そして削れて薄くなった箇所へ狙いをつけて、回転しながら突っ込んだ。

横向きで放たれるかかと落とし。

その一撃はさしずめ斧《おの》。

木々を切り倒す際は重宝するだろうそれの役割を担ったルーミアは、容赦なくトレントの幹のような身体を断ち切った。

これで完全に伐採《討伐》は完了した。

「ああ、五重《クインティ》はやっぱ疲れるなぁ。もうちょっと安定感がないといけないけど……切り札としてはまあ、合格かな」

綺麗に着地し、身体強化《ブースト》の段階を引き下げたルーミアは反動の倦怠感《けんたいかん》に見舞われ、怠《だる》そうに声を上げた。

「あぁ……結構きますね……。でも、ちゃんと通用しました」

討伐必要数は一体なのでこれ以上トレントを探し回る必要はない。

ひとまず、己の物理性能がどれほど向上しているのかを実感したルーミア。そんな彼女は満足して木にもたれるように座り、つかの間の休息をだらしない表情で過ごすのだった。

◇

僅かばかりの休憩を挟んだ後、体力を回復させたルーミアはトレントの残骸を手にして戻ってきた。

その姿を見たリリスはぎょっとして目を見開いた。

「ただいまです！」

「ああ、はい……おかえりなさい。本当に倒してきたんですね」

「なんですか？　私がトレント一匹倒せないような冒険者に見えるんですか？」

「……見えますし、白魔導師だったら本来そうなんですけどね」

ルーミアの早い帰還に驚いたリリス。

白魔導師というのは本来後衛支援職。間違ってもソロでやっていけるような職業ではないはずなのだが、当たり前のようにソロで成果を出したルーミアには驚かされてばかりだ。

「しかも、なんですかこのトレントの残骸……。魔法攻撃をしたような痕跡《こんせき》も見られませんし、本当に物理攻撃で壊してきたみたいな跡じゃないですか」

ルーミアがトレント討伐証明のために持ってきた、今はただの木材と成り果ててしまったその亡骸《なきがら》。

それは大きな樹木がまるで斬撃か何かで切り倒されたかのような状態で運び込まれていた。

「これ、持ってくるの結構大変だったんですよ！　いや、力的に問題はないんですけど、大きくて太いの二本同時は中々……」

「上下セットで持ってきたのは本当に意味分かりません。力的に問題ないって……あんたバケモンか」

「あっ、か弱い女の子にそれは酷くないですか？」

「か弱い女の子の定義知ってますか？　こんなん両手で引きずり回しながら普通に移動できるルーミアさんが軽々しく使っていい言葉ではないです。速やかに本当のか弱い女の子に謝ってください」

「リリスさん、なんだか私への当たり強くないですか？」

「……気のせいです、多分」

「そうですか、気のせいなら仕方ありません」

初めは丁寧な対応を心がけてきたリリスだったが、行動や結果があまりにも常識外れなルーミアへの対応はかなり雑なものになっている。所々堅苦しさが取れて距離が縮まったようにも感じられてルーミアは特に気にしていない。若干リリスの剣幕に押されつつも、心なしか嬉しそうにしている。

「ルーミアさん。とりあえず次からギルドで何か依頼を受ける時は私のところに来ることをおススメします」

「どうしてですか？」

「他の人はあなたがバリバリ前線で戦える白魔導師ってことを理解していないでしょう。人によってはソロで動く白魔導師に討伐依頼は出せないなんて判断をする人もいるかもしれません。現に私もルーミアさんのことを知らなかったら今日の意味の分からない要求は突っぱねていたと思います」

ギルド職員は冒険者に合った依頼を出さなければいけない。リリスはルーミアがどういう白魔導師なのか知っているため、本日のトレント討伐の依頼もすんなり通したが、もし対応したのが別の職員だったのならそうはいかなかったかもしれない。

もちろん他の職員にルーミアのような珍しい冒険者がいるという情報は周知されるだろう。それでも、常に柔軟な対応がされるかは定かではない。

本来一人で戦うことができないはずの白魔導師が。

一人で。

討伐依頼を受けたい。

これだけ聞けば自殺願望アリと判断されてしまっても仕方ないだろう。そうなってしまうとルーミアは受けたい依頼をスムーズに受けることができずに歯がゆい思いをしてしまうかもしれない。リリスの提案はそうならないための対策だった。

「それって専属ってことですか？」

「あ、そういうシステムはないですけど、そう捉えてもらって結構です」

「なるほど、リリスさんが私の専属……分かりました。これからは……いえ、これからもリリスさんにお世話になります。よろしくお願いしますね」

「はいっ……ふぅ、大丈夫です。私はこいつがどれだけ非常識でもちゃんと相手してあげられるはずです。頑張るんです、私……っ！」

「……そういうのは本人に聞こえないように言った方がいいと思いますよ？」

リリスが申し出たのは単純。

ルーミアの冒険者としての在り方に理解がある自分が対応する。いわゆる専属契約のようなものだ。

もちろん、ギルド職員と冒険者の間にそういったシステムはないのだが、スムーズな対応ができ不要な混乱を未然に防ぐという意味では大きな意味があるだろう。

「こほん。じゃあ、こちらが今回の依頼達成の報酬になります。また、次回のお越しをお待ちしております、ルーミアさん」

「ありがとうございます。はい、ではまた」

「次は常識を欠片でもいいので身に付けてきてくれると嬉しいです」

「うーん。その相談は難しいですが……一応善処はしますよ」

(あ、これは絶対しないやつですね。まあ、ルーミアさんらしいですか)

◇

それから数日。

ルーミアは口約束ではあるが専属受付となってくれたリリスと交流を深めていた。

「リリスさーん、なんかいい感じの依頼ないですかー？」

「ちょっと待ってくださいね。ルーミアさんは職業とやってることが違いすぎていい感じがどのラインなのかガバガバなんですよ。まったく、いい感じの依頼を探すこちらの身にもなってみてください」

リリスの受付の列に並び、彼女に何か手頃な依頼がないか尋ねるルーミアの姿はもはや日常のものになりつつある。

相変わらず非常識なことを口走るルーミアにも適応してきた頃合いのリリス。本日もあれこれ言いながらもルーミアに合った依頼をテキパキ探していた。

本来なら職業と能力を考慮して依頼の斡旋が行われるのだが、ルーミアの場合は前提が間違っている。

ソロの白魔導師という一種のバグみたいな存在。仲間と組むことで真価を発揮するはずの後衛職が一番前に出る事態になっている彼女の現状。前提条件がおかしいのは言うまでもない。

本来戦闘能力は皆無に等しい白魔導師が一人で受けられる依頼を探すというのは中々に難しいことだ。

「なんかいい感じだとちょっと難しいので、何か方向性ないですか？」

「方向性ですか？」

「よくある分類なら……魔物を倒す系とか、討伐した後に素材を集める系とか、そういったざっくりしたのでいいんで……」

「えー、じゃあ……何かを壊す系とかですかね？」

「……あんた本当に白魔導師か？」

ルーミアに斡旋する依頼を絞り込むために、ルーミア本人の希望を参考にしようと思ったリリスだったが、やはり白魔導師らしからぬ返答がされる。その受け答えも予想の範疇《はんちゅう》ではあるが、やはり白魔導師の思考を逸脱した要求にリリスは呆《あき》れたように目を細めた。

それでも要求に沿ったものを素早く探し出すために手を動かせるのはプロの仕事だ。

「じゃあ、これなんてどうでしょう？　使われなくなった倉庫の取り壊しです。ルーミアさんの希望にぴったりですけど」

「ちなみにその倉庫は頑丈ですか……？」

「さあ？　使われなくなった倉庫ですし経年劣化などでいくらかは脆《もろ》くなってるんじゃないですかね？」

「そっかー。うん……そうですか……」

「そんな心底残念そうにしなくても」

普通ならばその依頼の報酬や期限、失敗した際のペナルティなどを気にするところだが、ルーミアの目の付け所は違った。

彼女が一番初めに気にしたのはその倉庫の耐久性。

しかし、使用されなくなった倉庫で取り壊しの依頼まで来てるとなると、それほど耐久性は期待できないだろう。倉庫に耐久性を期待するのがそもそもおかしな話ではあるが、いちいち突っ込んでいたらキリがないと華麗にスルーしたのはリリスの英断だっただろう。

「まあ、簡単そうなので受けますよ」

「これを簡単と言える白魔導師は中々お目にかかれませんね」

「えへへー、ありがとうございます」

「別に褒めてないですから」

ぽっと頬を染めるルーミアにリリスは冷たい視線を向ける。皮肉が通じないどころか褒め言葉に変換されているのはやや想定外だった。

そんな言動の読めないルーミアに呆れながらもリリスは手際よく発注の手続きを行う。

「では、しっかりお願いしますね」

「はーい。ささっと終わらせてきますねー」

それが完了すると、ルーミアは爆速でギルドを飛び出して、現場へと向かっていった。

◇

「これですか」

身体強化《ブースト》が施された身体で走ること数分。

指定された現場に到着したルーミアは、破壊対象となる倉庫を観察していた。

「思ってたより手応えありそうかも……！」

リリスに聞いたところあまり期待はできないと思い、サクッと終わらせて帰ろうと考えていたルーミアだったが、やる気が出てきたのか目に光を取り戻した。

そうしてモチベーションを高めていると倉庫から男性が出てくるのが見える。荷物を持って両手が塞《ふさ》がっていた男性もルーミアに気が付いたのか、手にしていた物を置くとルーミアの方へやってきた。

「もしかして君が依頼を受けてくれた冒険者さんかな？」

「はい、そうです！」

「そうか。この倉庫の取り壊しを頼むんだけど……まだ中に少しだけ荷物が残っているからちょっとだけ待っててくれるかな？」

「運び出せばいいなら手伝いますよ」

「それは助かるけど……重いから無理しなくてもいいんだよ？」

「それなら私の得意分野ですね」

倉庫の中を覗き込むと中には僅かだが先程男性が手にしていた大きな箱のようなものがいくつかある。男性はルーミアが小柄な少女であるからかその申し出に苦笑いを浮かべた。重たい荷物の運び出しを、見るからに非力そうな少女に手伝わせるわけにはいかないと密かに思うがルーミアは既に荷物に手をかけていた。

「はは、君のような女の子に持てるかな？」

「ヨユーです！」

ルーミアのような少女に力仕事はできないと思ったのだろう。しかし、その予想はみごとに外れる。むしろルーミアの得意分野。荷物はスッと持ち上がった。

「これ、外に出しちゃえばいいんですよね？」

「あ、そうだけど……すごいね」

引き上げられた身体能力によって軽々と運び出される荷物。ルーミアがパワータイプだとは思っていなかった男性は唖然《あぜん》としている。その間に速やかに中を片付け終えたルーミアは本題に入りたくてうずうずしながら尋ねる。

「全部出しましたけど……もう壊しちゃっていいんですか？」

「え、あ……いいけど。君みたいな女の子が受けてくれたってことは魔法で壊してくれるのかな？」

倉庫の破壊という目的を遂行できるのならばどのような手段を用いても構わない。だが、少し力に自信があるとはいえ、ルーミアは小柄な少女。破壊の手段はきっと魔法だろうと男性は推測した。

「ええ、とっておきの魔法ですよ」

ルーミアもそれは否定しない。使用しているのは身体強化《ブースト》魔法。それも魔法であることに変わりはない。

「じゃあ、許可も得たことですし……さっそくやっちゃいましょうか。身体強化《ブースト》・二重《ダブル》！」

身体強化《ブースト》の段階を一つ引き上げたルーミア。おもむろに取り出したガントレットを装備すると、乱雑に倉庫の扉を殴りつけた。金属の軋む音と共に扉の片側が吹っ飛んで倉庫奥の暗闇へと姿を消した。そのままもう片方の扉も引き剥《は》がすように引っ張ると、ガコッと嫌な音を立てて外れた。それをぽいっと投げ捨てたルーミアは振り返って男性の方を見る。

「あ、色々飛ぶかもしれないので少し離れててください」

「え、あの……魔法は？」

「魔法なら使ってますよ」

「えぇ……まあ、壊してくれるならなんでもいいか」

ルーミアの取った行動に目を丸くしている男性。

まさか直接的な破壊に出るとは思いもしておらず、もう何度目になるか分からない驚きに開いた口が塞がらない。次第に理解することを諦め、思考を放棄した男性。目的さえ果たされれば手段など些細《さ さい》なことだと飲み込み、言われた通りに倉庫から少し離れた所へ移動した。

「さて、お楽しみはこれからですよ」

倉庫の中に足を踏み入れ、壁を殴りつけると凹《へこ》みが出来上がる。同じ場所を何度か叩き付けると腕が貫通した。

「身体強化《ブースト》・三重《トリプル》」

さらに強化段階を引き上げたルーミアは回し蹴りを撃ち込み、穴をガンガン広げていく。

「思ったより脆いし、もういっか。身体強化《ブースト》・四重《クアドラ》」

ルーミアは倉庫内のまだ無事な壁に目を向ける。

それ目掛けてものすごい速さで突っ込み、容赦なく膝を突き立てた。

それを何度か繰り返すとやがて穴だらけになった。

少し薄暗かった倉庫内に光も差し込んで、風通しもよくなった。

「これで終わりっ。身体強化《ブースト》・五重《クインティ》」

ルーミアは大きく飛び上がる。

空中で身体をかがめてくるくると回転して勢いをつける。

「重量軽減《デクリーズ・ウエイト》　解除」

現時点での最大強化と遠心力と落下の勢い、そして本来の重量を取り戻したブーツ。

それらをすべて乗せた渾身《こんしん》の踵落としが、満身創痍《まんしんそうい》の倉庫に炸裂した。

「ふー、スッキリしたー」

ガラガラと音を立てて崩壊する鉄くずの中から出てきたルーミアは、実に満足そうだった。

その様子を見ていた男性は苦笑いを浮かべながら呟いた。「人は見かけで判断してはいけない」と。

◇

その後、倉庫の残骸を綺麗に片付けたルーミアはとても満足げな表情で冒険者ギルドに戻ってきた。

にこにことご満悦な様子にリリスも何があったのだろうと首を傾げている。

「おかえりなさい、ルーミアさん。依頼の方はどうでしたか？」

「もうっ、最高でした！　いい依頼をありがとうございました！」

「喜んでいただけたならよかったです」

ルーミアの要望を聞いて選び出した依頼を気に入ってもらえたということで、輝く笑顔でお礼を言われたリリスも嬉しそうにしている。

「リリスさんは私を満足させる天才です！」

「……何かあまり嬉しくない称号ですが、専属を申し出たのもこちらなので、そう言ってもらえるのは光栄ですね」

リリスは冒険者をサポートする立場だ。自分のサポートで冒険者を笑顔にすることができたらそれは自分自身の喜びでもある。ルーミアの褒めようはやや大げさではあるが、悪い気はしないリリスは照れくさそうに頬をかいた。

「次もいいのがあったらお願いします！」

「まあ、できるだけやってみますが……あまり期待はしないでください」

「ふふ、また何かを破壊する依頼があったらぜひ私に……！　壊すって……とっても気持ちよかったので」

「うわぁ……ヤバいやつだ」

ルーミアの瞳は澄み渡る青空のように曇りなく煌《きら》めいている。

そしてどことなく恍惚《こうこつ》の表情で少女は息を荒らげさせていた。

そんな危ない雰囲気を醸し出すルーミアに、リリスがドン引いたのは言うまでもない。

(はぁ……前途多難ですね)

早くも専属を申し出たことを少し後悔するリリスだった。

◇

「あれ、リリスさん。その手、どうしたんですか？」

冒険者ギルドにやってきたルーミアはいつも通りリリスのもとへ歩を進めた。

テキパキと作業をするリリスだったが、その顔色はやや優れない様子で、普段ならば陶磁器のように白く柔らかい肌を晒している手が包帯で覆われていた。

「ああ、これですか。ちょっとした不注意でザックリやってしまったんですよ。大袈裟に処置しているだけでそれほどひどくはないですよ」

「でも、右手で何か触る時、痛そうにしてるじゃないですか……」

「……まあ、痛いものは痛いので」

リリスは極力傷のある右手を使用しないように努めているようだが、物を持つ、整えるなどどうしても両手を必要とする作業がある。そのたびに表情が歪《ゆが》み、痛みを堪えるようなものになるため、やせ我慢しているのが見て分かる。

「そんなに痛むなら治してもらえばいいじゃないですか？　冒険者ギルドって怪我《けが》人の応急処置のために回復魔法使える人がいるんですよね？」

「ああ、ルーミアさんが以前通っていたギルドはそうだったんですね。規模の大きい都市にあるギルドならばそういった人員も揃《そろ》えているのかもしれませんが、この辺境のユーティリス支部はそれほど人材も潤沢ではないので……」

ルーミアがユーティリスにやってくる以前、まだアレンのパーティで活動していた時に世話になっていた冒険者ギルドでは、怪我人対応専門のチームのようなものがギルド職員で構成されていた。

しかし、大きな都市のギルドならいざ知らず、辺境のユーティリス支部ではそのようなものはないという事実をルーミアは知る。

「心配してくれてありがとうございます。でも大丈夫ですよ。こんなのでいちいち弱音を吐いていられませんから」

「そうですか。じゃあ……」

「……ルーミアさん、なんですかこの手は？」

ルーミアはリリスに向かって手を差し出していた。

それはまるで、握手を要求しているかのような状態だ。

「なんですか？　私の残った左手も握り潰して破壊しようという算段ですか……？　残念ですがその手には乗りませんよ」

「そうそう、片方だけだとバランスが悪いからもう片方も壊して包帯グルグル巻きに……って違いますよ！　なんでそうなるんですか？　私そんなことするように見えますか？」

「……そう見られたくないのであれば日頃の言動を見直すことをお勧めします」

「偏見が酷い!?」

リリスは差し出された手を怪訝そうに見つめ、自身の手を隠した。

当然冗談だ。ルーミアがそんなことをする人間だとは微塵《みじん》も……いや、ほんのちょっとしか考えてないだろう。

いくらなんでもそんな下らない理由で友人ともいえる少女の肉体を壊すなんて趣味の悪いことはルーミアでもしない。能力的に可能という事実は置いておいて。

この冗談もいつものスキンシップの一種だ。

「で、なんですか本当に」

「まぁまぁ見ててくださいよ」

リリスは一向にひっこめられることのないルーミアの手を訝《いぶか》しげに触った。

握手のような形ではなく、本当に指先でちょこんと触れるだけ。

だが、ルーミアはそれでもよかった。

どんな形であろうと接触した。それで条件は満たされた。

「回復《ヒール》」

ほんの一瞬の出来事だった。

ルーミアが小さく呟いた、その瞬間温かな魔力の流れがリリスの身体を駆け巡った。

驚いてビクンと身体を跳ねさせたリリスだったが、すぐに異変に気付く。

「え……治ってる……？」

リリスは手に巻かれた包帯を外す。

すると血の滲《にじ》んだ跡がついたガーゼが露《あら》わになった。それだけで傷の深さが窺えるが、そのガーゼを取り払って姿を見せた肌はいつもの様子。そこには深々と刻まれたはずの痛々しい傷は残っておらず、すべすべで思わず触りたくなるような手があるだけだった。

「ルーミアさん、いったい何をしたんですか……？」

「何って……リリスさんは聞こえてましたよね？　回復《ヒール》ですよ？」

「ヒール……ってあの回復《ヒール》ですか⁉」

「おおう、なんでそんなに驚かれてるのかさっぱりなんですが」

ルーミアにとっては基礎中の基礎。

これまで何度も使ってきた一般的な魔法を行使しただけ。

それなのに、リリスはありえないものを見るかのようにルーミアと自身の手を交互に見つめている。

このような反応をされるとは思ってもみなかったルーミアは困ったように眉を寄せた。

「あれぇ……おかしいな。私、白魔導師なんだけどなー」

「白魔導師……？　あっ、そういえばあなた、白魔導師でしたね……！」

「そんな盲点だったみたいな反応……。リリスさん、覚えてなかったんですか……？」

「だって……ルーミアさん日頃の言動が……」

「……えー、私のせいにしないでくださいよ。これでも立派な白魔導師なんですよ！　まったく……」

日頃の言動、白魔導師とはかけ離れた装備。

それはルーミアに付属していた白魔導師のイメージを引き剥がすには十分で、リリスですらルーミアの職業を記憶の隅に追いやっていた。

今回、白魔導師として本領を発揮したのだが、心底驚かれたことに結構凹んだルーミアだった。

第3章

『実力は本物』

ルーミアは白魔導師だ。

だが、ソロで活動し、討伐依頼もガンガン受ける異色の白魔導師だ。

本来なら白魔導師一人ではどうすることもできない依頼もどんどん達成している。その様子を知る周囲の反応は二分される。片方はその意味不明さに呆れながらも実力は認める者。だが、もう一方はその依頼達成が不正なのではないかと疑う者だった。

ここ最近ルーミアの調子はよく、多くの討伐依頼をこなしてきた。

だが、その依頼達成がルーミアの実績ではないとしたら？　誰か他の冒険者に倒させたものをあたかも自分が倒してきたかのように報告をしているとしたら？

ルーミアの活躍をよく思わない冒険者からはそのような疑いが向けられ、いちゃもんをつけられるようになった。

もちろんルーミアに後ろ暗いものはない。その身は清廉潔白で、ギルドのルールを破るようなことは一切していない。

「あーあ、どうすれば分かってもらえるかなー。そんなに疑わしいなら私が依頼やってるところを監視でもなんでもすればいいのに」

「真実を確かめるためにルーミアさんを尾行しようとした冒険者もいるみたいですけど、いつもすぐ見失ってしまうから協力者がいるんじゃないかってもっぱらの噂《うわさ》みたいですよ？」

「協力者ー？　そんなのいないのに……」

「友達も仲間もいないですもんね」

「ソロなので仲間がいないのは事実ですが、私だって友達の一人や二人くらいいますよっ！　……少なくともリリスさんは友達ですぅ」

「何か言いました？」

「……いいえ、何も」

ルーミアが不正を行っている証拠を押さえるのなら監視が手っ取り早い。しかし、その証拠を握ろうとした冒険者はルーミアの爆速かつ変態的な機動を追うことができずいつも撒かれてしまっていた。それもルーミアの不正疑惑に拍車をかける原因の一つとなっているのは本人からすれば甚だ遺憾であること間違いないだろう。

そして、友達がいないという言いがかりには僅かばかりの反論をするが、小さく勢いのない呟きになったためかリリスには届いていない。

「ま、いいです。リリスさん含めギルド側の人達が、私がズルなんかしていないって分かってくれれば何を言われても痛くないです。好きに言わせて放っておきましょう」

「ルーミアさんはそれでいいんですか？」

「うーん、好き勝手言われてるのはちょっと腹が立ちますけど、なんとかしようと思ってなんとかなるようなものでもないと思いますし、周りが諦めて認めてくれるのを待つのが一番かなと……」

「そうですか……あまりお力になれなくて申し訳ありません。……はい、これで受注完了です。今日も頑張ってくださいね」

そうして手渡される依頼書。それはルーミアの手に収まることなく、後ろから伸びてきた手にひったくられた。

「ちょっと、レオンさん！　何してるんですかっ？」

「何々……？　はっ、アウルベア討伐だと？　お前にできるわけないだろ？　それともまた誰かに倒してもらって不正するのか？」

「……またあなたですか。口を開けば不正、不正としつこいですね」

レオンと呼ばれた強面《こわもて》で屈強な身体の男がルーミアの手に渡るはずの依頼書を奪い、周りに聞こえるように読み上げる。

この男もルーミアの活躍をよく思っていない者の一人で、率先してルーミアに絡みに来る。そのため、ルーミアは「しつこいなぁ」と嫌そうにぼやいた。

「ま、冒険者ランクを上げるためになんでもする姿勢は見上げたものだが……いつまでも不正を続けて金を稼ぐのはおかしいんじゃないか？」

「不正？　身に覚えがありませんね」

「くく、しらばっくれるなよ。お前みたいなひょろひょろな女……しかもソロの白魔導師ときたもんだ。討伐依頼をいくつも連続でこなすのは無理があるってもんだ」

「ソロだとそれができないと死活問題なんですよ。人のやり方にいちいち口出してくるのやめてもらえませんか？」

ルーミアは苛立《いらだ》ちの混じった口調で言い返す。

ソロの白魔導師が討伐依頼なんてできるはずがない。そう思われるのは無理もない。しかし、ルーミアは実力を示し、ギルドにも認められている。そうでなければギルドを欺き続けて依頼報酬や成果を騙《だま》し取っているということになる。そんな汚い真似をするつもりなど毛頭なく、仮にできたとしても続かない。

「そもそもギルド側がそういうのに厳しいってことは冒険者には周知のはずです。疑いがあれば調査しますし、その結果黒だったら罰を与えます」

「そうだな。でも、ギルド側もグルだったら話は別だろ？　お前、こいつと仲良さそうだもんな。こいつもこいつで他の受付が空いていても必ずお前のとこ行くみたいだし怪しいよなぁ。金でも握らされて黙っておくように言われたりしてるんじゃないか？」

「なっ、そんなこと……」

ルーミアが不正を行っているという事実はない。ギルドとしてもそれを分かっているから何も言わないという主張にレオンは鼻で笑って切り返した。

悪事がグルで行われていたら。ルーミアとリリスが共犯者だったなら。

顔を赤くして反論しようとするリリスだったが言葉が詰まって出てこない。だが、そんな彼女とは反対に静かに怒りを燃え上がらせる者がいた。

「おい、あんた……いい加減にしろよ」

ルーミアだった。

普段の彼女からは想像できない低く怒りの込められた声。

落ち着いているが確かにキレている。

「あ？　なんだ？　事実を暴露されちまったから怒ったか？」

「私はいくらバカにされてもいい。欠陥白魔導師なのは自覚してるし、何を言われても痛くも痒《かゆ》くもない。でも、リリスさんは関係ない。私を貶したいがために私の友達を巻き込んで、侮辱するのは許さないっ！」

「許さない？　お前が許さなかったらなんだってんだ、ああ!?　教えてくれよ、なあ？」

レオンはルーミアの胸倉を掴んで持ち上げる。

小柄なルーミアと屈強なレオン。宙にぶらりと浮かされたルーミアは、鬼の形相でレオンを睨《にら》みつけた。

「あ、だめだ。もう我慢できない。先に仕掛けたのはあなたなので……悪く思わないでくださいね」

「何ぶつぶつ言ってんだ？」

「身体強化《ブースト》――三重《トリプル》」

刹那《せつな》、目にも留まらぬ速さで繰り出された横蹴りが、レオンを吹き飛ばした。

人体から聞こえてはいけない何かがへし折られた音と共にギルド内を横断して、壁に叩き付けられたレオン。口から血を吐き出しながら、痛みに呻《うめ》く。

そんなレオンのもとに蹴り飛ばした張本人、ルーミアがゆっくりと近付く。

「……やめろっ……くるなっ……」

先程までの強気な様子は鳴りを潜め、人が変わったような狂暴な姿を隠そうともしないルーミアに怯《おび》えた様子のレオン。しかし、ルーミアはお構いなしに距離を詰め、足を振り上げた。

「暴力はすべてを解決するんです。これが私の白魔導師としての在り方……あまり舐《な》めない方がいいですよ……ってもう聞こえてないですか」

壁にもたれかかるように座るレオンの顔——その真横に蹴り込まれた足は、轟音を発しギルドを揺らした。

ルーミアはこれ以上ちょっかいを掛けてくるようなら、そして友達であるリリスにまで迷惑をかけるようであれば容赦はしないと語りかけたが、失神して意識を飛ばしていたレオンに声は届いていなかった。

それを見たルーミアは大きなため息を周囲に聞こえるように吐き出した。そして——おもむろに足を上げ、レオンの横っ腹付近にぐりぐりと押し付けた。

「ぎぁっ……かはっ」

「何呑気《のんき》に寝てるんですか？　そう簡単に逃がしませんよ」

そこはルーミアが先程蹴り飛ばした箇所で、響いた異音から骨が折れていることは容易に想像できる。そこをじっくりと嬲るような追撃に、気を失っていたレオンはあまりの激痛で再度意識を取り戻した。過呼吸気味に空気を求め、呻き声を上げるレオンの姿を、ルーミアは冷めきった視線で射貫く。

そんな彼の腹を足蹴にするのはやめ、ルーミアは手を伸ばし、掴み、手繰り寄せる。

片手でレオンの胸倉を掴み、宙に浮かせるその様子は、先程の二人の状態が逆転した構図だった。

そうしてしばらく宙づりにして、苦しそうにもがくレオンを眺めた後、ゴミを捨てるように壁に投げつけた。

「これで終わらせましょう。身体強化《ブースト》・五重《クインテイ》」

無慈悲に、冷酷に、残忍に、その宣言は行われた。

その時、周囲に緊張が走る。見るからにトドメを刺そうとしているのが分かる雰囲気に周りの冒険者も慌てふためいた。ルーミアを止める必要がある。しかし、誰が？　どうやって？　これまで彼女が示してきた圧倒的な暴力に、足が竦《すく》んでしまうのも無理はない。

そうしているうちにルーミアの攻撃態勢は万全なものになる。

狙い定めるは涙や鼻水、涎《よだれ》にまみれた怯えた顔。

握りしめた拳をもって、一閃《いっせん》する――その時だった。

「ダメですっ！」

「っ……！」

二人の間に突如として割り込んだ影が一つ。

ルーミアの前で両手を広げて、レオンを庇《かば》うような形で立ち塞がる少女――リリスの姿がそこにはあった。

リリスの顔、一歩手前でルーミアの拳は止まっている。だが、一つ間違えば彼女のことを弾き飛ばしていただろう。そんな、あったかもしれない未来を思い浮かべたルーミアは、身体中の血が凍り付いたような心地になり、その表情を青褪めさせた。

「リ、リリス……さん？　何、を？」

「もう、大丈夫です。それ以上は……必要ありません」

リリスは眼前に迫っていたルーミアの拳に自身の手を絡め、優しく包み込む。

「ありがとうございます。あなたなら……きっと止まってくれると信じていました」

「バカ……リリスさんのバカ。危ないこと……しないでくださいよ」

「だったら……もうこんなことさせないでください」

頭に血が上っていた。怒りで我を忘れていた。

そのせいで、自らが友と謳《うた》った少女に危害を加えるところだった。

くしゃりと表情を歪ませ、リリスの胸に頭を預けたルーミア。

リリスは、泣きじゃくる赤子をあやすように、小さくも大きい背中をポンポン叩いて優しく撫で下ろした。

「……すみません。もう大丈夫です」

「……何をするつもりですか？」

「もう何もしませんよ」

落ち着いたルーミアはリリスの肩を押して、彼女から離れる。

そして、リリスの後方へ向かう素振りを見せた。それに対してリリスはルーミアのコートの袖を掴んで止めるが、彼女の言葉と表情を信じて、キュッと結んだ手をそっと離した。

「リリスさんに助けられましたね。感謝してください」

「な、何を……近付くなっ、触るなっ」

「回復《ヒール》」

ルーミアはしゃがみ込んで不格好に座り込むレオンに触れる。そして回復魔法をかけた。へし折った骨もきちんと治すと立ち上がり、周囲の冒険者達に頭を下げた。

そしてリリスに近付くと申し訳なさそうな顔で口を開く。

「ごめんなさい。でも……止めてくれてありがとうございました」

どことなくスッキリとした表情で、落ちている依頼書を拾い上げると、リリスが声を出す前にそそくさと逃げるように出ていってしまった。

そんな彼女の背中に、何かを咎《とが》めるような言葉がかけられることはなかった。

◇

「……戻りましたー」

ルーミアが冒険者ギルドへと戻ってきた。

普段なら討伐依頼の後はウキウキのテンション高めで帰ってくるのだが、ややバツの悪そうな表情をしているのは、討伐依頼に出かける前の出来事を気にしているのだろう。

「おかえりなさい。依頼はどうでしたか？」

「あ……それはちゃんと倒してきましたけど、そのー、あの後ってどうなりました？」

レオンに売られた喧嘩《けんか》をついカッとなって即購入してしまったルーミア。先に手を上げたのはレオンとはいえ、それ以上の暴力で容赦なく叩きのめした。その後治療を施しはしたが逃げるようにギルドを後にしてしまったルーミアは事の顛末《てんまつ》を知らない。

「レオンさんはしばらく放心してましたね。ルーミアさんに喧嘩を売って返り討ちにされたことは皆が見ていましたけど、我に返ってそれに気付いたようで顔を真っ赤にしてギルドから逃げていきました。ざまあみろです」

「あー、そうなんですね……」

「それと、ルーミアさんのことも噂されてますよ。ルーミアさんの実力は本物、喧嘩を売ったらやばいことになるって。怒らせると怖いという認識が周囲に植え付けられたみたいです。これでしつこく絡んできてた連中もおとなしくなりそうですね」

ルーミアの不正疑惑は、その実力が疑わしいからかけられたものだ。しかし、ルーミアは売られた喧嘩を買って、レオンを叩きのめすことで力を示した。ソロの白魔導師の少女が体格も違う屈強な男を蹴り一つで吹き飛ばしたのだ。その後、リリスが止めに入るまでの過激な様子も含めて、見せしめのような意図はなかったが、それは多くの冒険者の目に焼き付けられた。それが偶然などと思われることもなく、ルーミアの実力が認められることとなった。

「あの、それはいいんですけど……レオンさんに危害を加えたことについてギルドから何かお咎めとかないんですか？」

「正当防衛……というにはやりすぎのような気もしますが、ルーミアさんが治してしまってレオンさんは傷一つないみたいですし、気にすることないと思いますよ。そもそも先に手を出したのはあっちですし、喧嘩を売る相手を間違えて手痛いしっぺ返しを食らっただけですもんね」

「そうですか……よかったぁ」

これが大きな問題となって、最悪の場合は冒険者ランクの降格や、冒険者証の没収などの罰が与えられることまで想定していて気が気でなかったルーミアはほっとしたように安堵《あんど》の表情を浮かべた。

「一時はどうなるかと思いましたが、ルーミアさんが怒った時の顔……すごくかっこよかったです。ルーミアさんが男性だったら惚《ほ》れていたかもしれません。あと、言うのが遅くなってしまいましたが、私のために怒ってくれてありがとうございました」

「あー、あはは。なんか恥ずかしいですね」

「本当に嬉しかったですよ。レオンさんを蹴っ飛ばして壁に叩き付けた時は本当にスカッとしました。ぜひまたよろしくお願いします」

「ああ、もう！　恥ずかしいので忘れてくださいっ！　あと、またってなんですか⁉」

元はと言えば、ルーミアの堪忍袋の緒が切れたのは、リリスに矛先が向いたからだ。

自分のことならばいくら言われてもよかったが、リリスという友人が巻き込まれて謂れのない中傷を受けるのは我慢ならなかった。

そういった意味ではわざわざルーミアの地雷を力いっぱい踏み込みにきたレオンは運の尽きだったのかもしれない。

「照れてるルーミアさんかわいいです」

「……殴れば記憶って飛ばせるのかな……？」

「あっ、やばっ。ごめんなさいー」

「ふふ、冗談ですよ………半分くらい」

「もう半分は本気じゃないですかっ⁉　ちょ、関節ボキボキ鳴らすのやめてっ」

恥ずかしがって顔を赤くするルーミアをからかうリリス。

そんなリリスの記憶を抹消できないかと思案しながら、指の関節を鳴らして照れ隠しをするルーミアだった。

◇

「そっか、今日はリリスさんお休みなんですか……盲点でした」

今日も今日とて生活費を稼ぐために冒険者ギルドへやってきたルーミア。

いつものようにリリスに話しかけようとして彼女の姿を探すも見当たらない。

どうしたものかと思い、通りかかった職員に尋ねてみると答えは単純。リリスは本日お休みで出勤していないというものだった。

リリスとて人間。働けば疲労は溜まるし、当然休息も必要だ。

年がら年中いつでも受付に立ってるわけじゃないのは当たり前のことだろう。

「依頼掲示板見るのも久しぶりかも……」

リリスとの関係が深くなってからはいつも彼女に依頼を選んでもらっていた。そのため、いつしか依頼掲示板を見ることなくリリスのもとへ直行していた。記憶を遡ると、薬草採取の依頼書を取るために掲示板の前に立ったのが最後だった。

依頼の斡旋もギルド職員の仕事の一つではあるが、このようにして冒険者自身が受ける依頼を考えて決める場合もある。しかし、自身で依頼を決める経験が乏しいルーミアは掲示板の前で様々な依頼書を手に取ってにらめっこしている。

「スライム討伐……付与《エンチャント》で属性付与すればいけるよね……。あ、こっちのポイズンリザードもいいかもなぁ」

こうして自分で見ていると目移りする。

スライムは初心者向けの弱い魔物ではあるが物理攻撃に強く、魔法攻撃がないと苦戦することになる。ルーミアの戦闘スタイル的には相性がよくないようにも思えるが、白魔導師の魔法で拳や足に何かしらの属性を纏わせれば容易に倒せるだろう。

ポイズンリザードはその名の通り毒を持つトカゲの魔物だが、白魔導師は解毒の魔法も使える。毒というだけで避けられがちな討伐依頼だが、臆《おく》することなく戦えるルーミアにとってはただのリザードと変わりない。

「他には……」

「もしよかったらやってもらいたい依頼があるのだがどうだろうか？」

優柔不断にも受ける依頼を決められないルーミアは他にもお気に召す依頼がないかと再度掲示板に目を向けた。その時、背後から声をかけられた。

振り向くと初老と思われる風体でぴっちりとした正装を纏った男性が立っていた。

背は高くルーミアはその男性の顔を見上げることになる。片眼鏡越しに茶色の瞳と目が合った後、男性は優しげな笑みを見せた。

「えっと……どちら様ですか？」

「おっと、そうだったね。ここ最近は結構視ていたから他人のような気がしなかったけど、そういえば僕達は初対面だったね。失礼したよ」

ルーミアは怪訝そうに首を傾げた。この老紳士は何者か。今の言葉にはどういう意味があるのか、など気になることはいくつかある。とにかく意味が分からなかったルーミアは少しだけ警戒を強めた。

「おっと、すまないね。僕はハンス。この冒険者ギルドユーティリス支部のギルド長だよ」

「えっ、ギルド長……？」

「驚かせてしまったかな？　まあ、僕もあまりこっちには出てこないからね。でも、今日は君と話をしたかったんだ」

「ギルド長が私と……？　私何かしちゃ……ってますよね、すみません」

ギルド長ともあろう偉い人間が直々に声をかけてきた。何か悪いことをしてしまっただろうかと記憶を遡らせたルーミアはすぐに思い至ることがあって顔を青褪めさせた。

つい先日、大暴れしてしまった件はまだ記憶に新しい。リリスからはお咎めはないと聞いていたが、やはり処理の内容が変わったのだろうか。そう考えたルーミアは今にも泣きだしそうな表情でギルド長――ハンスを見上げた。

そんな顔を向けられたハンスはルーミアが何を思い浮かべているのか察して温厚に笑う。

「はは、心配しすぎだ。君の思っているようなことはないよ。本当に話がしたかっただけなんだ。今、時間はあるかい？」

「はっ、はい！　時間は大丈夫です……」

「立ち話をするのは老体に堪《こた》えるからね……。座って話したいから僕の部屋に来てもらってもいいかな？」

そう言ってハンスは依頼掲示板に背中を向けてゆっくりと歩き始めた。ルーミアは手に持っていた依頼書を慌てて掲示板に戻して、ハンスに付いていく。

少し歩くとギルド長室が見えてくる。恐る恐る入室したルーミアは思わずきょろきょろと部屋を見渡した。

入って正面には大きめのデスクがあり、その手前には高級そうなソファが二つ対面で置かれている。奥の方には観葉植物の植木鉢がいくつか並べられている。それほど広い部屋ではなく物も多くはないが、ハンスの個性を感じさせる。

「どうしたんだい？」

「いえ……ギルド長のお部屋ともなればもっと広いところかなーと想像してたので……」

「まあ、最低限デスクワークできるだけのスペースがあれば十分なんだからこれでも一人で使うには広い方だよ。このソファも一人で座るには大きすぎるしね」

「確かに……」

「まあ、適当にくつろいでよ。僕は飲み物を入れてくるけど……コーヒーか紅茶だったらどっちがい

いかな?」

「えっ、そんな……お構いなく」

「いいのいいの、遠慮しないで。君の時間を貰《もら》ってるわけなんだからそのくらいはさせてほしい」

「……では、お言葉に甘えて紅茶をお願いします」

「それでよろしい。座って待っててくれ」

断り切れず紅茶を頼んだルーミア。ハンスはどこか嬉しそうに奥の扉を開き中へ入った。そこは給湯室のようでしばらくすると中から水を出す音や、カップを用意する音などが聞こえてきた。

ルーミアは落ち着かない様子でソファの端っこにちょこんと座ってピンと姿勢を正す。くつろいでいいと言われたものの、自分より立場が上の者に茶を入れさせておきながら、自分はふかふかのソファに身体を沈めるなんてこと本当にいいのか、など色々考えて立ち上がったり座ったりと挙動不審な上下運動を繰り返しているとハンスが戻ってきた。

「何をしているのかな……?」

「あっ、その……なんでもありません。ちょっと落ち着かなくて……」

「まぁ、そうだよねぇ。とりあえずこれでも飲んで一息ついて。お口に合うといいのだが……」

ハンスもルーミアの表情が硬いのは分かっていた。言葉で落ち着いて、リラックスして構わないと言っても目上の人を前にその緊張を解くことは中々できないだろう。これまで交友があるなら別にしても二人は初対面。ハンスの方はルーミアについて何か知っているような反応を見せていたが、ルーミアからすればいきなり話しかけてきた老紳士が実はギルド長という偉い立場の人間だったという展閑だ。当然その心は休まることを知らない。

そんな中差し出されたティーカップ。アツアツの湯気が立ち昇り、いい香りがルーミアの鼻先をくすぐった。若干震えた手でカップを持ち口に運ぶ。

「おいしい……」

「それはよかった。この茶葉、僕も好きなんだよねぇ」

ルーミアに普段紅茶を嗜《たしな》む趣味はない。それでも口の中に残るさわやかな風味はこの紅茶が素晴らしいものだということを教えてくれる。いい茶葉を使っているだけでなく、この紅茶を入れたハンスの技量をも窺える至高の一杯だった。

「ふぅ……おいしかった」

ちびちびと少しずつ流し込んでいたはずの紅茶は気が付くとなくなっており、ティーカップは底を見せている。その頃にはルーミアの心は大分《だいぶ》落ち着きを取り戻していた。

「あの……私と話したいことってなんでしょうか？」

「ああ、そういえばそうだったね。誰かとお茶の時間を共にするのが久しぶりでつい忘れていたよ。といってもそんな大した話じゃない。君の在り方について興味が湧いた、ただそれだけだよ」

「それって……？」

「冒険者ルーミア。本来後衛から味方に支援魔法を施すのが役割の白魔導師でありながら、仲間を持たず一人で活動をしている。その支援魔法を自分にかけて己の肉体で戦う……面白いじゃないか」

「知ってたんですか？」

「うちのギルドでも君は結構有名人だよ。ソロで活動している白魔導師というだけでかなり目立つからね」

目立つ要素はいくらでもある。役職に合わぬ格好も要因の一つだろうし、討伐依頼を難なくこなす姿などもルーミアの知名度上昇に拍車をかけているだろう。それに加えて先日のルーミアが激怒した事件。それにより周囲に実力を示したルーミアの存在はかなり知れ渡っている。

「それとね……この前のレオンを返り討ちにした件。それ以前から君の不正疑惑について取り沙汰《ざた》されることがあったから、調査のついでに観察させてもらったよ」

「調査？　観察？」

「僕は千里眼を使うことができてね。君が本当に自分の力で依頼を達成しているのか視させてもらったんだよ」

そう言ってハンスは自身の顔にある片眼鏡を触って動かした。その動作で意味を理解したのかルーミアはあっと声を上げた。

「千里眼！　視るってそういうことですか……！」

「そうそう。この前のアウルベア討伐も見事だったよ。ただねぇ、君の動きが速すぎて千里眼を調節するのが大変で途中が見れてないんだ……よかったら君の口からどうやって倒したのか教えてくれないかい？」

「は、はい！」

ルーミアはアウルベアを討伐した時のことを思い出す。

といっても複雑なことは何もない。ルーミアの戦闘法は至ってシンプル。

「えっと、身体強化《ブースト》を使って、適当に殴って蹴って、動きが鈍くなってきたところで付与《エンチャント》・氷《アイス》を纏わせたブーツで腕周りを凍らせて……って感じですね、はい」

「なるほど、白魔導師の力で属性付与ができるから魔鉱石で魔法親和性を高めた装備をしているのか」

「見ただけで分かるんですね」

「まあ、これでも君より長生きしてるからね。その分知識も多いのさ」

ハンスはルーミアの解説を受けて素晴らしいと手を打った。

送られる拍手に照れた様子でルーミアは少しはにかむ。

「やはり単独での戦闘能力も申し分ない……。しかし、まだランクはそれほど高くない……か。今後のことを考えるといい機会だな……」

「あ、あの……」

「ああ、すまない。君にやってもらいたい依頼について考えてたんだ」

「そういえばそんなこと言ってましたね。ギルド長直々になんて……」

ルーミアはハンスに呼びかけられた時のことを思い出した。こうした何気ない雑談もハンスの目的の一つではあるが、本題はルーミアへの依頼。ギルド長本人から頼まれるということは何か難しい依頼なのだろうかと、ルーミアはごくりと喉を鳴らした。

「別に強制というわけじゃないから断ってもらっても構わない。でも、君にとっても悪くない話だと思っている」

「私にとって悪くない話……ですか？　その依頼に何かあるんですか？」

「ああ。君が受け入れてくれるのなら、その依頼を特別昇格試験にしてしまおうかと思っているのだが……どうだろうか？」

「特別……昇格試験……っ」

ハンスの口から語られた、聞き慣れない言葉。

だが、推測はできる。その言葉の意味を正しく思い描いたルーミアは驚いたようにハンスを見つめていた。そして、少し考えた後、ゆっくりと口を開いた。

「詳しく聞かせてもらってもいいですか……？」

「もちろんだとも。試験の内容はここ最近活動が活発になってきている盗賊団の捕獲だ。つい先日僕の千里眼で奴らのアジトを特定したから、一定ランク以上の冒険者達にチームアップを要請して特別依頼としてお願いしようと思っていたけど……君さえよければ任せてみようかと思う」

「私にそんな重要な依頼……っ？」

「自信がないのかい？」

「……まあ、端的に言ってしまえばそうなりますね。だって、本来なら複数人の冒険者でやるはずだった掃討作戦を私だけでやるってことですよね……。本当にできるでしょうか？」

盗賊団というからには相手取る人数は一人二人ではなくもっと多いだろう。本来だったら多くの冒険者で当たらないといけない依頼であるのに、ルーミアに単独で当たらせる。それがハンスの語った特別昇格試験の内容だった。

「これまでの君の戦いぶりを見て、実際に話を聞いて、できると思ったから頼んでいるんだ」

「でも、それに昇格もかかってるなんて……」

「……現在君はソロのCランク冒険者だ。パーティを組まない君なら昇格の重要性は……うん、その顔は分かってそうだね」

「同じランクでもソロとパーティでは全然違う……ですよね？　特に受けられる依頼の幅という意味で」

基本的に冒険者は自分の冒険者ランクと同じかそれ以下のランクの依頼しか受けることができない。Cランクならば C ランク以下に難易度設定された依頼といったように、ギルドが定めたランクによって受けられる依頼は変動する。

しかし、ソロに限ってはそう単純な話ではない。

ソロランクとパーティランクでは扱いが多少異なり、ソロだと制限を受ける場合がある。

例えばCランクパーティならば受注可能な依頼でも、ソロのCランク冒険者では受けられないというケースがある。その理由はやはり人数差だ。

必ずしも人数が多ければ強いというわけではないが、数の暴力という言葉が存在するくらいだから、基本的に数が多い方が強力というのには一理あるだろう。

それに伴って、複数人で対処する前提で危険度を定められた依頼もあり、冒険者ランク通りに依頼を受けられないこともあるということだ。

加えてソロ冒険者はパーティに比べて昇格の条件が厳しいということもある。

そのことを踏まえると、今ここでルーミアに特別昇格試験の話が舞い込んできたのはかなり幸運なのだ。

「どうしてこの話を私に……？　特別昇格試験と言ってるってことは、私は本来の昇格条件をまだ満たしていないってことですよね？」

「そうだね。君が昇格試験を受けるには本当だったらもう少し依頼をこなしてもらわないといけない。でも、ギルド長権限を使ってまで昇格させたいと思うほど君は優秀なんだ」

「え……？　私が優秀だなんてそんなこと……」

「僕もギルド長になってから結構長くてね……これでも人を見る目には自信があるんだ。大丈夫、今は自信が持てなくてもいい。結果は必ず付いてくる。君は上を目指せる人材だよ」

ルーミアは確かにパーティの中での白魔導師としては優秀ではなかった。後衛から支援できない白魔導師は要らないと言われても仕方ないだろう。だが、そこでつけられた評価は、今ここで活躍を見せるソロの白魔導師ルーミアには関係ない。

ハンスはギルド長として多くの冒険者を見てきた。

そんな彼の説得力のある言葉は、ルーミアの迷いを取り除く。

「分かりました。そこまで言ってもらえるなら……私頑張ります！」

「そうか、よかったよ」

ルーミアは立ち上がり、特別昇格試験の依頼を受けることを宣言する。

それを聞いたハンスは嬉しそうに目を細め、デスクへと向かい引き出しを開けた。

「じゃあ、これにサインしてもらえるかな。詳細もその下の紙にまとめてあるから目を通しておいてね」

「えっ、これ……私が受ける前提で用意してたんですか？」

「そうだよ？」

ハンスが取り出したのはルーミアがサインをするだけで完成する依頼書だった。

その準備の良さはまるでルーミアが首を縦に振ることが分かっていたかのようだ。とんとん拍子で話が進んでいくことにルーミアは呆気《あっけ》に取られる。

「私がそれはできないって断ったらどうするつもりだったんですか？」

「んー、それは考えてなかったね。ま、その時はいいよって言ってくれるまで根気強く説得したかな？　無理やりはよくないからね」

「うわ……やられたなぁ。まぁ、どうせ受けるんでいいですけど……」

結局のところルーミアが同意する前提で行われたこのティータイム。すべてハンスの掌《てのひら》の上だったのだろう。

だが、自信がなく迷うルーミアにかけていた言葉に嘘はなかった。そのことだけは確かに感じていたルーミアは、いいように転がされたものの、それほど悪い気はしていなかった。

◇

「さて、そろそろ出てきてもいいんじゃないかな？」

ルーミアが出て行き一人になったハンスは給湯室の方に向かって声をかける。閉まっていた扉がゆっくりと開き、中から一人の女性が姿を現した。

「今の少女が噂の冒険者ですか」

「そうだ、君はどう思う？」

「率直に言うのなら、今回の件は少々荷が重いのでは……と」

「はは、厳しいね」

給湯室に潜んでハンスとルーミアの会話を聞いていた女性は厳しめの意見を述べた。

それを聞いてハンスは苦笑いを浮かべる。

「でも……面白いと思いますし、期待もしています。私も一人で戦うタイプの魔導師なので、彼女がどこまでやれるのか見届けるのも悪くない……」

「そう言ってくれると助かるよ。本当だったら君を中心としたチームアップで掃討作戦に臨む予定だったけど……急遽《きゅうきょ》予定変更して悪かったね」

「まあ、せっかく遠くから足を運んでいるので、せめて面白いものが見られればいいなと」

「きっと見られるさ。ルーミア君は君の想像を超えられるよ」

「あなたがそこまで一人の冒険者に入れ込むなんて……期待できそうです」

「うん。じゃあ、何かあった時のフォローは任せたよ。アンジェリカ君」

「分かりました。では、彼女の状況が変わり次第動きます。何かあったらこの通信魔道具で連絡してください」

それだけ言い残して、アンジェリカと呼ばれた女性もスタスタと歩いていった。

◇

「大変なことになっちゃったなぁ」

森の入り口。

ルーミアはハンスから受け取った依頼内容の詳細と判明したアジトの位置が記された地図をぼんやりと眺めぼやいた。冒険者ギルドにリリスがいなかっただけで、こうも普段と違う展開になるとは思いもしていなかった。

ギルド長からの接触。緊張のティータイム。からのギルド長直々の指名依頼が特別昇格試験。そしてこれからその依頼の盗賊団捕獲へと向かうのだからまだ今日という日が終わっていないが、これほど濃い一日はそうそう訪れないだろうとルーミアはしみじみと感じていた。

「ま、頑張ればなんとかなります。でもなぁ、相手が人間っていうのが難しいところですねぇ……」

実のところ、ルーミアが人間相手に力を使用したのはレオンに激怒した時が初めてである。そこで初めて人体への攻撃の感覚を知った。今回は初の人間相手の依頼ということでその感覚を思い出しながら考える。

「あの人は三重《トリプル》で骨が折れたけど……うーん。重さはなくしてても重量ブーツは頑丈な分蹴りの威力は高くなっちゃうから……とりあえず一発殴ってから考えればいっか」

全力の横蹴りで屈強な男の骨が折れることを考えると加減は考えないといけないのだが、ルーミアは行き当たりばったりの出たとこ勝負をすることに決めた。

「人目につきにくい森の中で商人などを狙って襲う……かぁ。私みたいなのが一人でちょろちょろしてれば引っかかってくれるのかな？」

ルーミアは今回わざと装備を外して、どこにでもいる少女を装っている。もちろんブーツはそのままであるが、黒いガントレットがないだけで幾分か華奢に見え、服装も多少動きやすい程度の普通の服に留めているため、どこからどう見ても一般人だ。

アジト自体の特定は済んでいるためわざわざ囮のような役割を演じる必要はない。しかし、アジトの周りには見張りなども何人か潜んでいるらしく、いかにも敵対するのが明らかな格好で乗り込もうとすれば警戒させてしまうかもしれないため、少しでも油断を誘うための装いなのだ。

「奴らが使うナイフには麻痺毒《まひどく》が塗られている……か。そういう徹底ぶりもすごいけど、そこまで筒抜けにしてるハンスさんもすごいですね」

ハンス曰《いわ》く千里眼は魔力の消費が大きくそれほど長い時間は使えないらしいが、情報を集めるにはもってこいで、千里眼が能力の代名詞だった冒険者現役時代は必要な情報をここぞという時に引っ張ってくることから観測者と呼ばれていたこともあったらしい。

情報は時としてものすごい武器となる。知っているか知っていないかで運命を決めることだってある中で役立つ情報を仕入れてくるハンスは戦線にいないながらも戦っていると同義だ。

他にも有益な情報が書かれている紙に目を落としてルーミアは考える。

（観測者……かっこいいなぁ。私もそういう異名？　みたいなのいつかつけてもらえるのかな？）

異名や称号のような呼び名は自分から名乗るものではなく、周囲の者達から自然と呼ばれていくものだ。そういったものに憧《あこが》れるルーミアは自分もいつかと意気込んでかわいらしく鼻を鳴らした。

「……悲鳴？　とりあえず行ってみましょう」

そんなことを考えて一人でにやにやしていると森の奥から悲鳴が聞こえてきた。

ルーミアは気を引き締め直して、悲鳴の聞こえた方向へと駆けだした。

すぐさま走り出したルーミアは風を切って進む。声の方向へと進むと共に第一に視界の確保。少しでも見渡しがよくなるように高くそびえる木に飛び移り、自慢の機動力で素早く移動していく。

「どこ……いたっ！」

ルーミアの視界に入った人だかり。荷物を乗せていた荷車らしきものと男性二人、女性一人が地面に倒れている。少し目線をずらすと一人の女性がいかにも盗賊らしい風貌《ふうぼう》の男性複数人に囲まれていた。

女性はじりじりと後ろに下がるが、盗賊が包囲網を閉じるかのように距離を詰め逃げ場をなくしている。

「間に合った。身体強化《ブースト》――二重《ダブル》！」

「ぐはっ」

盗賊の持つナイフが女性の肌に届かんとした――その時。その包囲網に割って入ったルーミアの蹴りが一人の男を吹き飛ばした。その男に巻き込まれて何人かも一緒に飛ばされる。残った者は突然の乱入者に驚いて声を上げげた。

「お前っ、いきなり現れて何者だ⁉」

「何者ー？　特に名乗る異名とかはないしなー……どこにでもいる普通の女の子だよ」

「ふざけるなー！」

一人がルーミアに突っ込んでくる。ルーミアは突き出されたナイフを最小限の動きで躱《かわ》すと、伸びきった腕を押さえ、捻《ひね》り上げる。

「いだだだだっ。くそっ、離せっ！」

「いいけど、それは置いてってね」

「ぐあっ！」

ルーミアはナイフを持つ手を思いっきり握った。男は悲鳴を上げてナイフを落としてしまう。その後、離してもらったのも束《つか》の間《ま》、ルーミアの拳が腹に突き刺さり蹲《うずくま》る。

「うん、今の加減なら折れてないね。じゃあこのくらいかな……っと、危ないなぁ」

「くそっ、避《よ》けるなよ」

「いやいや、避けるでしょ。それ、毒……塗ってあるもんね」

「なら、これはどうだ？」

「……やばっ、っと。ごめんね」

この応酬でルーミアに近付くのは得策ではないと判断した者が毒塗りナイフを投げ付けてきた。ルーミアはそれを躱す。見えている攻撃を回避するのは容易《たやす》いため、飛来するナイフを次々に避けていく。しかし、身を翻したルーミアは慌てて一つのナイフを掴んだ。

「へへっ、傷付いたな」

ルーミアの右手は一本のナイフを受け止めていた。それはそのまま進んでいれば背後で座り込んでいる女性に向かう一撃。それを咄嗟《とっさ》に自分の手で止めたのだ。

「終わりだな。それで刺された奴はすぐに動けなくなる。見ろ、そいつについてた護衛の奴らだってあのザマだ。多少喧嘩慣れしてるみてぇだが、毒対策もしてない奴が一人で突っ込んできたのが運の尽きだったな」

男は顎《あご》で倒れてる冒険者らしき者を指した。動けないでいる人達には皆ナイフが刺さっている。動こうとしても身体を動かせないほどの麻痺毒。それが塗りたくられたナイフを素手で止め血を流すルーミア。

腰が抜けたのか座り込んで動けない女性は泣きそうな顔でルーミアを見ていた。

彼女と目が合ったルーミアは、フッと優しく微笑《ほほえ》んだ。

「大丈夫です。必ず守るので、そこから動かないでください」

「でもっ、そのナイフで刺された方はみんな動けなくなって……！」

ルーミアは女性を安心させるように声をかけるが、女性は泣き出してしまった。

魔の手にかかり倒れ伏して動けなくなってしまった彼らのように、ルーミアもじきに動けなくなる。

そして、その次は自分の番だ。絶望感が押し寄せて悪い予感を加速させる彼女だったが、ルーミアが倒れ込む様子は一切ない。

「おい、おかしくないか？」

「そろそろ効いてくるはずだぞ。ちゃんと塗ってあったのか？」

「しっかりと確認した。あれは確かに塗りたくられてたぞ」

「じゃあ、なんで効いてない……っ？」

確かに身体の自由を奪うナイフはルーミアに傷を付けた。たとえ深々と刺さっていなくとも、かすり傷でも毒は回る。ルーミアの手から流れる血が、ナイフの刃が皮膚を裂いたことを証明している。

そのはずなのに、彼女は未《いま》だ倒れることなく立ち続けている。

「さっきの言葉……心外ですね。何勝手に対策してないって決めつけてくれてるんですか……？」

「なんだって？」

「終わりなのはそちらってことです」

ルーミアはまだ意識が残っている者を反撃させる間もなく素早く殴りつけて確実に意識を刈り取っていく。

そして、万が一目を覚ましても行動できないように、麻痺毒が塗られたナイフを拝借して彼らに薄く斬り付けた。

「大丈夫でしたか？」

「私は大丈夫ですけど……それよりあなたはっ？　彼らは無事なんですか？」

「安心してください。助けます」

ルーミアは麻痺毒で倒れている冒険者に近付いて、触れて声をかける。

「ナイフを抜きますよ。回復《ヒール》――そして抗・麻痺《アンチ パラライズ》」

「ああ……動ける。それに傷の治療まで……本当にありがとう！」

「どういたしましてです」

それを繰り返して全員分の治療を終えると、自分にも回復《ヒール》をかけて手の傷を塞いだ。

「あなたは……いったい？」

「通りすがりの白魔導師ですよ。とりあえずこいつらは全員……これで大丈夫かなっ？」

ルーミアは持ってきていたロープで地面に転がっている盗賊団の手足を縛りあげていく。

「どうしよ？　こいつら一回戻って引き渡した方がいいかな？　一応縛ったけど放置して逃げられたら嫌だしなぁ」

「あの……その方々を運ばないといけないのであれば、私に協力させてくれませんか？　助けていただいたお礼になるか分かりませんが……せめてそれくらいはさせてください」

「え！　いいんですか？　ありがとうございます！」

ルーミアはそれを聞き嬉々として倒れている荷車を起こし、荷物を戻していき空いているスペースに盗賊を放り込んでいく。

「こんなことがあったので本当は町までついていってあげたいですが、私はこの盗賊団の根城に挨拶《あいさつ》してこないといけないので、お手数ですがそいつらお願いしますね」

「……はいっ、確かに承りました」

ルーミアはちょっとそこらを散歩してくるといったノリで話すが、言っている内容は中々に過激なものだ。

「あなた達も最後まで彼女をよろしくお願いします」

「俺達を助けてくれてありがとう！　あなたが帰ってきたら改めてお礼させてほしい」

「冒険者なんですよね？　でしたら冒険者ギルドでまた会えると思うのでその時にでも自己紹介しましょう」

「では、その時はぜひ私も混ぜてください。必ずお礼に伺いますので」

「分かりました。楽しみにしてますね」

助け助けられの関係だがお互いにまだ名前も知らない。本来ならここで自己紹介をしながら一息ついてもいいのかもしれない。しかし、ルーミアにはルーミアの依頼が、彼らには彼らの依頼がある。

それらがすべて片付いたら、ゆっくり話そう。そう約束をしてルーミアは商人達を見送る……その前に手を差し出した。

「握手をしましょう」

商人の女性と冒険者の三人はその手になんの戸惑いもなく己の手を重ねた。

その後、ルーミアの姿はすぐに小さくなってしまったが、ユーティリスへ出発しようとした時、彼女達は妙に力が漲ってくることに気付いた。

それはルーミアが残した餞別だった。

◇

その数分後。

名も知らぬ商人の女性と名も知らぬ冒険者達と別れ、本来の目的のために奔走するルーミア。彼らとはまた会う約束をしてしまったため、サクッと依頼と試験を片付けて帰ろうと思っていた彼女だったが不意に木の上で立ち止まって顔を青くさせた。

「あれ？　ハンスさんからもらった地図……落としちゃった？」

森の地形などが簡易的に記された地図。それに盗賊団のアジトのマーキングがされていたのだが、改めて確認しようとしたところ肝心のそれがないことに気付いた。

「やば……盗賊団のアジトってどこらへんだっけ？」

本来ならば地図を確認しながら森に入っていくつもりだった。だが、突如聞こえてきた悲鳴の元へ駆けつけるために、よく見る時間もなくそのまま足を踏み入れた。当然ルーミアの頭に地図がまるごと記憶されていることはなく、現在地がどこなのかも怪しい現状にルーミアはしばし考える。

「あの人達を助けるためにどういう風に移動したっけ？　あれ？　ちゃんとした道を通ってきてないから分からないなぁ」

森といってもまったく整備されていないわけではなく、人や馬車などが通るための道がある程度は整えられている。しかし、ルーミアは木々を飛び移りながら順路を無視して彼らが盗賊団に襲われている場所までやってきた。そのため、現在地の逆算を行おうにも情報が足りない。つまるところ迷子になってしまったというわけだ。

「うーん、どうしよ？　一旦戻る？　でもバレたら恥ずかしいしなぁ」

地図をなくしてアジトの場所が分からなかったから戻ってきました、なんて口が裂けても言えない。ならば、ルーミアの取れる選択肢は限られる。

「……よし、多分あっちの方だと思う」

盗賊団がアジトにしているということは、人通りのある道からは外れた場所のはず。ルーミアはたったそれだけの情報と己の勘を頼りに移動を開始した。

◇

「あれー、もしかして反対だったかな？」

ほどなくして、ルーミアは完全に迷っていた。探し回ればなんとか見つかるだろうと高を括《くく》っていたが、一向に目的地に到達する気配がない。

ルーミアは木の太い枝に足をかけて、こうもりのようにぶら下がり、身体を揺らしながら考える。

「とりあえずちゃんとした道に戻ろうかな。そうすれば看板とかもあるだろうし、一度入り口まで引き返して、方角の調整をしよう」

ただひたすらに道なき道を切り開くだけではいけないということに今更ながら気付いたルーミアは

ようやく正攻法の手段を取ることにした。

ユーティリスへの道に一度引き返し、覚えている限りの地図の内容と方角だけでも照らし合わせる。二度手間になってしまうかもしれないが、今どこにいるのかすら分かっていないのだから、ルーミアにとっての最善手に違いない。

そうして方針を決めてさまようこと数分。

ようやく人の歩く道に戻ってきたルーミアは拾った木の棒を振り回しながら鼻歌交じりに歩いていた。

「ふんふふーん。早く盗賊団壊滅させて昇格したいなー。昇格できたら稼げる依頼を受けて、いっぱい美味しいもの食べたいなー……ん？」

自身のささやかな欲望を歌に乗せて呟いているとふいに遠くから話し声が聞こえてきた気がした。ルーミアは少し迷う素振りを見せてから軽やかに近くの茂みに飛び込んで身を隠した。しばらくすると風で木の葉が擦れる小気味よい音に、何者かの会話が乗っかって聞こえてくる。

「そういえばよ、北側の道を押さえてたグループと連絡がつかなくなったらしいぜ」

「は？　マジで？　あいつらヘマしたのかよ」

「数だけは一丁前に揃えてたけど、麻痺毒頼りの雑魚《ざこ》ばっかだからなー。連絡つかねーってことはもう捕まってんだろ」

近付いてくる二人の男性は先程倒した盗賊団と似た格好をしている。

話している内容から仲間であることが読み取れるので、ルーミアは息を呑んだ。

「そういやこの辺で何か変な音がしなかったか？」

「あ？　いや、俺は何も気付かなかったけど……お前のそれ、よく当たるからな……」

「耳には自信があるんだよ。ちっせえ動物が出すような音じゃなかったと思うが……なんだろうな？お、そこの茂みに誰かいるな？」

自身の耳をとんとんとつついて自信ありげに言う男は、足元に落ちていた石を拾い上げて、ルーミアの潜む茂みへと放った。

「痛っ……あっ」

ちょうどよく石が頭に当たり、ルーミアは思わず声を出して立ち上がってしまった。

盗賊団の男性と目が合う。

「おいおい、マジでいたぞ。こいつ、どうする？」

「見たところただのガキだが……俺達の話を聞いてたかもしれねえ。無事に帰して誰かに話されたら面倒だしな。一応捕まえてボスに引き渡すか」

「そうだな。金目の物を持ってなくても女は身体が使えるからな」

数歩踏み込めば詰められる距離感。

そこはルーミアの得意の間合いだというのに、油断して悠長に話している二人をジッと見つめてルーミアは考える。

（私のことを舐めてくれてるおかげで隙だらけですね。これならどっちもすぐに片付けられます。けど……）

身体強化《ブースト》の段階を引き上げて、一気に間合いを詰めれば拳が一瞬で届く。倒すのなら今が千載一遇のチャンス。しかしルーミアが選んだのは――まだ手を出さずに泳がせるというものだった。

◇

「おい、きびきび歩けって」

「痛っ……」

ルーミアは足を蹴られながら早く歩くように催促される。

盗賊団の男二人に挟まれるような形で渋々従う彼女だったが、両手を後ろで縛られている。なぜこのような事態になっているのか。みすみす捕まってしまうような状況ではなかったはず。しかし、これはルーミアが選んだ状況だった。

◇

分岐は数分前。彼らと対峙した時。

ルーミアは自身をただの少女と侮り油断している彼らを素早く仕留めようとしていた。身体強化《ブースト》も施して、突撃する用意は万端だった。しかし、彼らが取り出したものを見て、反射的にピタリと動きを止めた。

（ロープ？　それで……そんなもので私を捕まえるつもり……？）

ルーミアから見て左の男が取り出したのはなんの変哲もないロープ。

それを見てルーミアはあることを思いついた。

（ボスのところに連れていくってことは……アジトに行けるってことだよね？　えっ、本当？　助かるー）

地図をなくして辿り着けなくなってしまった目的地。そこに連れていってもらえるというのならば少しの間の我慢、甘んじて受け入れよう。

ルーミアは迫りくる男の手から逃れようと後ずさり、わざと躓いて転んだ。その様子はとても自然なもので、ルーミアはいかにも追い詰められているといった演出を行った。怯えたような表情を貼り付けて、うまく事が運ぶように彼らの心理を逆手に取る。その演技の裏では彼らを欺いたことをほくそ笑んでいた。

◇

そうして、ルーミアは捕まった。後ろ手にロープで縛られその先は男の手に繋がっている。傍から見ればいたいけな少女が拘束されて逃げられずにいるというもの。しかし、この状況はルーミアの想定通り。

（うん、このくらいのロープなら簡単に引きちぎれますね。変なことされそうになってもいつでも逃げ出せます。私を拘束したいなら鋼鉄の手錠くらい持ってきてもらわないと……)

元々二人を倒すつもりでいたルーミアがこうしているのは、拘束されてもさほど問題はないと思ったからだ。ルーミアの身体を縛るものが頑丈な手錠、枷《かせ》や鎖などだったら、大人しく捕まるなんてことはせずにサクッと暴力で黙らせていたはずだ。だが、こうしていつでも抜け出せるような普通の拘束ならば何も問題はない。

とはいえ、ルーミアも年頃の少女だ。

下衆《げす》な考えを持つ男に後ろ手に縛られる格好で主導権を握られているため、当然警戒はしている。

今のところ特に何もされていないが、性的な接触などが行われそうになった瞬間、その仮初《かりそめ》の拘束を力で解き放ち、反撃する準備はいつでもできている。

「ボス、気に入ってくれると思うか?」

「期待はしない方がいいだろ。顔は整ってるがいかんせん貧相だ。胸もそんなにないし、ボスのお眼鏡には適《かな》わないかもしれないな」

それを聞いたルーミアの手に力が籠《こも》る。それは本当に無意識だった。みちみちと嫌な音が鳴りそうなところで我に返ったルーミアはゆっくりと息を吐いて心を落ち着かせた。

(危ない危ない……つい手が出るところでした。今暴れたら台無しです……)

まだその時ではないのに、ロープを引きちぎり殴り飛ばしてしまいそうだった。なんとか堪えたもののルーミアはやり場のない怒りで肩を震わせている。

「おい、見ろよ。こいつ、震えてやがるぜ」

「まじかよ。まあ、これから何されるか嫌でももう分かるだろ。恨むなら俺達に見つかった自分を恨むんだな」

「あんまりいじめてやるなよ。泣き出しちまったじゃねえか」

男達はルーミアの様子を都合よく勘違いしている。まさか、囚《とら》われの少女が絶体絶命の状況にて怒りで震えているとは思いもしないだろう。

それにルーミアの頬を伝う涙。それも偽物で勘違いに乗じたウソ泣きだ。

(付与《エンチャント》・水《ウォーター》。まさか自分の顔に付与《エンチャント》することになるとは……人生何が起きるか分からないものですね……)

それは属性付与によって生み出された水滴。本来このような使い方をする魔法ではないのだが、ルーミアは偽りの涙を演出するために己の持てる力を活用したに過ぎない。

だが、おかげで彼らはルーミアの演技を信じ切っている。

俯いたまま、ルーミアは笑いをこらえるのに必死だった。

◇

そうして、しばらく歩かされていると木々の隙間から洞窟《どうくつ》のようなものが見えた。

(あれが……！　てか、全然反対だったじゃん……案内してもらってよかったぁ)

ここまで連行されるのにかなり歩かされた。ルーミアのいた場所はアジトの真反対といってもいい場所だった。

「さ、ボスに気に入られて手元に置いてもらえるか、それとも奴隷として売り飛ばされるか……。お前次第だな」

「……残念ですが、どちらもお断りです。身体強化《ブースト》——五重《クインテイ》」

「なっ？　こいつっ！」

「遅すぎます！」

「がっ」

「ぐあっ」

ここまでくればもう彼らは必要ない。ルーミアは身体強化《ブースト》を施して己の身を縛るロープを容易く引きちぎった。ロープをちぎるのに五重《クインテイ》も重ね掛けするのはやりすぎだったが、ルーミアにそうさせるほど彼らは怒りを招いてしまったのだ。

突如として拘束から抜けたルーミアに目を剥《む》いた二人。再度捕らえようと動き出すがやはりそこはルーミアの間合いだ。彼らがルーミアに襲い掛かるよりも、ルーミアの拳が彼らの顎に突き刺さる方が断然早い。やつあたりの意味も込めてあまり加減されなかった一撃は、容赦なく二人の意識を刈り取った。

「まったく……貧相とか好き勝手言ってくれましたね。胸だってちゃんとあります。本当はあと五発くらいしばきたいですが、ここまで案内してくれたお礼としてこれで勘弁してあげます」

どさりと崩れ落ちた二人に本当だったら追い打ちをしたいルーミアだったが、迷子の自分を目的地まで連れてきてくれたため、役に立ち助けになってくれたことに免じて追加の暴行はしなかった。

しかし、身体のことでとやかく言われて不機嫌だったルーミアは、回復《ヒール》を彼らに施すことはしなかった。

そしてその男達を縛り上げて転がすと、いよいよお待ちかねのアジトと対面だ。

「おー、意外と広いしちょっと明るい……？　でも空気悪いなぁ」

盗賊団がアジトにしている洞窟らしきものに足を踏み入れたルーミア。

入り口はそれほど大きくなかったが奥に進んでいくにつれて広くなっている。通常なら真っ暗かと思われる場所だが、盗賊団が出入りしていることを裏付けるように、一定間隔で壁に取り付けられた魔道具らしきものが洞窟内をぼんやりと照らしている。しかし、空気があまり循環していないのかジメジメとした空気が喉に貼り付く。ルーミアは顔を顰めながらコツコツと足を鳴らす。

閉鎖的な空間だけあって足音がよく響く。

しかし、今のところ誰かと鉢合わせるということもなければ、向こうから誰かが近付いてきている気配なども感じられない。

(んー？　思ったより人少ない？　奥にいるのかな？)

次から次へと相手がやってきて手当たり次第に倒していくのを想定していたルーミアは少し拍子抜けしてつまらなそうにぼやいた。しかし、このまま終わるなんてことはないという予感もある。

(この依頼……というか試験の目的は、そうですね……私の複数人を相手取る際の対処能力と継戦能力の確認といったところでしょうか？)

これは特別依頼であると同時に特別昇格試験でもある。

試験というからには何かしら能力を測る意図があるはず。そう考えたルーミアはこの試験が自身の何を測るものなのかを推測した。

ソロの白魔導師という異例の存在。

数々のパーティを転々とし、決まった仲間を持たないというわけではなく、ルーミアは完全に孤高の存在だ。

一人で大抵のことはこなせないといけない中で優先的に必要とされる能力は何かと考えた時、やはり個の戦闘能力は外せない。

ルーミアは一対一の戦いならばそれなりの強さを誇り、本人も得意としている。己の持ち得る力で相手の力を上回ればいいだけなのだからそれほど難しいことではない。

かといって、対多数の戦いにめっぽう弱いわけでもない。

確かにルーミアは魔法の射程距離がゼロだ。つまり白魔導師としての力を無条件で行使できる対象はルーミア自身のみ。基本的に己の肉体を武器として戦うスタイル故に範囲攻撃は存在しない。

では、ルーミアの対多人数戦への対処の仕方はどういうものか。それは至ってシンプル。相手がいなくなるまで一対一を繰り返せばいい。ソロは数の暴力に弱いという一般論を覆すだけの暴力をルーミアは有しているのだ。

そういう意味でも継戦能力は必須だ。

ソロで活動するということは、窮地の際に助けてくれる仲間はいない。常に頼れるのは己の力ただ一つ。

そんな中で体力が切れて動けない、魔力が尽きて戦えない、などというのは時として死を意味する。

「一人でBランク相当の力を示す……か。カバーしてくれる仲間はいない。そんなのいらない……っ。全部一人でやるんです……！」

仲間がいるからルーミアの白魔導師としての欠陥は浮き彫りになる。だが、一人で活動する分にはその欠陥は欠陥足りえない。パーティを組むことに対してまだ前向きな考えを持つことができないルーミアはどこか浮かない顔で自らを鼓舞した。

「ん……分かれ道かぁ。どっちに進もうかな？」

そんなことを考えながら進んでいると分かれ道に差し掛かった。

初の分岐に足を止めたルーミアは続く二つの道を交互に見やる。

「この先も入り組んでるのかな？　行き止まりとかで引き返すことも考えると……通ったって分かるような目印が欲しい……かな？」

分かれ道がここだけなら、迷うことはないが、この先の道がどのようになっているかは分からない。たくさんの分岐がありどこを通ったか分からなくなる——つまり迷子になるのはもうこりごりだったルーミアは少し悩む素振りを見せたのち、閃《ひらめ》いた。

「とりあえずこっちでいっか」

ひとまず右の道に進んでみることにしたルーミア。

そのまま進むかと思われた姿は一度止まり、壁に向かって足を振り上げた。

「よし……身体強化《ブースト》――二重《ダブル》」

身体強化《ブースト》を施して軽く。岩壁を少しだけ削り取るようなイメージでつま先を立てた。

硬いブーツとのぶつかり合いでギャリッと鈍い音を立てて、ほんの少し抉《えぐ》れたところからパラパラと砂が落ちる。

「ちょっと音が響くけど……まあ、別にいっか」

この印の付け方は大きな音を立ててしまい、自分の存在を敵に知らせてしまうリスクもある。

しかし、敵が向かってくるのならそれはそれで構わない。むしろ、自分から行く手間が省けるとまで思っているルーミアは隠密行動などする気もなかった。

「さ、どんどんいこー」

これなら迷子になることはない。

それだけで謎の安心感を覚えたルーミアは、足取りを軽くして進んでいった。

途中何度か分かれ道が存在し、行き止まりなどもあったため、壁を削り取った目印を頼りに進んでいく。そうしていくうちに少し道が広くなった。

「ん……広い。それに、何か聞こえる……？　人……話し声？」

耳を澄ませると何かが聞こえる。それは小さいながら話し声のようにも聞こえた。

「重量軽減《デクリーズ・ウエイト》」

ルーミアはここからの移動を慎重に行うために軽量化の魔法を唱える。

対象はいつものように重量ブーツだけではなく、ルーミア自身も含まれていた。

自身の体重を限りなくゼロに近付ける。

現時点で施されている身体強化《ブースト》も相まって軽くジャンプしただけでも洞窟の天井に頭をぶつけそうになるほどの跳躍にルーミアは慌てて身をかがめ頭を抱えたまま着地する。しかし、その着地は軽やかでまるで綿が落ちたかのように音を鳴らさなかった。

（ここまでやる必要があるかは分からないけど……一応ね）

敵に見つかる分には構わない。それでも己の存在を隠し通して不意打ちできる可能性が残されているというのならば、得意ではない隠密行動もする価値はある。

こうして己を軽くしたルーミアは足音を立てないように慎重に進んだ。

（あれは……檻……？　中に誰かいる……？）

敵と出くわすことを想定していて少しでも気付かれない確率を上げるために隠密モードになったルーミアだったが、どうやらその必要はなかったらしい。

檻に近付くにつれて明かりは小さくなるが、そこにいる誰かがルーミアを見つめているのは分かる。

「誰……ですか？」

音もなく現れた小さな影。それに向かって縋るような女性の声が投げかけられた。

暗くてよく見えないが、その女性は誰かを抱きしめるように座り込んだままルーミアを見上げている。

「私はルーミア。冒険者です。ここをアジトにしている盗賊達を倒しに来ました。あなた達は……？」

「私はキリカ、こっちは弟のユウです……。あのっ、助けてくれませんか！」

「はい、もちろんです。でも……っ」

助けを請われたルーミアは断らない。しかし、助けるといっても方法と順番が問題だ。

ルーミアの役目は盗賊団の壊滅。これからアジトのどこかにいるボスや残党を倒しに行かないといけない。今彼女達姉弟を助ける……もとい檻から出すことは恐らく容易だ。

（でも、出した彼女達はどうするべきでしょう？　私にも目的がありますし……）

出口まで案内することはできる。だが、彼女達の安全は保証できない。

外にまだ盗賊がいるかもしれない。比較的安全な森とはいえ魔物と遭遇してしまうかもしれない。

そう考えた時、町に送り届けるために同行は必要だろう。

「私、これから奴らを倒しに行くんです。その後必ず助けに来ますから……信じて待っていてもらえますか？」

「……分かりました」

ルーミアは彼女達の救出を後に回した。それを告げた時、姉――キリカは落胆したような表情を浮かべた。

どれほどの間ここに閉じ込められているのかは定かではないが、キリカにとってルーミアは待ち望んだ助けだ。キリカにとっての優先事項はこの場からの脱出。助けてほしいという言葉は出してほしいと同義だ。

だが、それを後回しにされてしまった。ルーミアは先のことまで見据えての考えだが、胸の内に秘めたそれはキリカには伝わらない。

ましてや、ルーミアはキリカから見て歳もそう変わらない少女だ。端的に言ってしまえばルーミアの小柄で華奢な姿はまったくもって強そうに見えない。それが自分達の救出を後に回して、盗賊を倒しに行くというのだ。不安と落胆が募るのも無理はない。

キリカ視点では、ルーミアが戻ってきてくれるという確信が持てない。

もしかしたら見捨てられるのかもしれない。

だからこその落胆だが、それはルーミアにも伝わったようで、言葉のかけ方を間違えたことを反省した。

「私は全部終わらせた後、あなた達を町まで送り届けます。本当は今出してあげたいですが、あなた達だけで逃がす無責任なこともできませんし、かといって戦いの場に連れていくこともできません」

「そう……ですか。あの……失礼ですが、ルーミアさんは盗賊団を倒せるんですか？」

「はい、それは約束します。何があっても絶対にしばき倒します」

「その……ボスと呼ばれていた男は剣を使ってました。本当に大丈夫ですか？」

「大丈夫です。信じてください」

ここまで何度も念入りに聞くのはやはりルーミアの実力が分からないからだろう。

口でならなんとでも言える。だが、今信じられるのはルーミアだけだ。

キリカは覚悟を決めたような顔で、格子の向こう側に手を伸ばす。

「お願いします。待ってますので……どうか」

「はい。すぐに戻ってきます。ユウくんも一緒に待っててください」

「あっ」

ルーミアは隙間から伸ばされた手を優しく両手で包み込んだ。

キリカは感じたぬくもりに声を上げる。自身の氷のように冷えた手を溶かすようなぬくもりが心地よいと思っていると、その小さな手は離れて弟のユウへと向かう。
二、三度優しく頭を撫でると、ルーミアは手を引っ込めた。
「おまじない、かけておきました」

「……なんですか、それ」

キリカがぎこちない笑顔を見せた。

それはどれだけ不格好でも、心からの確かな笑みだった。

「じゃあ、行ってきます」

「あっ、ボスが集会所のようにしている場所は最初の分かれ道をずっと左です」

「え……それは本当ですか？」

「はい、捕まった時に一度連れて行かれたので間違いありません。それだけは覚えてます」

「……ありがとうございます。身体強化《ブースト》――四重《クアドラ》」

キリカの口から語られたボスの居場所に一瞬動揺したルーミアだったが、今は悔やむより先にやるべきことがある。

力いっぱい地面を蹴り抜き猛加速したルーミアの姿は、キリカ達に一瞬残像を見せるほどに速かった。

ルーミアは駆ける。ただひたすらに脚を回す。

音を置き去りにしながら、時には壁すら足場にしながら、ひたすらに走る。

「あれかっ」

高速で移り変わっていく視界。

その先に捉えたのは洞窟には似つかわしくない装飾の入った扉。

(よし、このままっ……解除っ)

扉を開ける前のノックもなければ、そもそも開こうという意志すら感じさせない迷いのない突撃。

力を入れて壁を蹴り、まるで自身を弾丸に見立てているかのような加速のままルーミアは扉を蹴りつけた。

軽量化による爆発的なトップスピードはそのままに、扉を押し込む一歩手前で重量軽減《デクリーズ・ウエイト》を解除し、自身と自身の履くブーツの重量を取り戻す。速さに重さを掛け合わせたルーミア渾身の蹴りがいかにも頑丈そうな扉を軽々と吹き飛ばした。

「何事だっ?」

「扉が急に吹っ飛んできましたっ！　おい、大丈夫か？」

「近くにいた奴らが巻き込まれてる。とりあえず下敷きになった奴を引っ張り出せ」

派手に射出された扉。複数の衝突音と響く悲鳴。

ルーミアの爆発的な蹴りで真っすぐ飛んだ扉に轢かれた者の声だろう。

それだけでなく砂煙の向こう側で慌てふためく声が聞こえる。

（悪いけど、落ち着く暇は与えない）

場は混乱している。

ルーミアは砂煙を斬り裂くように飛び込み、手当たり次第見えた影に襲い掛かった。

「ぐあっ」

「ごはっ、なんだ、ぎゃっ」

「おい、どうしたっ？　いだっ」

砂煙に紛れた襲撃者に次々と意識を刈り取られて倒れていく。

ルーミアはそのまま数を減らせるだけ減らすべく、次の標的を定めようとして視線を動かした――

その時。

「あっぶないなー」

「避けたか。ただの命知らずだと舐めていたが……中々やるな」

魔法で形成されたと思われる刃《やいば》が視界を覆い隠していた砂煙を払いながら、ルーミアの胴を真っ二つにしようとしていた。

砂煙はルーミアを相手から隠す望ましい状態であると同時に、相手の攻撃を見えにくくする望ましくない状態でもある。可能ならば敵陣が混乱しているうちに叩ける敵は叩いて減らしておきたかったが、そううまくはいかないようで、退避を余儀《よぎ》なくされたルーミアは舌打ちを一つ零《こぼ》した。

周囲を見渡すと立っている者は多い。しかし、それより気になるのは今の斬撃を飛ばした者。ルーミアから見て一番奥……優雅にソファに腰掛けたまま剣先だけをこちらに向ける男がいた。

（斬撃を飛ばす剣？　ちょっと厄介かも……。でも、剣か……。他にはそれっぽいもの持ってるのはいないし、あれがボスとやらだね。こうなるんだったらガントレット持ってくればよかったかなぁ？）

そんなことを考えていると、無造作に剣が数回振られたのが見えた。

先程と同じように斬撃がルーミアへ向かって飛んでくる。しかし、それは見てからでも回避が間に合う。よほど不意を突かれない限りはなんとかなるだろうと、避けながらその斬撃を見送ったルーミアは周りを見やる。

（数はいるけど多分私の速さにはついてこれない。でも囲まれると少し面倒……、包囲される前にあれをどうにかしちゃおうかな）


「身体強化《ブースト》——二重《ダブル》」


周囲に散らばる、麻痺毒が塗られているナイフを構える者達には目もくれずに、真っ先にボスを討ち取ろうとした。不意を突いた突撃は緩い包囲を容易に突破して未《いま》だなお座り込んだまま余裕を見せている男へと距離を詰める。

（斬られる前に叩く）

斬撃を飛ばすのには剣を振る動作が伴った。それが斬撃を放つために必要なモーションであると判断したルーミアは、その前に自慢の拳を叩き込む流れに持ち込もうとした。スピード勝負で一気にけりを付ける。そのつもりで腕を振りかぶったルーミアだったが、次の瞬間目を丸くした。

（え――見失った？）

拳を叩き付ける対象を見失ったルーミアは引いた腕を押し出すことなく、無人のソファへと突っ込んだ。

「ぷはっ」

「おいおい、随分熱烈なキスじゃねえか。そんなにソファが恋しかったのか？　だったら好きなだけ隣に座らせてやってもいいぜ。この俺――ヴォルフ様の女になるってんならな」

「……それは遠慮します」

ルーミアは慌てて身体を起こし、男――ヴォルフから素早く距離を取る。

失態をにやにやと笑う表情がたまらなく腹立たしくなったが、冷静さを失うわけにはいかないため、歯を食いしばってなんとか堪える。

「次は当てる……っ！」

「おーおー、確かに速えな。だが……それだけだ。生憎と……速さになら俺も自信があるんだよ……っ！　おら！　死ねっ！」

「くっ、このっ……もうっ、いったいなぁ」

ルーミアは再度殴りかかるも、簡単に見切られて躱される。

それどころか反撃の一閃を避けきれずに薄く斬り付けられ、刻まれた傷から血が滴り落ちる。

「ならっ……三重《トリプル》ッ」

「おっ、まだ上があるのかよ。だがよー、本気を出してないのはお互い様だぜ」

「……っ、ぐっ」

「おいおい。なんだよ、その靴。靴で剣を受け止めるとか正気かよ？」

一段階身体強化《ブースト》を引き上げたルーミアは再度その舐め腐った顔を叩こうとするも、ヴォルフもまだ力を隠していたのか姿がブレる。

ルーミアは今度こそ速度で上回ったと思っていたが、ヴォルフにそのさらに上をいかれたことを直感で理解して、咄嗟に防御行動を取った。

ガントレットが腕に装着されていたのならば腕で受け止められていたかもしれないが、今はその防御手段は取れない。防御に適した魔法もない。残っていたのは……魔鉱石をふんだんに使用し、高い耐久性を誇るブーツだった。

身体を捻り、回し蹴りの要領で剣を受け止め弾く。

(だめだ。たまたま上手くいったけど、いつまでもこのガードは通用しない。かといって距離は取れない。私には近接攻撃しかない……っ)

「強い……」

「そうだろ？　いつだったか襲った武器商人がこの魔剣……確かサイクロン・カリバーだったかを持っててくれたから今本当に快適だぜ。おかげさまで略奪が捗《はかど》るってもんだ」

「……それも人から奪った物なんですか？」

「そうだぜ。なんならここにあるもん全部そうだ。それがどうした？」

「別に……なんでもありませんよ」

その問答に意味はない。ルーミアがその非道な行いをどれだけ咎めようと、ヴォルフは聞く耳を持たないだろう。思考を巡らせる一瞬を作り出すための時間稼ぎになればそれでいい。

（さっき、急に速くなった。まさか私と同系統の力？）

「その剣……斬撃を飛ばす能力が派手で目立ちますが……それだけじゃないですよね？　じゃないとさっき見失ったことの説明が付きませんし、速さに自信があるのも恐らくその剣のおかげでしょう」

確信は持てない。だが、ルーミアはヴォルフの姿を見失う直前、目が合った時の瞳の色が気がかりだった。今は黒い瞳が先程までは淡い緑色に染まっていたのを見逃さなかった。それはまるで魔剣に呼応しているかのようで、ヴォルフが自慢げに語る力はヴォルフ本人の力ではなく、その魔剣から引き出している力だと推測できる。

「さすがに気付くか。御明察、こいつのもう一つの力は加速だよ。お前の速さなんて優に上回る加速を俺に与えてくれる。もう何をしても無駄だぜ？」

「加速……ですか」

ヴォルフはルーミアを格下と見下して完全に遊んでいるのか、自身の持つ緑色の剣――サイクロン・カリバーについてぺらぺらと話し始めた。

風の刃を飛ばし、使用者に加速の能力を与える。まさしく魔剣と呼ばれるのにふさわしい破格の性能だ。

「お前に勝ち目はない。初めの奇襲で何人かやられたが、部下はまだたくさんいる。くらえばゲームオーバーの麻痺毒付きナイフから逃げながら俺の相手なんてできるわけねえ」

「さあ、どうでしょう？　やってみないと分かりませんよ？」

「くく、強がるなよ。大人しく俺の奴隷になれ。見たところ顔も悪くねえし、たっぷりかわいがって飼ってやってもいい。もう一度聞くが俺の女になる気はあるか？」

「そんなの……死んでもお断りです」

「……そうか、じゃあ望み通り死ぬしかないな」

確かにルーミアは不利だった。

相手の武器は剣、それに対してルーミアは素手。

相手は近距離だけでなく遠距離の攻撃もできる。ルーミアは近接攻撃しかない。

それでいて自慢のスピード勝負もルーミアは負け続けている。

だが、ルーミアにはまだ奥の手があった。

（どうなるのか分からないけど……やってみよう。私の持ち得る力……全部速さに振る。重さは……要らない）

「身体強化《ブースト》・六重《セクスタ》。重量軽減《デクリーズ・ウエイト》・二重《ダブル》。付与《エンチャント》・風《ウインド》――四重《クアドラ》」

すべてをスピードに。

そのために掛け合わされた魔法は——その場に風神を降臨させた。

刹那——轟ッと暴風が巻き起こった。

まるで空に投げ出されたような浮遊感を覚えるほどに吹き荒ぶ烈風は激しい。

身体強化《ブースト》、重量軽減《デクリーズ・ウエイト》、風属性付与、持てる力をすべて速度へと振り切ったルーミアはこれまでとは一線を画していた。

自らを起点に巻き起こる風に髪をバサバサとはためかせるルーミア。風属性をブーツだけでなく身体にも広く及ばせているからか綺麗な白い髪の毛先もうっすらと緑色に染まっている。まさしく風属性をその身に纏いし風神少女。ルーミアは戦場を見据えて、次の展開を脳内で組み立てる。

（とりあえず周りをなんとかしようか。麻痺は効かないけどナイフは痛いし血も出るから……）

一番の脅威はサイクロン・カリバーを有するヴォルフだが、この場にいる敵は彼だけではない。基本攻撃はすべて躱すか弾くつもりでいるルーミアだが、数が多いと不意の一撃をもらってしまう可能性がある。ヴォルフの部下には麻痺毒付きのナイフが行きわたっているため、まともに戦闘をする気はないとはいえ脅威はある。

毒に対する耐性は獲得できても刺突の当たり所次第では致命傷になるかもしれない。大抵の傷ならば塞ぐこと自体はできるが、失われた血は戻らないため血の流しすぎにも気を付けないといけない。

そのためルーミアは周囲に散らばる者達に襲い掛かった。

ヴォルフに集中するためにも、気が散る要因を先に取り除いておこうという算段だ。

ルーミアの行動は至ってシンプル。ただ接近して、殴るか蹴る。いつも通りの攻撃パターン。だが、今のルーミアのそれは不可視の襲撃だ。

ルーミアがこれまで安定させてきた身体強化《ブースト》の強化段階。まだ五重《クインテイ》までしか使用していなかったそれをここで一つ引き上げた。それに加えてルーミアとルーミアが纏うものすべての重量はほぼ限りなくゼロに等しい。そこに付与《エンチヤント》によって重ね掛けされた風属性がルーミアに更なる加速を与える。突き抜けた速度を手に入れたルーミアは、まさしく神速の領域に足を踏み入れていた。

そんなルーミアは認識されない速度で動き、目にも留まらぬスピードで攻撃を繰り出した。

懐に潜り込んで蹴り飛ばす。壁に向かって叩き付ける。

すべての行動が終わった――その直後、置き去りにしていた打撃音や呻き声が聞こえた。

「これで……サシですね」

「なっ、この一瞬で奴らをっ？　お前……何をした!?」

「別に特別なことはしてませんよ。普通に殴ったり蹴ったりしただけです」

「なっ？」

「あれ？　先程速さに自信があると言ってましたが……もしかして私の速さに付いてこれてないんですか？」

ヴォルフは目を剥いた。

何故なら、目の前のルーミアが一歩たりと動いたようには見えなかったからだ。吹き荒れる暴風に身を隠して何かをした。分かるのはそれだけ。圧倒的な速度による蹂躙《じゆうりん》。それを認識できない恐怖。

まるで時間を止められたかのような感覚に、ヴォルフは初めて余裕の表情を崩した。

だが、それも一瞬。

目の前のルーミアは確かにすごい。凄まじい。

それでも、無敵というわけではない。

「なるほどなぁ。確かにすげぇよ。だがその状態……長くは持たねぇんだろ？」

「はい、恐らくそうでしょうね」

「くく、当然だな。そんだけ魔力を垂れ流してるんだ。いずれ尽きる」

今現在ルーミアのスピード特化モードを実現させているのは、彼女自身が施した魔法によるものだ。

裏を返せば魔法が解けたらその形態は維持できなくなる。魔法は有限。誰でも分かる簡単なことだ。

ルーミアは今自身に何重もの魔法を重ね掛けしており、消費する魔力も格段に跳ね上がっている。

所詮、一時の強化。時間制限付きの産物とヴォルフは鼻で笑った。

「そうですね。でも、その前にあなたを倒せばいいだけです」

「おっと、そう簡単にはやらせないぜ」

ルーミアは一瞬でヴォルフの背後に回り込み、その無防備の背中に蹴りを入れる……つもりだった。

しかし、それは加速の世界に入り、瞳を緑色に染めたヴォルフの魔剣で受け止められ、ぶつかりあう刃とブーツが鈍い音を奏でる。

「さっきより軽いなぁ。それが弱点か」

「……ちっ」

ルーミアはすぐに離れる。

この形態の弱点を見抜かれたことに舌打ちを一つ。

（まぁ、そりゃバレちゃいますか。ブーツは硬いですが、今の蹴りはとても軽いですからね……）

現在ルーミアの攻撃はとても軽いものになっている。

速さはある。しかし、重さを失ったことで普段に比べると威力はかなり落ちている。

もちろん無防備な人間の意識を刈り取るだけのパワーは秘めている。

しかし、かろうじてだが魔剣の力でルーミアの速さに付いてこれる実力のヴォルフにとっては、それくらいはなんとか凌げる攻撃だった。

（だめだ……重量軽減《デクリーズ・ウエイト》は解除できない）

この部屋に飛び込んでくる際に取った方法。インパクトの瞬間だけ重量を取り戻すことができれば火力は取り戻せる。だが、それをしない理由は二つ。重量軽減《デクリーズ・ウエイト》が爆発的な速さを生み出す最大の要因となっている今、それを解くのはリスクが高い。

そして、そもそもの話、今のルーミアではそれが不可能なのだ。

速すぎるあまり、魔法を解除する猶予すらない。ましてや、一瞬で解除とかけなおしを交互に行うなんてのは高等技術。練習を重ねれば可能になるかもしれないが、ぶっつけ本番、行き当たりばったりでこの速度特化の形態を発動させている今、複雑な魔法処理は行えない。

「ははは、だったら俺はお前の魔力が切れるまで身を護《まも》るさ。そんな軽い攻撃ならサイクロン・カリバーの風の斬撃を防御に使えばお前は俺に触れられない」

ヴォルフが風の魔剣を振り回すと、周囲に止まったままの斬撃が配置された。

可視化された斬撃は幾重にも重ねられ、まるで結界を構築しているかのように展開されていく。

ルーミアの蹴りを受け止められる硬度の斬撃で防御を固めたのだ。

それを見たルーミアは恨めしそうに歯ぎしりをした。

(飛び込んでも斬られる。その場合……治療に魔力を回す余裕はないですね。じゃあの置き斬撃を突き破るしかないわけですか)

「どうした？　今更考え事か？　遅え遅え、もう全部が遅えんだよ！」

このまま膠着状態を保ったままではルーミアの魔力が切れて強化状態ではなくなる。かといって攻撃に重さを乗せるために重量軽減《デクリーズ・ウエイト》を解除すると、今度はヴォルフのスピードについていけなくなる。

どちらを選んでも詰み。ヴォルフはほくそ笑んでいた。

「なーんて、舐めてもらっては困ります」

「おいおい、強がるなって。どうせもう手はないんだろ？」

「そうですね。一番の切り札はもう使っちゃいました。でも……それで十分です」

フッとルーミアの姿が掻《か》き消える。

次の瞬間、甲高い音が響く。

それはルーミアがヴォルフを守る砦《とりで》を蹴りつけた音だった。

「ほらな、無駄だろ？　もう諦めろって」

「一度でだめなら二度。二度でだめなら三度。三度でだめなら四度。それでもだめならだめじゃなくなるまで何度でも……っ！」

二度、三度と音が重なる。高速で行われる蹴りは何度も阻まれる。

しかし、何発目となるか分からないくらい続けられる連撃が次第に異なる音を鳴らし始めた。

「やべえ、割られるっ？　こいつ手数で強引に蹴り壊すつもりか。くそっ、そうはさせるかよっ」

ヒビが入り崩壊し始めたガードにヴォルフは慌てたように再度剣を振った。

ヴォルフがルーミアに向かって斬撃を飛ばし、追加の置き斬撃で護りを固める。

しかし、ルーミアは自身に向かってくるものはすべて躱して淀みない動きで何百発もの蹴りを叩き込んでいく。

「いいんですか？　そんなに次々に力を使って……？」

「まさかっ？　俺の魔力切れを狙ってやがるのか？」

「根競べをお望みなら付き合ってあげても構いませんが……その必要はなさそうですねぇ」

ヴォルフの持つ魔剣サイクロン・カリバーのような特殊な力や任意で発動可能な魔法が組み込まれた武器というのは確かに強力だ。

しかし、そんな強力な力を無条件で引き出せるなんて甘い話はない。

ヴォルフの加速や遠隔斬撃などにも当然魔力は必要だ。

ルーミアの風神モードもかかる魔力は莫大だが、それに対処しなければいけないヴォルフがサイクロン・カリバーにつぎ込まなければいけない魔力も少なくはない。

ヴォルフはルーミアの狙いは根競べにあると踏んで焦りの表情を浮かべるが、実のところルーミアにその意図はない。

ただ単に動きが洗練され、速さに磨きがかかっているだけだ。

「ほら、どんどん生成しないと間に合わなくなりますよ」

「くそ、来るな！　さっさとガス欠で死ねよ！　なんでまだ動けんだよ！」

「残念、私の保有する魔力量を見誤ったあなたの落ち度です」

長くは持たない。それは事実だ。

だが、ルーミアの強化はすぐに終わると決めつけてしまったのは、ヴォルフが犯した一番の失態だった。

ヴォルフの防御展開が追い付かなくなり、ついにルーミアは突破した。

粉々に叩き割られた斬撃が空気に溶けて消えていくのを潜り抜けて、ヴォルフの懐へと入り込んだ。

彼の持つ風の魔剣を蹴り飛ばして、不敵に笑う。そのままヴォルフの首元に手を添えて壁際まで押し込むと、無邪気な笑顔で悪魔の宣告を行った。

「えー、私の攻撃軽くなってるので、そう簡単に気を失わない代わりに、痛い時間がとーっても長く続くと思います。なので……頑張って耐えてくださいね」

「ひっ」

これまでのルーミアが好んで使用していた一撃で刈り取るための重攻撃とは違い、現在繰り出される拳や蹴りは軽い。とはいえ、ブーツの硬度は健在のため無防備な人間が受けて何も感じないほど軽いわけではない。適度に威力も低い分簡単に意識を手放すこともできず、鈍い痛みを何発、何十発、何百発と与えられ続けるのだ。

ヴォルフの顔が絶望で歪んだ。

ルーミアはその顔を物理的に歪ませるべく、数百発にも及ぶ拳と蹴りをただ淡々と叩き込むのだった。

◇

その後。時間で換算するのならばそれほど経ってはいない。だが、叩き込まれた拳と蹴りの総数は数えきれないほどに膨れ上がっており、割と早い段階でヴォルフは気を失っていた。

「よし、これで全員かな……」

ヴォルフを容赦なく叩きのめした後、ルーミアは気絶している盗賊団一味を全員縛り上げた。

手持ちのロープだけでは足りなかったが、盗賊団が誰かから盗んだと思われるものがあちこちに散乱していたので、使えそうな物は拝借して利用していく。

倒した盗賊は優に三十人を超える。初めは全員をロープで繋いで適当に引きずり回して帰るつもりだったが、それではロープの耐久力が持ちそうにない。

何かないものかと辺りを見渡すと、少し大きめの荷車のようなものが目に入った。

「これも今日の商人さんみたいな人から盗ったものなのかな……？　これなら全員乗せられそうだし、使わせてもらいましょう」

壁際にて転がされて埋もれていたそれを引っ張り出したルーミアはまたしても荷車に盗賊を投げ込んでいく。

この作業も本日二度目ということで慣れてきているのかスムーズに人の山が積みあげられていく。

「他にもいろいろあるけど……回収はまた今度でいいかな？　全部は乗らないし、私もちょっと疲れました」

ひとまず盗賊団の一味を町まで連行して依頼と試験を終わらせる。盗品の回収はまたの機会でもいいだろうと荷車を引いて歩き出した。入室の際に片方の扉を破壊していたおかげでスムーズな退室が行える。

「少し重い……けど頑張らないと」

現在、ルーミアの魔力はかなりカツカツだった。

短期決戦を試みたとはいえ、あれだけの多重魔法行使となればかかる負担も尋常ではない。最低限の魔力は残せているため、身体強化《ブースト》一段階常時発動はなんとかなっているが、それ以上となると心もとない。

「うぅ、強化段階を引き上げるかこの荷車全体を軽くするかしたいところですが……我慢です」

本来ならこの荷車も身体強化《ブースト》の段階を一つ上げて運びたいところだが、まだやるべきことが残っているルーミアは迂闊《うかつ》にその魔力を使えない。魔力消費を渋っている現状、もう一つの手段である軽量化の魔法も選択肢から消える。ルーミアは久しぶりに重たいものを重たいと感じていた。

「魔力ポーションか魔力結晶があればよかったんだけど、今まで必要としてこなかったしなぁ。これからはちゃんと用意しておいた方がいいかも」

白魔導師のみならず魔法を主体として戦う職業の者ならば当たり前のように所持している魔法アイテム。魔力ポーションは失った魔力を回復させる薬。とてもおいしくないことで知られているが、比較的安価で手に入れやすい。魔力結晶は魔法を行使する際に必要な魔力を結晶に込められたもので肩代わりする。内包された魔力を使い切るとくすんで色を失ってしまう使い切りの道具だ。

そんな必須アイテムをこれまで必要としなかったルーミアだが、こうして魔力切れに近付いて初めてその有用性に気付いた。己の才能を過信しているといつか痛い目を見るかもしれないというのはいい教訓になっただろう。

「折り返しですね……キリカさん達を助けに行きましょう」

初めの分かれ道まで戻り、反対側へ踵を返す。

その目的は待たせているキリカとユウの救出だ。

こちら側の道は一度通っているため、ルーミアは迷うことなく進んでいく。

(そういえばあっちの分岐……まだ見てませんが何かあるんでしょうか？　少し気になりますが……まぁ、また今度でいいですか)

キリカから目的地の場所を教えてもらい直行したため、まだ見ていない道が多い向こう側。それらを確認するのはまた今度でいいかと割り切り最優先事項のために歩を進めるが足取りは重い。

「やっぱり……六重《セクスタ》以上は反動がきますね。いえ、無理やり掛け合わせたのが大きいでしょうか？　いずれにせよ、少し休んだら何かしらの討伐依頼で要調整ですね」

力でねじ伏せるスタイルも強力だが、速さと手数で押し切るスタイルもモノにできれば武器になる。

ルーミアはスピード特化における課題を噛《か》みしめる。

そうして考えながら歩いていると、キリカ達が見えてきた。

「すみません。お待たせしてしまいましたね」

「いえ、それほど待ってないですが……本当に倒されたんですね。でも……よかったです」

時間で言えばそれほど経っていなくとも、待っている間の不安はなくならなかった。信じていなかったわけではない。それでも、ルーミアという少女が助けに戻ってきてくれるまでは、真の心の安寧は取り戻せなかった。

しかし、ルーミアは戻ってきた。

残すところの障害は自由を妨げる鉄の籠。ルーミアにこの檻から出してもらえば大団円。そう思ったところでキリカは首を傾げた。

「ルーミアさん……あの、錠を開ける鍵は？」

「え、鍵……？」

「まさか、持ってきてくれてないんですか？」

檻に取り付けられている錠。

それを取り外すための鍵がルーミアの手にあると信じて疑わなかったキリカだったが、一向にそれを取り出す気配を見せないため再度瞳に不安が宿る。

「えーと、ヴォルフさんが持ってるのかな？　どこだー？」

ルーミアは荷車の人の山を漁りヴォルフを引っ張り出すと、彼の身体をまさぐる。

もちろん変な意味ではなく、鍵を探すという目的でだ。

しかし、彼の衣服からそれらしきものは出てこない。

今になって鍵を探し始めたルーミアを檻の中から信じられないといった様子で眺めていたキリカ。

鍵がないということを悟ると、再燃した不安の気持ちで泣きそうな表情を浮かべる。

だが、ルーミアに焦りは感じられない。

「鍵は見当たらないので当初のプランでいきましょう。身体強化《ブースト》・五重《クインテイ》。おりゃ！」

めきめきめきと嫌な音を立てて形を変えていく格子。

元々、ルーミアはこうするつもりだった。そのために魔力を残しておいたと言っても過言ではない。

鍵がないのなら力でぶっ壊せばいいという脳筋的思考で檻の形を変化させ、キリカ達が抜け出せるスペースを作り出した。

「さぁ、行きましょう」

「…………え、あ。はい」

嫌でも視界に映り込む鉄格子が歪んだことで、呼びかけるルーミアの表情がよく見える。

なんでもないといったように手を差し伸べる少女の姿と目の前で行われた救出劇（物理）に訳も分からずしばらく放心していたキリカだった。

◇

盗賊団に囚われていた姉弟を無事ユーティリスまで送り届け、盗賊団の引き渡しなどの後始末を行ったルーミアは疲労困憊《ひろうこんぱい》な様子で冒険者ギルドに戻ってきた。

リリスもおらず特別依頼や特別昇格試験の件は誰に尋ねればいいかと謎の人見知りを発揮させてきょろきょろと挙動不審にしていると、手招きしているハンスの姿を見つけた。

ルーミアは喜んでひょこひょこと付いていき、特別試験の話をしに来た時のようにギルド長の部屋へと入った。

「まずはお疲れ様と言っておこうか。単独での盗賊団捕縛、よくやってくれたね」

「一応倒した人は一人残らず連れてきたと思いますが、もしかしたら討ち漏らしがあるかもしれませんね……」

「そこは追い追い構成人数とかを問い詰めて確認していくしかないね。でも、リーダーがいなくなったんだから活動は収まるとみて間違いないよ」

「だといいんですけど……」

ルーミアは広範囲を索敵するような魔法を使えない。ハンスのように遠くを観測することもできない。あくまでも倒してきたのは自分の目の前に立ちはだかった者だけで、ルーミアと遭遇しなかった構成員が未だどこかに潜伏している可能性もある。

それでも、グループのトップを捕らえたというのは大きい。

絶対的だったトップの牙城が崩れたという事実は大きく、残党がいたとしてもそれほど脅威ではなくなるだろう。集団は動かす者がいてこそ。烏合の衆では意味がない。

「それに捕まっていた者と襲われていた商人の救出まで……本当によくやってくれた」

「ありがとうございます。その……結果は？」

「依頼は達成。もちろん特別試験も合格だよ」

「よかったです……！」

ルーミアは安堵の表情を浮かべた。

結果としては丸く収まったかもしれないが、ルーミアとしては失態を犯した自覚もある。そしてハンスはそれを知ることができる。

その上で判断が下されたら依頼はともかく試験の方はどうなっていたか分からない。

だが、告げられたのは合格。これにはルーミアも肩の荷が下りた。

「依頼の報酬やランク昇格の手続きについては明日以降でもいいかな？　君も疲れた顔をしているし、今日はゆっくり休むといい」

「あはは……お見通しですか」

ハンスは無理にルーミアを引き留めなかった。

単独であれだけの大立ち回りを演じたのだ。なんでもないように振る舞っているルーミアだったが、目のいいハンスには隠せなかったようだ。

ルーミアはその言葉に甘えて立ち上がる。これ以上質の良いソファに腰掛けていると眠ってしまいそうだった。

「では、失礼します」

「うん、君のこれからの活躍に期待しているよ」

ハンスから激励の言葉を受け取り、ルーミアはギルド長室を出た。

扉が閉まったことを確認したルーミアは、ひっそり小さく拳を突き上げて喜びを表していた。

◇

ルーミアが退室したギルド長室。そこには紅茶を口にして一息ついたハンスともう一人がいた。

「君から見て彼女はどうだったかな？」

「……色々減点ポイントはありますが、まあ……あなたが告げた結果がすべてなのでは？」

試験を終えたルーミアの評価を尋ねられた女性、アンジェリカはやや困ったように感想を述べた。

「あなたの千里眼の視覚を共有して彼女の動向を見させてもらいましたが、やはり彼女は機動力に長けていますね。あなたの千里眼を振り切れるほどの速度は驚きました」

「おや、思ったより高評価だね」

「見たところ戦闘面での問題はないでしょう。私の出番もありませんでしたし……」

アンジェリカはルーミアのサポートをするという名目で彼女の動向を見守っていた。ハンスの千里眼を共有していたということもあり、近くで待機していたわけではないが、何か問題があればいつでも駆けつけられる準備はできていた。だが、ルーミアが危機らしき状況に陥ることはなく、アンジェリカが戦闘に出張ることもなく事が終了した。そういった意味でも、ルーミアの戦闘能力は高く評価しているアンジェリカだが、それはあくまでも戦闘面の話。

「四人組と別れた後の奇妙な動き……あれにはどういう意図があったと思いますか？」

「いやー、何かを探すような動きをしてたし、地図をなくして迷子になっただけじゃないかな？」

「なるほど、それなら迷いなく反対方向へ突き進んでいたことの説明も付きます。先に森を周回している見張りや偵察を処理するためではないと」

「うん、あの感じはそこまで考えてないと思うけど、敵を利用してなんとかしてたからよかったよね」

失態を犯したルーミアの様子をしっかり観測していたハンスだったが、総評としては悪くない。過程はスマートとは言えない形だったかもしれないが、成し遂げた結果がすべてを物語っている。

アンジェリカはやや不満げにしているが、いちいち口うるさく粗探しをするつもりもないのだろう。何より、ギルド長が決定したことに不満を垂れてもどうにもならないと分かっている。

「ルーミア、ね。面白そうなので覚えておきます。また彼女が何かする時は呼んでください」

「ああ、すぐに呼びつけることになると思うよ」

「何か予定があるのですか？」

「彼女ならすぐに次の昇格試験の資格を手に入れるはずだ」

「なら……その昇格試験の際は私が試験官に立候補しても？」

「むしろこっちからお願いしたいくらいだ。彼女の相手が務《つと》まる冒険者を探すのは骨が折れそうだからね」

「そうですか。では、そういうことでお願いします」

そう言い残してアンジェリカは席を立って静かに出ていった。

一人残されたハンスはカップに残っている紅茶を飲み干すと少しだけ弾んだような声色で呟いた。

「王都でも活躍するSランク冒険者……魔弾のアンジェリカに目を付けられたか……。次の昇格試験は面白くなりそうだ」

そんな小さなひとりごとは、誰に聞かれるでもなく空気に溶けて消えていった。

第4章

『ソロ白魔導師の邁進』

翌日。体力も魔力もきっちり回復させたルーミアは手続きのために冒険者ギルドの扉を叩いた。

「ということでランク昇格しました。リリスさん、褒めてください！」

「何がということなんですか？　いや、昇格についてはすごいので褒めますけど」

リリスの姿を確認し次第駆け寄って、褒めてほしいと催促する。

「まったく……休みから戻ってきたらルーミアさんの特別依頼達成と特別昇格試験合格の手続きを丸投げされたのでもう何が何やらですよ……。昨日はいったい何をしてきたんですか？」

「盗賊団をしばいてきました！」

「ああ、はい……そうですね」

休日から戻ってきて投げられたルーミアに関する仕事の数々。たった一日、自分が休みの間にルーミアがどれほど暴れたのだろうと思い尋ねるリリスだったが、嬉しそうに報告する彼女の眩《まぶ》しい笑顔に思わず引きつった表情を浮かべてしまう。

「しかし……ギルド長直々に特別昇格試験のお声がけですか……。ルーミアさんならまあ、分からなくもないですが」

「そんなに珍しいものなんですか？」

「特別は珍しいから特別なんですよ。そんな誰彼構わずほいほいやってたら特別感が薄れてしまいますからね。でもまあ、ルーミアさんがそれだけ期待されているってことです」

実績と信頼。そして、ランクを上げるだけの価値があると判断された。だからこそルーミアには特別昇格試験の機会が与えられた。

そして、ルーミアはそのチャンスをものにして昇格を果たした。

ギルドとしても安心して依頼を任せられる高ランク冒険者が一人増えることになり、ルーミアも実りの良い依頼が受けられるようになる。どちらも損のない結果となった。

「とにかく、おめでとうございます。こっちが依頼の報酬、そしてこちらが新しい冒険者カードになります。分かっていると思いますが再発行にはお金がかかるのでなくさないようにしてくださいね」

「ありがとうございます！　もっと褒めてください！」

「なんでですか！　今褒めたじゃないですか！」

「もっとです！　それまでここから動きません」

「分かった、分かりましたから営業妨害するなっ！」

リリスは滞りなく手続きを済ませ、ルーミアに依頼の報酬が詰め込まれた麻袋と、ランク昇格によって新しくなった冒険者カードを渡す。それで対応は一通り終わったはずなのに、一向に動こうとしないルーミアに呆れ半分——だが本心は少し悪くないと思いながら気の済むまで相手をすることになる。口では文句を言いながらも、なんだかんだルーミアには甘いリリスだった。

◇

数十分後。ルーミアが満足いくまで褒めちぎり、ようやく解放されたリリスは疲れた表情を浮かべ、自らの腕を枕のようにしながら受付カウンターに身を投げ出していた。

「うう、疲れました。休み明けのはずなのにどうしてこんなに疲れているんでしょう？」

「大丈夫ですか？　気休めの回復魔法はいかがですかー？」

「……そもそもあなたのせいですし、回復魔法もこういうのには効果ないじゃないですか」

「まあまあ、そんなこと言わずに。回復って響きがちょっと癒される感じするじゃないですか？」

「……確かに。じゃあ、せっかくなのでお願いします」

疲労の原因を作ったのはルーミアなのだが、何食わぬ顔で手を差し伸べる姿に釈然としないリリスは思わず目を細めた。提案された回復魔法も精神疲労には効果は期待できず、本当に気休め程度にしかならないのだが、言いくるめられたリリスはルーミアの手を受け入れることにした。

「よしよし、リリスさんは毎日頑張っていて偉いです。いつも本当にありがとうございます」

「……温かい……それに気持ちいいです」

ルーミアはリリスの頭を優しい手つきで撫でながら回復魔法を使用していく。温かな癒しの力がリリスの身体を駆け巡る。リリスは感じる心地よさにうっとりとした声を上げた。

ルーミアは日頃の感謝を述べながらリリスの綺麗な髪を掬い上げる。少しくすぐったいと感じるリリスだが、その小さくも温かい手が嫌ではないからか撫でまわされるのも甘んじて受け入れている。

「よしっ！　終わりです！　ちょっとは元気出ましたか？」

「……癪《しゃく》ですがそれは認めましょう」

「そうですか！　喜んでもらえてよかったです！」

（不覚です。気持ちよかったのでもっとやってほしいと思ってしまいました……）

ルーミアの手が離れていく。それに対して一瞬残念と思ってしまったことに気付きリリスはハッと我に返った。元はと言えばルーミアのわがままが招いた疲労。それをルーミアに癒してもらって感謝の気持ちを抱いてしまった。その気持ちを素直に言い出せずに遠回しに告げるも、ルーミアには伝わっているのかとても嬉しそうにしている。そんな彼女に一泡吹かせてやりたいと思案するリリスだが、何かを思いついたのか顔を上げた。

「そういえば、ルーミアさん。こんなにゆっくりしていていいんですか？」

「え？　特に急ぐようなことはありませんが……何かよくないことでもあるんですか？」

「ルーミアさんが昇格した件は冒険者さん達の間で話題になっています。強くてフリーな冒険者は喉から手が出るほどに欲しいんじゃないですか？」

「え、あ……確かに今日はいつもより視線を感じるような気がしましたが……」

ふと周囲を見渡してみると、自身に向けられた目がいくつもあることをルーミアは確認した。その理由がリリスの言う通りのものならば、今後の展開も予想が付く。

周囲の者の心の内など分からないが、一度でもそう考えてしまうと途端に向けられる目が獲物を狙う猛獣のようなものに感じられる。

「か、帰ります。ほとぼりが冷めるまでは宿に引きこもらないと……」

「この状況……もう手遅れなのでは？」

ぞくりと背中を震わせたルーミアはまだ今日受ける依頼すら決めていないが足早に立ち去ろうとした。しかし、時すでに遅し。リリスはカウンター越しに見える周囲の動きに目を伏せた。

「て、敵に囲まれていますっ」

「冒険者を敵扱いしないでください」

「まずいですっ。このままだと攻撃されてしまいます」

「勧誘を攻撃扱いしないでください」

「リッ、リリスさん、助けてください！」

「……あー、お力になれずに申し訳ありません」

「お、鬼っ、悪魔っ、リリスさんの裏切り者ー！」

いつの間にか冒険者達に包囲されているルーミア。慌てたようにリリスに助けを求めるが、わざとらしい棒読みの謝罪を投げかけられ見捨てられてしまう。

「ルーミアちゃん、よかったら俺達のパーティに入ってくれ！」

「はあ？　あんた達のむさ苦しい集団にこの子はあげられないわ」

「バカ言え！　お前らのとこは前衛三枚でルーミアちゃんの負担がでかすぎるだろ。バランス的に考えてこっちが一番だ」

「ぎゃああ！　どこにも入らないからこっち来ないでくださーい」

「あっ、逃げた！　みんな、追って！」

大勢の冒険者達に詰め寄られた。次々にパーティ勧誘を受けるが、どこかのパーティに所属するつもりのないルーミアは逃げ出した。

そんなルーミアを是が非でも仲間にしたい冒険者達と、絶対に入りたくないルーミアの壮絶な鬼ごっこが冒険者ギルドユーティリス支部で繰り広げられ、とても騒がしい一日になるのだった。

◇

それからしばらくの間はルーミアがギルドに顔を出すとパーティ勧誘が始まり、ルーミアが逃げ回るという構図が出来上がっていたが、ルーミアの激しい抵抗の甲斐もあり落ち着きつつある。

「今日はまだ声をかけられていません。皆さん、諦めてくれたでしょうか？」

「どうでしょうね？　でも、ルーミアさんが暴力を解禁してからかなり減ったんじゃないですか？」

「嫌だって何度も言ってるのにしつこいからです。話し合いで分かってくれる人にはそこまでしませんし」

ルーミアはフンと鼻を鳴らした。初めのうちは逃げながら丁寧にお断りしていたルーミアだが、見知った顔が何度も押し寄せることに辟易《へきえき》し、最終的には手を出して撃退する羽目になった。

そのこともあり、ルーミアへの過度なパーティ勧誘は手痛い反撃を受けると理解する人が増え、自由を勝ち取ったルーミアは肩の力を抜いた。

「こうしてリリスさんとゆっくりお話しするのもなんだか久しぶりな気がします」

「しばらくは受注手続きも達成報告も簡潔にやってすぐ逃げてましたもんね」

「じゃないと敵に囲まれてしまうので仕方ありません」

「こらこら、敵って言わない」

依頼受注時や達成報告時にリリスと何気ないおしゃべりに勤《いそ》しむことを楽しみにしているルーミアにとって、その至福の時間を邪魔されるのはストレスだったのだろう。だが、今はカウンター前に居座ってもパーティ勧誘で会話を遮られることはない。心なしかルーミアも嬉しそうにしている。

「さて、リリスさんとのおしゃべりは楽しいので大好きですが、そろそろ依頼を決めないといけませんね」

「私もルーミアさんと話すのは好きですよ。時々頭が痛くなりますが……」

「その時はまたよしよししてあげます！」

「あ、ありがとうございます」

つい先日、人目も憚《はばか》らずに撫でられたことを思い出し、リリスはやや恥ずかしさで頬を染める。両手を顔に当てて悶《もだ》えているリリスをよそに、ルーミアは依頼書を漁り始めた。

特別昇格試験を経てルーミアの冒険者ランクが上がったことで、今まで受けられなかった依頼が解禁された。ゆっくりと受ける依頼を吟味できるようになった今、依頼を選ぶことも一つの楽しみとなっている。

「これなんかどうですか？」

「そうですね。一応ランク上は受けられますが……わざわざ群れで行動する魔物の討伐を受けようだなんて物好きですね……」

「今までこういうのって受けられなかったので……」

「ルーミアさん、一応ソロなんですよ？　あんまり無茶はしない方がいいんじゃないんですか？」

「一応って何ですか？　私はいつでもソロですよ」

ルーミアが指さした依頼書にリリスはやや難色を示す。

以前は一人という理由で受けられなかった依頼でも今のルーミアは受けられる。

しかし、嬉々として難しい依頼を選び取ろうとするルーミアにリリスは呆れたようにため息を吐いた。

高ランク冒険者の仲間入りを果たしたのは確かだが、それでもソロであることに変わりはない。

それを分かっているのかと窘《たしな》めるも、にこにこと笑顔を浮かべるルーミアが本当に分かっているかは定かではない。

「では、この依頼はどうですか？　私はびびっときました」

「これは……はぁ、いいかげん群れから離れません？　あなた遠距離から攻撃する魔法とか広範囲攻撃の魔法とか使えないんですから、やめた方がいいですって」

「この前の盗賊の群れとの戦闘で速さと手数で押す魔法の組み合わせを編み出したので大丈夫です！」

「盗賊を群れとして扱うのはどうかと思いますが……言っても無駄のようなのでもう好きにしてください。それより……そちらの方々はお知り合いですか？　先程からルーミアさんの方をチラチラ見ているみたいですが」

リリスはルーミアの向こうでこちらを見ている数人の視線に気付いていた。

これが混雑時であるならルーミアの対応をサクッと切り上げて次の冒険者の対応に回らなければな

らないが、今は比較的空いている時間帯で他にも空いているカウンターはある。

それなのにその冒険者パーティと思わしき男女はルーミアとリリスを見ている。

ルーミアに用があるのか、それともリリスに用があるのか。

見慣れない顔で自分の知り合いではないと思ったリリスは目の前ではしゃぐルーミアに尋ねる。落ち着いてきたとはいえ、パーティ勧誘という名目でルーミアに用がある可能性は高い。

リリスの言葉にルーミアは顔を上げて振り返る。これまでの傾向もあり少し警戒していたルーミアだったが、彼らの顔を見てあっと声を上げた。

「あー！　お久しぶりです！」

「やっぱりルーミアさんの知り合いですか。どういった関係で？」

「はい！　この前盗賊団に襲われたところを助けました。自己紹介はしていないので名前はまだ知りません！」

それはルーミアが特別昇格試験に臨んでいた際に助けることになった、商人の女性を護衛していた冒険者だった。

彼らに向けて嬉しそうに手を振るルーミア。

やはり彼らはルーミアに用のある客なのだとリリスは関係性を尋ねるも、知り合いだけど名前は知らないというよく分からない返答を受け数秒黙り込んだ。

「……よく分かりませんが、彼らはルーミアさんを待っているみたいなので行ってあげたらどうですか？　依頼はこちらの方でいつも通り適当に選んでおきますよ」

「ありがとうございます。楽しそうなのでお願いしますね！」

「……また無理難題を。ふふ、でもルーミアさんらしいです」

リリスがそう言うとルーミアはその冒険者達へ駆け寄った。

いつも通り無難な依頼を選んでおこうと提案したリリスだったが、ルーミアの言い残した要望に困ったように笑った。

◇

依頼に関してはリリスに丸投げして彼らのもとへ駆け寄ったルーミア。そこではいつかの約束を果たすかのように自己紹介が始まった。

「あの、あの時は助けてくれてありがとうございました。俺はタンクのアッシュです」

「僕は剣士のシン。そして彼女が……」

「ノルン。魔法使い」

「これはご丁寧にどうもー。私はルーミア。白魔導師です」

彼らは助けてもらったお礼と共に軽い自己紹介をしていく。

それを受けルーミアも同じように名乗り返すが、彼らは一瞬聞き間違えでもしたかのように硬直した。

「ほら、やっぱり白魔導師って。前のも聞き間違いじゃなかったんだ」

「そうだよなー。あ、すみません。この前、別れる直前に俺達に何かしてくれましたか？」

「えっ……と、そうですね。身体強化《ブースト》をかけたはずです」

「強化の支援魔法……。この人、本当に白魔導師」

ルーミアは名前こそ名乗るのはこの場が初めてだったが、自身が白魔導師であることは初対面の時に明かしている。さらには麻痺毒の解除や回復の魔法など彼らに施したものがすべてを物語っており、もはや疑う余地はないのだが、それでもルーミアを手放しに白魔導師だと信じることができないのは彼女の戦闘姿を見ていたからだろう。

麻痺毒で動けなくなっていたとはいえ意識はある。

動かなければいけないのに指一本動かせず、ただ見ていることしかできない歯がゆい思いの中颯爽《さっそう》と駆けつけ敵を倒していくルーミアの姿。

それは何度照らし合わせても彼らの知る一般的な白魔導師とは一致しなかった。

それでもルーミアの使用した魔法はどれも白魔導師のもの。

身をもってその魔法を体感した彼らはどれだけ信じられなくてもルーミアが白魔導師であると認めざるを得ない。

「あははー。よく驚かれるんですよ」

（でしょうね！）

ルーミアのその一言。

アッシュ達だけでなく偶然話が聞こえてきた近くの冒険者達の心の中で叫ばれた言葉までもが一致

した瞬間だった。

「でも噂で聞きました。ソロで活動している白魔導師がいるって。それってルーミアさんのことですよね？」

「私以外にソロの白魔導師がいるというのは聞いたことがないので多分そうですね」

「ちなみにランクはいくつなんですか？」

「皆さんと会ったその日にBランクになりましたよ」

「すごい。強いんだ」

「ただ者ではないと思っていましたがソロでBランクだなんて……」

「えへー。それほどでもー」

アッシュ達から見てもルーミアの戦闘能力はかなりのもので、Bランクと言われても納得のいくものだった。

ノルンやシンに実力を褒められてルーミアは頬をだらしなく緩ませる。

「俺達はまだDランクパーティなので早くルーミアさんみたいに強くなりたいです」

「皆さんならすぐ上がれますよ。三人で力を合わせて頑張ってください」

「……そうだ。ルーミアさんが良ければ俺達のパーティに入ってくれませんか？　ちょうど後衛を任せられる人がもう一人欲しいと思っていたところなので……ルーミアさんが入ってくれたら心強いです」

その瞬間、ルーミアのにこやかな表情が能面のように無になった。

ほんの一瞬だが、確かにルーミアの笑顔が消えた。

パーティ勧誘は厳禁。ルーミアにそれをしてはいけないというのは彼女を知るものならば周知のことだ。

しかし、運の悪いことにアッシュ達は知らなかった。知らないからこそ、ソロの強い冒険者を喉から手が出るほど引き入れたかったのだろう。

「うーん、ごめんなさい。今はパーティに入る気はないんです」

だが、ルーミア本人が何よりもパーティ加入を望んでいない。

基本的にソロの冒険者というのは仲間を作ることをギルドから推奨される。

パーティバランスが偏らないよう職業も考慮して必要とされるパーティを斡旋という流れになるのだが、ルーミアがそれを拒んでいるというのはギルドも分かっている。

パーティを組む気もなければどこかに所属するつもりもない。しかし、実力はあるため遊ばせておくのはもったいない。そういう考えがあって特別昇格試験が行われたというのは彼らは知らぬことだが、見事にルーミアの地雷を踏み抜いてしまったアッシュは豹変《ひょうへん》した彼女の様子と周囲がざわついていることに気付いた。

「おっ、あいつ運がいいな。機嫌が悪かったらぶっ飛ばされてたな」

「一回目はあんなもんだろ？　しつこく付き纏うとしばかれるって話だぜ」

それを聞いたアッシュは血の気が引いた。

それがやってはいけないことだったのだと悟った。周囲の反応から察知するや否や頭を下げた。

「すみません！　気に障ることをしてしまったようで……」

「いいえ、大丈夫ですよ。ですが、今後私を引き入れようとするのは諦めてくださいね」

「は、はい……肝に命じておきます」

ルーミアとて誰彼構わず暴力で退《しりぞ》けるわけではない。

パーティに入る意思がない事を示した後もしつこく誘う者には容赦はしないが、まだ一度目。他意はないということで見逃されたアッシュはコクコクとものすごい勢いで首を縦に振るのだった。

◇

若干気まずい雰囲気が漂うが、パンと高い音を鳴らしたルーミアの手。

何かしら話題を変える必要性を理解してのことだった。

「さて、私はこれから依頼を受けますがアッシュさん達はどうするんですか？」

「お、俺達も行きます。早く上に行きたいのは本当なので……！」

上を目指すためにたくさんの依頼をこなす。単純だが最も効率的な近道だ。

アッシュ達の上を目指す気持ちは本物なのだろう。だからこそ、ルーミアを引き入れるといった大型補強などにも目がいくのだ。

残念ながらその気のないルーミアには断られてしまったが、だからといって歩みを止めるわけにはいかない。

「俺達はグリーンスライムの討伐です。ルーミアさんは？」

「えっとね、ちょっと待ってくださいね」

ルーミアの依頼はリリスに丸投げされている。

いったいどんな依頼を選んでくれたのだろうかと心躍らせて彼女に尋ねに行く。

「リリスさーん」

「ルーミアさん。あまり他の冒険者さんを威圧しちゃいけませんよ。手が出るんじゃないかとヒヤヒヤしました」

「威圧してないですし、そんな簡単に手を出しませんよっ。それより私の今日の依頼何になりましたか？」

「はあ……まあいいです。今日はこちらの依頼でよろしくお願いします」

リリスはカウンターからルーミアとアッシュ達のやり取りを遠目で見ていて、怒ったルーミアが何かしでかすのではないかと非常に心配していた。

暴力的な意味でルーミアの手が早くなっているのは明白なので、いつ彼女の拳が振るわれるのかと内心穏やかではなかったというのがルーミアへの信用のなさを物語っている。

さすがに後輩冒険者をいきなりしばき倒すという暴挙には出なかったようでひとまず安心したリリスはルーミアに一枚の依頼書を差し出した。

それはスパークラビット討伐の依頼書だった。

「これってアレですよね？　頭の小さな角みたいなのから放電してくるウサギさんですよね」

「そうです。すばしっこくて倒すのは中々大変な魔物ですが、多分ルーミアさんの方がすばしっこいので大丈夫かと」

「これは魔物自体にそれほど脅威はなくても、倒すのが困難なタイプの依頼なのでしょうか？」

「確かに素早くすぐ逃げるし倒しにくいというのはそうなのですが、放電は侮れませんよ。特に襲ってくる相手には容赦なく牙を剥く魔物は油断なりませんからね」

スパークラビットは基本的に人を襲うことはないが、自身に危機が迫った時の危険度と通常時の素早くすぐに隠れてしまい討伐が困難という理由でそこそこ高いランクに位置付けられている。単純な脅威度でいったら劣っていても油断は禁物だと伝えるリリスの話をルーミアは真面目に聞いていた。

「分かってますよ。それじゃ、行ってきます！」

「頑張ってくださいね」

依頼を受けたルーミアは再度アッシュ達の元へと駆けた。

「私はスパークラビット討伐です！　確かグリーンスライムの生息地と同じはずなのでもしよければ一緒にどうですか？」

「それは……俺としては強い人が同行してくれるのは助かりますが……その、いいんですか？」

「えっ、あー。パーティに入ってあげることはできませんが、それくらいなら大丈夫ですよ」

あくまでもルーミアの地雷はパーティへの勧誘。

偶然行き先が重なったことによる同行自体に嫌悪感はない。

「あっ、その前に物資の補充をしてもいいですか？　俺達のパーティは回復役がいないので、ポーション系はしっかり準備しておかないと……」

「あー、私も魔力ポーションを買わないといけなかったんでした。ちなみにあれってどんな味ですか？」

「僕とアッシュは飲んだことありませんがノルンは使ったことありますよね」

「……死ぬほどまずい。今持ってるけど少し舐めてみる？」

「では……お言葉に甘えて」

魔法使いのノルンは魔力ポーションの使用経験があるらしい。

ノルンはごそごそと鞄《かばん》を漁り、何やら液体の入った瓶を取り出した。

味見をさせてくれるとのことで指を出し少しだけ垂らしてもらう。

通常の水などと比べるとやや粘性のあるそれを恐る恐る口に運ぶ。

そして、舌が味を理解した瞬間にルーミアは口を窄《すぼ》めて顔を顰めた。

「まっず……やっぱり持っておくのは魔力ポーションじゃなくて魔力結晶にしておきましょう……」

アッシュが物資の補充をするというのでルーミアもそれに便乗しようとする。

出番があるかは分からなくても備えておけばいざという時に困らずに済む。

魔力切れは白魔導師のルーミアにとっては致命的。そうそう起こすつもりはないとはいえ、回復手段は持っておいた方がいい。

そのため、魔力ポーションか魔力結晶のどちらかは所持しておきたいルーミアだったが、あまりにも苦手な味の魔力ポーションは備える気が失《う》せてしまった。舌先に残る後味に思わず抗《アンチ》・毒《ポイズン》の魔法を使ってしまったほどだ。

比較的安価な魔力ポーションに対して、魔力結晶は大きさや込められている魔力量によって値段はまちまちだが割と値が張るものが多い。

それでも、たとえ多少出費がかさんだとしても、魔力ポーションは飲みたくないと心に刻み込んだ。

「緊急時にこんなおいしくないもの飲むなんて考えられません」

パーティによって異なる場合もあるが、基本的に回復をポーションで補うパーティにはポット・ローテーションというものが存在する。

戦闘中にやむを得ず回復が必要となってしまった際に交代でポーションの服用を行うことだ。簡潔に言ってしまえば、ポーションを使用する時間を仲間に稼いでもらうというものだ。しかし、ソロの場合はその限りではない。

ルーミアしかりソロの冒険者が戦闘中にポーションを服用しなければならないのなら、一瞬の隙をついてサクッと手早く飲む必要がある。

しかし、そんな急ぎの場面でこの美味しくない液体を素早く飲み込むのは至難だとルーミアは判断した。ただ、不味《まず》いだけならば我慢して流し込むのだが、この魔力ポーションはあまりにもルーミアの嫌いな味だった。

ルーミアは自身が緊急時にその魔力ポーションを口に含んだ場面を想像した。だが、まるで喉を通る様を思い描けない。それどころかすべて吐き出してしまう姿を容易に思い起こすことができる。

どれだけすごい効果を携えた薬も、吸収できなければ意味がない。

受け付けないというのはそれほど致命的だった。

「ノルンさんはすごいです。よくこれを飲めますね」

「魔力切れたら嫌でも飲むしかない」

「私、これを飲む日が来ないように魔力管理には一層気を付けようと思います……！」

ルーミアは緊急時にどうするかではなく、そもそも緊急事態を作らないように思考をシフトした。

今まで魔法行使は何も考えずにかなり大雑把に発動させていて、魔力効率が悪いことも多かった。

莫大な魔力量に甘えて怠っていた魔力管理にも今後取り組んでいく必要があると考えを改める。すべては美味しくない魔力ポーションに頼らなくてもいいように。

「それはそれとして魔力結晶もいくつか持っておきましょうか。えーと、どこで取り扱っているんでしょう？」

「ルーミアは物資補充時にいつも行く店とかないの？」

「物資補充もそんな頻繁《ひんぱん》にするわけでもないので特にないですね。あまり詳しくなくて恥ずかしいです……」

「魔力結晶なら俺達がこれから行こうとしてる店で取り扱ってると思いますよ。せっかくなので一緒にどうですか？」

「わー、早く行きましょ！」

これまでそういった回復アイテムに頼ることがなかったルーミアは当然それらを取り扱うお店とも無縁。ユーティリスにいるのはルーミアの方が長いはずなのに、最近やってきたばかりのアッシュ達に案内を受ける始末。それに対して少し恥ずかしいと苦笑いを浮かべるルーミアだったが、アッシュ達は目を見合わせて頷いた。それが何を意味するのかはすぐに明らかになった。

◇

「あっ、あなたはあの時の！」

「どうも、その節は大変お世話になりました。あの時は助けてくださり本当にありがとうございます」

アッシュ達の案内のもとやってきた小さな店で出迎えてくれたのは以前救出した商人の女性だった。ルーミアには内緒でここまで連れてくるというサプライズを目論《もくろ》んでいたアッシュはしたり顔を浮かべる。そこで初めて彼らが意図的に黙って、この店に連れてこようとしていたことに気付いたルーミアはしてやられたと頬を掻いた。

「遅くなりましたが改めて。私はサティア。しがない商人です。あなたに助けられたおかげで今こうしてここで店を開くことができています。本当にありがとうございます、通りすがりの白魔導師さん？」

「ルーミアです。あの時は偶然でしたけど間に合ってよかったです」

サティアの名乗りにルーミアも返す。

お礼を言われて少し気恥ずかしくもあるが、こうして彼女が日常を紡ぐことができたことをルーミアは嬉しく思いはにかんだ。

「サティアさん、ルーミアさん魔力結晶が欲しいって。確か置いてあったよね？」

「ええ、あるわよ」

「やった！　買います！」

「ルーミアさんにはお安くしておくわ」

「あ、俺達には？」

「あなた達は通常価格です。銅貨一枚たりともまけません」

「ちぇっ、ケチだなー」

そんな店主と常連客を思わせるやり取りを小耳にはさみながらルーミアは魔力結晶を手に取る。これでもかというほど手に取る。それは何がなんでも魔力ポーションだけは要らないという強い意志の裏返しだった。

「ん……これは、スクロール？　あー、魔法ですか」

ルーミアが見つけたのは魔法が込められた巻物。魔力を消費して込められた魔法を発動できる、魔法を使えない者でも魔法を使えるアイテム……なのだが、その山を見下ろすルーミアはどこか諦めのような表情を浮かべている。

「ルーミアさん、何か気になるものでも？」

「あ、いえ……感知系の魔法が使えたら便利なんだろうなって思っただけです」

「魔力感知や生命探知などのスクロールならあると思いますが……もしよろしければ差し上げましょ

うか？　ルーミアさんは命の恩人ですので……さすがに魔力結晶をただでお譲りするのは大赤字になってしまうのでお気持ち程度の値引きですが、スクロールなら……」

「いえ、多分使えないから大丈夫です」

ルーミアは悟っていた。

そんな便利なアイテムを自分は使用できず、本来の効果も発揮できない不良品に早変わりさせてしまうことを。

魔力結晶が魔法行使の魔力消費を肩代わりするものならば、魔法スクロールは魔法行使における発動過程を肩代わりするもの。だが、魔法発動における大部分を代替したとしても結局のところ魔法を発動するのはルーミア自身だ。

込められた魔力量や魔法の制御などは発動者依存なため、当然射程距離も依存される。

魔力感知はその名の通り、広範囲の魔力反応を感知する優れた索敵魔法。しかし、ルーミアが使用すれば自身の魔力反応のみを示す意味のないものに成り下がることを理解していた。

「久しぶりに自分の欠陥が恨めしいというか情けないというか……。ま、気にしてもしかたないですけどね」

別に同情を誘いたいわけでもない。

事情を知らないサティアやアッシュ達からすればルーミアがなんの話をしているのか分からないだろう。だが、それでいい。それでもルーミアは一人で戦えるだけの力を有しているのだ。

「サティアさんこれ全部でいくらですか？」

「魔力結晶をこんなに……。実はルーミアさん、いいとこのお嬢さんだったり？」

「いやいや、そんなまさか。今まで使わなかったのが貯まってるだけですよ」

かなりの量の魔力結晶の購入だが一切の躊躇《ちゅうちょ》がない。

多少の出費には動じない財力という点では間違っていないが、それはルーミアの出費が極端に少なかったからだ。

本来なら乗り合いの馬車などを利用して赴く場所にもルーミアは平気で走って向かうことが多く、さらには白魔導師の本領である回復魔法のおかげで必要としない薬系のアイテムが多かった。

通常の冒険者ならば必須アイテムと言われる物資を必要としてこなかったルーミアの主な出費は食費と宿代くらいだろう。そういったこともあり依頼を重ねていくうちにルーミアの所持金はそれなりに増えていたのである。

「お買い上げありがとうございます。しばらくはここで店を出してますので今後ともどうか御贔屓《ごひいき》に……！」

「こちらこそ安くしてくれてありがとうございます。絶対にまた来ますね！」

「アッシュさん達もいつでも貢ぎに……いえ、顔を出してくださいね」

「それもう全部言っちゃってるから！　そんなの言われなくてもまた貢ぎに来ますよーだ」

商魂たくましいサティアとこれからもいい客としてお金を落としそうな将来有望な冒険者パーティ。

ルーミアはクスクスと笑いながら自分もこの店を贔屓にしようと心の中で思うのだった。

◇

物資の補充も終わり、依頼対象の討伐へと繰り出したルーミアとアッシュ達。

討伐する魔物は異なるが偶然にも生息地が被《かぶ》っているということもあり同行している。普段ならばサクッと依頼を終わらせるために急ぎ目に行動するのだが、彼らに合わせてのんびり歩くのも悪くないとどこか懐かしい気持ちになる。

（こうしてゆっくり歩くのは久しぶりだなぁ。そういえばあの頃もこんな感じだったっけ？）

アッシュ達三人の少し後ろで彼らの背中を眺めながらふと以前アレンのパーティに所属していた時のことを思い出す。

役割は異なるが前衛後衛比も男女共に二人という編成も同じで、共通している点があるとふと感じた。それに後衛職の白魔導師ということもあり、ルーミアはいつも一番後ろにおり、このようにして前を歩く者の背中を眺めていた。

ソロとして活動し始めてからは誰かと行動を共にするということがなく、誰かの後ろ姿を眺めて歩くことも、隣に誰かがいるというのも久しぶりのことで、思い起こすことのできる最後の記憶となればやはり以前所属していたパーティにまで遡る。

「ルーミアさん、どうしたんですか？　早く行きますよ？」

「……すみません。今行きます！」

そんな以前の思い出を想起してつい足を止めてしまったルーミアに声がかかる。ハッと顔を上げるとアッシュとシン、ノルンが振り向いてこちらを見ている。共通点を多く感じられる中、確実に違うと言える点。それは雰囲気と居心地の良さ。

（こうして気にかけてもらえるのって、なんだか新鮮かも……）

仲間のことを気遣うなんて当たり前のことかもしれない。しかし、ルーミアはそんな当たり前をなしでやってきた。それなりの期間パーティを組んだアレンがルーミアに気を遣うということはなかったのに対し、出会って間もないアッシュ達がまるで本当の仲間であるかのように接してくれる。それが嬉しくもどこかおかしくて、ルーミアは少し吹き出しながら彼らに駆け寄った。

「ルーミア、笑ってる」

「少し思い出し笑いをしただけです」

「そう、もうすぐ目的地につく。余計なお世話かもしれないけど気を引き締めて」

「分かってますよ。後れは取りません」

ルーミアの気の抜けた様子にノルンが釘《くぎ》を刺すもこれが通常運転。戦闘モードへの切り替えもいつでも行える。ソロの白魔導師は伊達《だて》ではない。この場における誰よりも、戦闘が得意だという自負がある。

「ルーミアさんはここからどうしますか？　俺達、多分時間かかっちゃいますけど……」

「そうですね。せっかくなのでついていきますよ。邪魔にならないようにするので安心してください。それとも、お手伝いしましょうか？」

「いえ、大丈夫です。確かにルーミアさんの手を借りられたらすごく楽かもしれませんが、これは俺達の受けた依頼なのでなるべく俺達だけで頑張ります……！　ルーミアさんから見て明らかにピンチで、俺達がどうしてもと助けを求めたらその時は助けてくれますか……？」

「分かりました。いざという時の回復は任せてください」

アッシュはあくまでもルーミアをいざという時の保険として扱うようで、戦力としてはなるべく当てにしないようにしたいらしい。ここでルーミアが一人大暴れして依頼を達成したところで、達成感もなければ成長にも繋がらない。自分達の依頼は自分達でこなす意気込みを伝えられ、ルーミアは余計なお世話だったと一歩引いた場所から見守ることに決める。

しばらくして、アッシュ達は見つけたグリーンスライムとの戦闘を開始した。

アッシュが前に出てグリーンスライムの攻撃を大きな盾で防いで弾く。できた隙をついてシンが斬りかかったり、ノルンが魔法で援護したりと、オーソドックスではあるが安定した連携の仕方で戦っていた。

（いいね、強いじゃん。それに……楽しそう）

味方同士での声掛けもされており、雰囲気がいい。

それを羨《うらや》ましそうに見ていたルーミアは感化されたようで、自分も早く戦いたいと逸る気持ちを抑えていた。

「ん……グリーンスライムか。アッシュさん達が受ける依頼ってことはそんなに強くないのかな？あっちも心配なさそうだし私もちょっと遊ぼうかな」

ルーミアは近くに姿を見せたグリーンスライムと少し離れたところで戦闘を繰り広げるアッシュ達

を交互に見て考える。危なくなったら助ける約束だが、安定した戦い振りで危険に陥る気配はない。
自分の依頼とは関係ない魔物だが今すぐにでも身体を動かしたい気分だったルーミアは目の前に佇《たたず》む緑色のプルプル動くそれと遊ぶことにした。

「さて、どれくらいでいけばいいのかな？　とりあえず……身体強化《ブースト》——二重《ダブル》」

スライムが物理攻撃に耐性があることは知っている。今のルーミアがそれを討伐するのなら魔法親和性の高いブーツに何かしら魔法属性を付与《エンチャント》して蹴り飛ばすのが、手っ取り早いだろう。だが、ルーミアは己に施す魔法を身体強化《ブースト》にとどめ、いつものように……足元に転がるボールを遠くに蹴り飛ばすイメージで無慈悲に脚を振った。

「あれ？　手応えないなぁ。もっと遠くに吹っ飛ばせると思ったんだけど」

もはや討伐ではなくどれだけ遠くに跳ばせるのかを考えて蹴りを放ったルーミアだが、スライム特有の柔らかい身体と物理的な攻撃を吸収して和らげる性質が発揮され思ったほどの距離は飛ばなかった。

「んー。でもちょっと飛んだってことは完全に無効にされてるわけじゃないんだよね。吸収なら倍率上げたら押し切れるかな？」

もはやルーミアの頭の中にいかに魔力を無駄に使わずに戦闘を組み立てるかという自らに課した課題など残っていなかった。何故ならこれは戦闘ではなく遊びだから。

「身体強化《ブースト》・五重《クインティ》。重量軽減《デクリーズ・ウエイト》・二重《ダブル》。付与《エンチャント》・風《ウインド》。せーのっ、解除！」

助走に勢いをつけるためだけにふんだんに使用された強化魔法。

爆発的な加速を得て、その勢いのまま足を振るう。

蹴り飛ばすその瞬間に取り戻されたルーミアの体重とブーツの重さ。

超重量と超加速が掛け合わされた凄まじい威力の蹴りが軟体へ突き刺さる。

あとはそれがどこまで飛んでいくのか見送るだけ――だったが。

「あーーーーーっ!!」

プチュンと悲しい音を立てて弾け飛んだ。いくらスライムが物理耐性ありといえど、許容量を超えた衝撃には耐えられなかったようで、ルーミアの思い描く軌跡を紡ぐことなくその場で呆気なく崩壊した。

途端、ルーミアの叫びが木霊する。

それはまるで、おもちゃを壊してしまった子供が起こす癇癪のようだった。

「ルーミアさん、どうしたんですか……ってそれ、グリーンスライムですか?」

悲鳴を上げ、がっくりと膝を落としているルーミアのもとに、何事かと心配したアッシュ達が駆け寄ってくる。

「間違って倒しちゃいました。こんなはずじゃなかったのに……」

「倒して落ち込んでる……? どういうこと?」

「僕にも分かりません」

何か非常事態が起きたわけではないと安心したアッシュ達だったが、ルーミアにとっては非常事態そのもの。

魔物を倒して落ち込むのが、どう繋がるのか分からず互いに顔を見合わせて首を傾げるシンとノルン。

「うう、力加減を間違えるとこうなるんですね……。あっ、そちらの魔石でよければ差し上げますよ」

「あっ、ありがとうございます。でも、そういうのってよくあることじゃないですか?」

「よくある?」

「はい。俺達も現物納品の魔物を損傷しすぎて認められなかったこととかありますし……元気出してください」

討伐依頼はただ討伐さえ証明できればいい依頼と討伐対象の納品も求められる依頼がある。後者の依頼ならば強い攻撃などで討伐対象を損傷させすぎてしまうと依頼達成が認められないものがあるため気を付けなければならない。

経験を積めば魔物の耐久度や自身の攻撃力などの兼ね合いを感覚で理解することもできるが、新米の冒険者にとってはありがちなミス。そのことを引き合いに出してルーミアを励ますアッシュだったが、スライムを物理攻撃で強引に破壊して気を落とすのとはまた違う話だろう。それでも、アッシュの励ましはルーミアに響いたようで、落ち込んだ様子から立ち直った。

「そうですよね……! これは不慮の事故です。次から気を付ければいいんです……!」

やってしまったことは仕方ない。大切なのは同じ過ちを繰り返さないことだと自分に言い聞かせた。

「アッシュさん達もそういうのってあるんですか?」

「最近は少なくなってきましたがそれでもやっちゃう時はやっちゃいます……。シンとノルンも成長しているので見極めは大事ですかね」

「依頼を選ぶ段階で弾くという手もありますが、そうもいかない日もありますからね……。慎重に攻撃しなければいけないのは結構大変ですよ」

アッシュの言うよくある出来事についてルーミアは尋ねた。

気を付けていてもやる時はやる。意識していても余裕がない時はついやってしまうのだという。

経験の少ないパーティだと立ち回りも難しいようで、そもそもそういう依頼を弾くという方法も時には必要らしい。

そこでノルンがルーミアに尋ね返した。

「ルーミアは？　明らかに威力過剰だと思うけど」

ルーミアの攻撃力は素人目で見ても一目瞭然。かなりの威力が窺える。

そんなルーミアはどうなのだろうという疑問も当然。自身に問いが戻ってきた彼女は自信ありげに口を開いた。

「重さを意図的に軽くした弱攻撃を覚えたので抜かりはありません」

「そうなんだ……って、あれ……スパークラビットじゃない？」

「あ、本当ですね。では、お見せしましょう。私だって壊さずに魔物を倒せるんですよ」

盗賊団捕縛依頼にて編み出した風属性を活かした速さと手数の高速戦闘形態。

重さをなくし速さに振った連続攻撃スタイルを自分のモノにできれば、過剰な破壊を生まず、魔物を倒すこともできるだろう。

それを語った時、偶然だがノルンがルーミアの依頼対象のスパークラビットを遠目で発見した。

ノルンの視線に合わせてそちらを見た瞬間、ルーミアの纏う雰囲気はお遊びモードから戦闘モードへと移行した。

また、自分の編み出した魔物を壊しすぎない討伐スタイルをお披露目できる機会に少しだけ気分が高揚したルーミアはいつも通り、高らかに、魔法行使を宣言した。

「身体強化《ブースト》・四重《クアドラ》。重量軽減《デクリーズ・ウエイト》・二重《ダブル》。付与《エンチャント》・風《ウインド》——ッ！」

スライムを蹴り飛ばすためだけの一瞬の強化ではなく、少しだけ長い時間を行動し続けるためにやや効力を落とした形態。しかし、重さを捨てて軽さと速さを得たルーミアのスタイルはそれだけで大きな力を秘めている。

そんな雰囲気の変わったルーミアにアッシュ達も期待の眼差しを寄せる。ルーミアの戦う姿を拝むことのできるまたとない機会。自分達よりランクが上の冒険者の戦闘から学べるところは学ぼう。そう意気込んでルーミアを見つめていたアッシュ達だったが、次の瞬間目を疑った。

「え……消えたっ？」

そう思わせるほどの高速移動でかなり離れていたスパークラビットとの距離をルーミアは一瞬で潰した。突如現れた襲撃者にスパークラビットも驚いて、頭についた小さな角を光らせる。刹那、バチバチと紫電が迸り、ルーミアの華奢な身体に襲い掛かった。

だが、ルーミアはそれに反応してみせた。

ほぼ勘と言っても差し支えない。その攻撃範囲を予測し、背後に回り込んだ。

そのままの勢いでその小さな身体を蹴り上げる。

宙に浮かび上がったスパークラビットだったが、再度角を光らせ紫電を放つ。

だが、当たらない。一度目と違い二度目のそれは見てからの反応が間に合った。

すべてを躱し、着地しようとするスパークラビットへと肉薄、拳を叩き付ける。

飛んでいくそれに追いついて、蹴る。追いついて殴る。蹴り上げたそれの落下に合わせてルーミアも飛び上がり、回転の勢いを加えた踵落としを放つ。

小さな悲鳴は地面を抉る音で打ち消された。

軽やかに着地したルーミアの足元には地面にめり込んだ状態のスパークラビットの姿があった。

「逃げ足が早いって言ってもその自慢の足が地面についてなければなんの意味もないですね」

いくら逃げ足に定評のある魔物でも、空中機動ができない以上地面から離されてはあまりにも無力だった。

宙に放り出され逃げの一手を完全に封じられ、唯一の反撃手段も攻略されたスパークラビットはルーミアの連続攻撃でなすすべなく刈り取られたのだった。

「どうですかー？　ちゃんと見ててくれましたかー？」

「えっ……その、ルーミアさんの動きが速すぎて全然目で追えなかったです。すみません」

「僕もです……」

「同じく」

「えっ、そんなぁ……」

残念ながらルーミアの活躍の姿は誰の目にも留まらなかったようだ。

ルーミアはまたしてもがっくりと膝を落とすのだった。

◇

それから数日が経った。

これまでソロで活動して基本的に一人で動いていたルーミアがアッシュ達と行動を共にしていたことは少しだけ噂にもなった。だが、その日以来誰かと共に行動をするルーミアの姿は見られず、相変わらずソロの白魔導師をやっているということですぐに話題に上がらなくなった。

下手につついたら待ち受けるのは暴力かもしれない。いつの間にか定着しつつあるルーミアのマイナスイメージが密かに彼女の平穏を守っていた。

そんなことは露知らず、ルーミアは日課の依頼をこなそうとしている。

いつものように手にした依頼書を持って、リリスの待つカウンターに駆け寄っていく。そんな一連の流れはもはや当たり前の日常になっていた。

「珍しいですね。ルーミアさんが進んでこの依頼を受けるなんて……！」

「そうですか？　まあ、たまにはそういう日もありますよ」

いつものようにルーミアから依頼書を受け取ったリリスは目を落として驚いた反応を見せた。

ルーミアが手に取った依頼はギルドにて負傷者の治療を行うというものだった。

昇格を果たしてからはとにかく討伐依頼を重ねていたルーミアのチョイスにしては珍しい。そう思い手を止めたリリスだったが、すぐに手続きを再開した。

「治療ができる人はどこでも重宝されますからね。正直人手が足りていないのでかなり助かります」

もちろんギルドには治療を行える者がいる。だが、それ以上に冒険者の数は多く、負傷者も日によっては対応できないほどに多い時もある。回復が行えるだけで重宝されるのはユーティリスに白魔導師含め回復魔法を扱える人材が足りていないことを意味しているだろう。

「最近の負傷者はどうなんですか？　やっぱり増えてます？」

「そんなことはないですがやはりギルドの人手が足りず、回復が追い付かない時もしばしばありますね。なるべくないようにしたいのですが、ギルドで回復魔法など治療関連の魔法を使える人材は限られているので、どうしても手が回らない時もあるにはあります……」

「……そうですか。困った時はいつでも私を呼んでくださいね！」

「ありがとうございます。本当に助かります……！」

ただでさえ回復魔法の使い手が少ない今、優秀な使い手ほどあちこち引っ張りだこで忙しく活動することになる。特にこういった依頼はいつやってくるか分からない負傷者に備えてギルドで待機する必要があるため、よほど手の空いている冒険者しか受けてくれない。そんな中珍しくもフリーで活動している白魔導師のルーミアの協力が得られるのは大助かりだった。

「ちなみにルーミアさんの回復の腕はどれほどなんですか？」

「なんですか？　疑っているんですか？」

「この前治療してもらったので実力は疑っていませんよ。ですが、人によって治り方に差があったりするじゃないですか？　ルーミアさんは他の魔法も一級品と聞くので回復魔法もすごい効果なのではないかと……」

「そうですね……そう言われてみると、最後に本気で回復《ヒール》を使ったのはかなり前になりますね……。その時は白魔導師の力を高める装備をしていたので今と比べると分かりませんが……それなりの怪我だったら治せると思いますよ？」

「それなりというと？」

「うーん、ちぎれかけの腕を繋げる……とかなら多分……」

ルーミアの治療の腕について気になったリリス。以前に治療を受けたこともありルーミアの回復魔法の実力については疑っていないが、それが本気で行使された時どれほどの効力を発揮するのか。それについて尋ねるとルーミアは少し考えて困ったように笑った。

実のところルーミアがソロで活動し出してから、全力で回復魔法を使用した試しがない。ヒットアンドアウェイの戦闘スタイルや一撃必殺で相手を仕留めるスタイル、すべてを躱すスピード特化スタイルなど、そもそもルーミア自身が攻撃を受けないようなスタイルなため、自身に回復魔法を使うということがそもそも少ないのだ。

軽い切り傷や少し肉が抉られたくらいの損傷ならば問題なく治せているが、それ以上となると試したことがないため未知の領域。とはいえ、回復魔法は白魔導師の本領。それなりの負傷ならば治せる自信があるルーミアだが、彼女のそれなりはやや常識を超える。

「そんなに酷い状態でも治せるんですか……！　すごいです！」

「多分ですよ！　断言はしてないですからね」

「ふふ、分かってますよ。そういう奇跡的な場面に立ち会いたい気持ちもありますが、重傷の方が来ない方が望ましいですからね」

「そうですね……。回復魔法は出番がない方がいいです」

「そうですけど……暇ですね」

「はい、暇なのはいいことです」

ルーミアの出番がないということは怪我人がやってきていないということ。ギルドから見れば一番ありがたい状況。こうしてリリスとのんびりして時間だけが過ぎていく。

「ちなみにルーミアさんは依頼書をよく読まれてないと思うので一応説明しておきますが、常駐してもらうため基本報酬は出ますが、あとは出来高制なので……このまま平和に一日を終えると基本報酬だけになりますね」

「失礼な。ちゃんと読んだので分かってますよ。お金が欲しいからって怪我人を望んだりしないので安心してください。暇なのはいいことですから……！」

「それは失礼しました。そうですね、このまま平和が一番です」

冒険者ギルドユーティリス支部。

その日は珍しく暇な時間が続き、ルーミアが回復魔法を行使することはなかった。

◇

翌日。

ルーミアはある人物から指名依頼を受けることになった。

指名依頼というのはその名の通り依頼者が特定の人物を指名して依頼をするというもの。失敗できない依頼を実績のある高ランク冒険者に遂行してもらいたいといった理由で行われるパターンが多いが、今回ルーミアが指名されたのはそれだけの理由ではない。

依頼者はキリカ。以前盗賊団のアジトにて捕まっていた姉弟の姉の方だ。

その内容はかつてルーミアが捕縛した盗賊団がアジトにしていた洞窟の調査。そして、彼女達が捕まった際に取られてしまっていたペンダントを見つけてほしいというものだった。

彼女は一度ルーミアに助けられている。それだけの関係ではあるが、信用に値し、心を許すには十分すぎる。短時間で盗賊団を壊滅させられるだけの実力もあり、口約束もしっかり守り救出してくれたという事実。暫定一番頼りになるということで彼女のもとに指名が舞い込んだというわけだ。

指名依頼は指名を受けた冒険者が了承をして初めて成立する。ルーミアはキリカの名前と依頼内容を聞き、二つ返事で了承した。

「さてさて……問題はまだ残されているか、ですね」

盗賊団を一斉捕獲したのち、アジトの入り口は封鎖されていた。

そのため、ルーミアが大暴れした後は誰も出入りしておらず、そのままの状態で保たれているはずだ。

どこかにペンダントが隠されているのなら根気強く探すだけだが、ルーミアが突入する前にどこかで売られてしまっていて、既にアジトに残されていない可能性もある。

それを分かっているからこそキリカも依頼のメインは残された盗品がある洞窟の調査としたのだろう。その盗品の中に自分達の物があるかは定かではないが、万一なかった場合でも依頼として成立するような依頼内容にしているということだ。

仮に依頼達成の条件が所在不明なペンダントの発見だとしたら、最悪の場合依頼を成功させることが不可能であるかもしれない。

なかったらそれはそれで仕方ない。でも、もしあるのなら見つけてほしい。

キリカはそう思い、ルーミアに依頼を託したのだ。

◇

「一応ここから見てみますか」

ルーミアはヴォルフと戦闘を行った大部屋へと来ていた。

そこは広く、あちこちに盗品らしきものが見受けられる。もしあるとするのなら一番可能性が高い。

そう考えたルーミアは、一番にその場所を探しに来た。

「えっと、星形のペンダント……キリカさんとユウくんのお揃い、だったよね。見つかるといいけど……」

姉弟でお揃いのペンダントということで、もし見つかるのなら二つセットのはずだ。主な特徴は星形ということしか分かっていないが、その情報だけを頼りにあちこち漁る。

「あっ……なんだっけ？　サイクロン……なんとかって剣だ。そういえば放置してたっけ」

盗品の山を掘り起こしながら移動していくルーミアの目にふと入り込んだのは、かつて苦渋を舐めさせられた緑色の魔剣。ヴォルフとの戦闘の際に蹴り飛ばしたそれが抜き身のまま転がっていた。

「すごかったよねぇ、これ。あの斬撃、私でも出せるのかな？」

そう言って拾い上げたサイクロン・カリバーを両手で持ち、構えて魔力を込めてみるも何も起きる気配はない。

「うんともすんとも言わない……。やっぱこういうのって使い手を選ぶんですね。剣に選ばれないと無理かぁ」

薄々は分かっていた。剣の才能のないルーミアがそれに見初められることはないと。

魔剣は魔剣と呼ばれるだけあって凄まじい力を秘めている。その代わり誰でもその力を使えるわけでなく、平たく言ってしまえば魔剣との相性というものが存在する。もしくは魔剣が使い手を選ぶと言っても過言ではない。

「魔剣に認められるだけの実力があるなら、盗賊団の親玉なんてやってないで冒険者にでもなっていればよかったのに……って今更言ってもしかたないか。そんなことよりペンダント、探さないと

「……！」

手に持ったサイクロン・カリバーをヴォルフの見様見真似で数回振って、再度何も起きないことを確認したルーミアは、少し離れた場所に落ちていた剣と同じ色の鞘《さや》を拾い、剣を元に戻す。少し意識が逸れてしまったが本来の目的は見失っていない。気を取り直してキリカのペンダントを探すのだった。

◇

「うーん、ここではなさそうですね」

ルーミアは積み上げた瓦礫《がれき》の山に座り込みぼやいた。

あちこちくまなく掘り起こして探してみたもののそれらしきものは見当たらない。

盗賊団にこのような恨み言を言うのは少し違うが、もう少し盗品の管理をしっかりしてほしかったとルーミアは憤慨した。

「こういう時ハンスさんみたいに見通すことができたら楽なんでしょうけど……あれはあれで調整が難しいらしいので、隣の芝生はなんとやら……ですね」

一瞬、ハンスの力を使えてたらどれだけ楽だったろうと考えたルーミアだったが、すぐに首を横に振った。

遠くを見れるとだけ言われれば聞こえはよく便利に思えるが、視点を移動、観測したいものや場所にピントを合わせるような精密な操作が要求される。さらには、距離が遠ければ遠いほど消費する魔力量は増え、乱発はできないという欠点もある。

恐らく、ルーミアが思うほど簡単に扱える力ではなく、こういった探し物に応用するのにはかなり骨が折れるだろう。

「こっちはまだ行ったことのない道です……。迷いたくないのであちこち分岐してないといいのですが」

ぼやいていても状況は進展しない。

休憩を終え立ち上がったルーミアは違うところを探しに引き返す。

初めてこの場に辿り着いた際は、キリカの助言もあり他の道には目もくれず一直線にやってきた。

その時に無視した道をしらみつぶしに探していく。

「ここは行き止まり……こっちは……あ、奥に何かありますね」

ある道を進んだ先、片方の道は目の前に壁があり行き止まりであることが分かった。その隣の道も行き止まりで、ただし何か木箱のようなものが置いてあるのが確認できた。

「なんでしょうこれは……大きくバツ印がありますね」

置いてあるのはなんの変哲もない木箱なのだが、その前面から側面に至るまで目立つ赤色のバツ印が激しく主張している。

「なんだろ？　とりあえず……えいっ」

不吉な印だなぁと思いながらもルーミアは深く考えず足を高く上げ、振り下ろした。

硬いブーツの踵落としでバキッと容易く破壊された木箱から木片が飛び散る。

剥き出しになった鋭い部分をゲシゲシ踏み砕いて、中を覗くとそこには小さな白い鞄があった。

「なにこれ……鞄？　これも盗品……なのかな？」

なんの変哲もない木箱から姿を現したなんの変哲もない鞄。

では、赤いバツ印の意味はなんだったのか。単なる悪ふざけか何かだったのか。

色々と腑《ふ》に落ちないことはあるが、ルーミアは恐る恐る鞄を開いた。

「これって……もしかしてマジックバッグ？　中が見えないってことは……そうだよね？」

マジックバッグとは空間属性の魔法が付与《エンチャント》されていて見た目の大きさよりもたくさんの容量の物をしまい込める鞄だ。質のいいマジックバッグならば家一軒分ほどの容量を誇るものもあり、当然高級品だ。

「あっ、すごい！　本物だ！」

ルーミアは偶然腰に付けていたサイクロン・カリバーをその鞄に突っ込んだ。その鞄が見た目通りの容量ならば当然入りきるわけがないのだが、緑色の鞘はルーミアの仮説を裏付けるように吸い込まれて鞄の中に消えた。

見た目以上の容量。本物のマジックバッグを初めて見たルーミアは興奮してはしゃいだ。

買おうと思ったら金貨を何十枚、何百枚と積まなければいけない高級品。冒険者なら誰でも欲しがる、でも高くて手が出せないそれが今自分の手にあるのだ。テンションが上がるのも無理はない。

鞄の見た目より大きなものが吸い込まれるように仕舞われる様を拝みたい一心で、ルーミアは自身の装備していたガントレットを片方取り外して同じように中に入れた。

「やっぱりすごい……けど、あれ？」

しかし、ふと落ち着きを取り戻して疑問に思う。

何故こんな高級便利アイテムが、こんなところで木箱にしまわれていたのか。

ご丁寧に赤いバツ印まで書かれていたのか。

嫌な予感がしたルーミアは震える手を鞄に入れた。

「まさか……ね」

ルーミアは先程中に入れたサイクロン・カリバーを取り出そうとした。初めての感覚だったが、無事に鞘を持った確信が手に広がる。

あとは引き抜くだけ……なのだが、何かがつっかえているかのように取り出すことができない。

「えっ……出せない。剣も取れない、ガントレットは……こっちも抜けない」

どれだけ強い力を込めて引き抜こうとしてもそれが再び姿を見せることはない。

それは物を取り出そうとした時にのみ発生する現象で、手を出し入れするだけならば普通に行えた。

嫌な予感が確信に変わり、ルーミアはようやく理解した。

こんな場所にまるで封印されているかのように放置されていた鞄の正体。

「これ、呪いかかってるじゃんーーーー！」

入れた物を取り出すことができない呪いのマジックバッグ。

それに気付いたルーミアの絶叫が洞窟内に響き渡った。

「えっ、あっ、ちょ……返してー！　わ、私のガントレット返してーー！　あの緑色の剣は要らないからそれだけは返してよ！」

剣士でないルーミアは剣を必要としていないため最悪魔剣サイクロン・カリバーは二度と取り出せなくても構わない。しかし、愛用のガントレットともなれば話は別だ。

無駄だと分かっていても鞄の中に手を突っ込んでガントレットを引っ張り出そうとしたり、中身を吐き出させるためにぶんぶん振り回したりといろいろ取り組んでみたがやはり呪いの力が邪魔をする。

呪いのアイテム、呪いの装備。珍しいものではあるが、まったくお目にかかれないものでもない。

呪いと冠するだけあって効果はデメリットをもたらすものばかり。よくあるのは装備したら最後呪いを解くまで外せない装備品だったり、使用するたびに自らを傷つける武器だったりだが、このマジックバッグの呪いはそういった類《たぐい》ではない。

それでも、その呪いのデメリット効果は絶妙にいやらしく、もはやそれは鞄ではなく質《たち》の悪い倉庫と言って差し支えない。

「くそぉ……そういうのはちゃんと書いておいてよ……。バツ印だけだと分からないじゃん……」

さらには責任を盗賊団に転嫁する始末。今この場にヴォルフがいたのならば八つ当たりの爆裂蹴りが炸裂していたところだったが、残念ながらこの怒りやら憤りやらをぶつけたい対象は既に塀の向こうだ。

「とりあえず……どうしよ？　ペンダントを探すのが先決……だよね？」

不慮の事態に見舞われてすっかり気分を落としてしまったルーミア。

この場に赴いているのは指名依頼を受けたため。どれだけモチベーションが落ちていたとしてもそれを投げ出すわけにもいかず、ルーミアは白いマジックバッグ片手にとぼとぼと歩き出した。

「あー、これぶっ壊したら中身出てくるとかないかなぁ……？　いや、それはダメだよね」

手を入れた感じからして中にはいろいろ入っていることが分かった。

目的のガントレットだけでも取り出したいルーミアは間違いなく正攻法ではない手段を真っ先に思いついて口にした。

しかし、その方法で中身を取り出せる未来を想像できない。むしろ、二度と取り出せなくなってしまうような気さえしたルーミアは変な考えは捨てた。

となると、やはり残るのは正攻法。

「呪い……かぁ。解けるかな？」

解呪《ディスペル》。マジックバッグを呪いから解き放つという唯一の正攻法の手段。

ルーミアは白魔導師。そして白魔導師が扱うことのできる魔法の中には――解呪《ディスペル》の魔法も存在する。

「ガントレットは返してもらわないと困るし……やってみよう」

ルーミアはふぅと小さく息を吐いた。

「えー、解呪《ディスペル》」

呪いなどの魔法効果を打ち消す魔法、解呪《ディスペル》。打ち消せるのは何も呪いだけに限った話ではなく、基本的に魔法効果全般に渡って打ち消すことができるが、ルーミアの欠陥である魔法効果の射程ゼロとの相性がかなり悪い。

欠陥を抱えるルーミアの解呪《ディスペル》では、相手の魔法に触れないといけないということだ。後衛から遠隔で魔法攻撃を壊したり、魔法防御を崩したりといった使い方がオーソドックスなのだが、それができないルーミアにとっては出番が来ることなく眠っていた魔法だ。

それをここで初めて解禁した。

白いバッグを抱える手が淡く輝いた。しかし、その魔法によって何か変化が起きた様子はない。

「あれ……足りない？　相当強い呪いなのかな？　それとも私の解呪《ディスペル》が下手くそすぎてダメなのかなぁ？」

ルーミアは解呪《ディスペル》魔法を発動した。しかし、何も起こらなかった。

マジックバッグにかかってる呪いが強いのか、それともルーミアが使う解呪《ディスペル》の魔法が不慣れなため弱かったのか。可能性としてはどちらもあり得ることだが、詳しいことは分からない。

それでも、一度ダメだったからといって挫《くじ》けるルーミアではない。

「解呪《ディスペル》——二重《ダブル》」

魔法の多重発動はルーミアの常套手段。

単発での発動で力が足りないのなら重ねて発動、呪いの力を上回ってしまえばなんとかなる。そう考えて再度解呪《ディスペル》の発動を宣言するも、やはり何も起こる気配はない。

その後、三重《トリプル》、四重《クアドラ》、五重《クインテイ》と段階を引き上げていくがまだ何も起こらない。

「えー、これでもダメなんですか？　解呪《ディスペル》は身体強化《ブースト》や付与《エンチヤント》と違ってちょっと消耗が激しいのでそんなに乱発したくないんですが……」

まだ魔力はある。それでも解呪《ディスペル》を空ぶりした分の魔力は着々となくなっている。魔法を重ねる数を増やせば増やすほど激しくなる消耗にルーミアの表情が曇る。だが、大きく深呼吸をしたルーミアは覚悟を決めたように笑った。

「これでダメなら専門家にやってもらうしかありませんが……面倒なので絶対にぶっ壊します！」

こんな呪い一つ破壊することができず何が白魔導師だ。ルーミアは自身にそう発破をかけて高らかに宣言した。

「解呪《ディスペル》――九重《ノーナ》ッ！」

その瞬間、パリンと甲高い音が二か所から鳴り響いた。

一つはルーミアが抱える白いマジックバッグ。呪いが解かれたのか黒い靄《もや》のようなものが鞄から吹き出して霧散していく。

そして、もう一か所はルーミアが元々持っていた鞄だ。その中にしまわれていた非常用魔力結晶が強引な魔法行使に耐えかねていくつか砕け散る音だった。

だが、そんなことはどうでもいい。

大事なのは呪いが解かれたかどうかだ。

ルーミアは再度鞄に手を入れ、恐る恐る引き抜いた。突っかかりもなくするりと抜けた手は黒いガントレットを確かに掴んでいた。

「よかったーー！　おかえり私のガントレットーーーーー！」

無事呪いを解いて中身を取り出すことができた。

ようやくの思いで再会することができた愛用のガントレットに、ルーミアは嬉しそうに頬ずりするのだった。

「ああ〜、よかったです！　本当によかったー！」

ルーミアの軽率な行動で失ってしまっていたかもしれない愛用の装備品。

それをなんとか強引に取り戻すことができた喜びでルーミアはほっと胸を撫で下ろした。

「おっ、サイクロンなんちゃらも取り出せましたっ。もう呪いの心配はなさそうですね」

九重にも重ね掛けされたルーミアの特上解呪《ディスペル》。

所持していた魔力結晶の魔力すらあてがわれて膨大な魔力をつぎ込まれた魔法の効果は絶大で、解呪《ディスペル》が中途半端ということもなく完璧に呪いを取り除いていた。

一度は要らないと酷い言われようをされた緑の魔剣も再び姿を見せたことで、その鞄の安全性は保証された。

一時はどうなることかとかなり取り乱していたルーミアだったが、なんとか解決することができ誇らしげだった。

「さて、これで安心してペンダント探しを再開できます。はぁ、よかったー」

目先の憂いが解消されたことで、本来の目的である指名依頼に心置きなく取り組むことができる。

ルーミアは気分を落として中断していた指名依頼を張り切って再開した。

◇

「ダメです。見つけられませんでした」

「そうでしたか。盗品がどのように管理されていたかも不明ですし、既にどこかで売却されてしまったことまで考えると仕方ないですね……。ところで確認ですがすべての場所を隈なく探索したんですよね？」

「はい、見たところには足跡（物理）を付けておいて、三周は確認したので見落としはないと思います」

盗品が散乱している場所は整頓しながら探した。そうではない何もない場所なども一度足を運んだことが分かるように印を付けて何度も確認をした。それでも目的のペンダントを見つけることができなかったルーミアは冒険者ギルドに戻ってきてリリスの前で項垂《うなだ》れている。

指名依頼が舞い込むのは解決の見込みが期待できると思われるから。ルーミアならばなんとかしてくれるという信頼のもと依頼されている。その信頼を裏切る形に落ち着いてしまうのはルーミアとしても望むところではなく、その表情からは悔しさが滲み出ている。

「まあ、依頼はあくまでも調査なので失敗にはならないはずです。そう落ち込まないでください。ルーミアさんはベストを尽くしたのできっと分かってもらえますよ……！」

「うう、それでも私を頼って指名依頼してくれたのでなんとしても見つけてあげたかったです」

依頼はあくまでも調査という名目で出されている。言ってしまえばペンダントの発見は二の次だ。

盗賊が盗んだ物をどのように扱うか分からない以上確実に見つかる保証もなく、売られてどこか遠くに行ってしまっている場合も十分にあり得る。

リリスは肩を落とすルーミアを元気付けようと声をかけるも、キリカの期待に応えられなかったことの落ち込みは想像よりも大きかった。

どうしたものかと困ったように片目を瞑《つむ》るリリスだったが、ルーミアの姿を見てあることに気付いた。

「あれ、ルーミアさん……そういえばその白い鞄どうしたんですか？」

依頼に向かう前には持っていなかった鞄。彼女が身に着けている鞄の数が行きは一つだったのに戻ってきたら二つに増えているではないか。そこに目を付けたリリスは話題を転換するのにもちょうどいいとそれに触れることにした。

「あっ、そうなんですよ！　ちょっと聞いてくださいよ！」

リリスに尋ねられた白いマジックバッグについてルーミアは食い気味に話し始めた。

見つけた時のこと。せっかくいいものを見つけたと思ったら呪い付きだったこと。それを解呪《ディスペル》するのに頑張ったことなど、ルーミアはまくしたてるように説明した。

「そうですか……入れたら取り出せない呪いがかかっているとは災難でしたね。というかよく呪い解けましたね」

「えへへ、頑張りましたよー」

「ルーミアさんのことだから鞄ごと破壊して中身を取り出そうとするものだと思いましたが……解呪《ディスペル》もできるなんてさすがですね！」

「うっ……まさかそんなことしないですよ。中身二度と取り出せなくなったら困るじゃないですか」

確かにそのような考えに至ったのは事実だが、さすがにそんな無謀を犯すほどルーミアも考えなしではない。

確かにパワーで解決するのは手っ取り早い手段だったかもしれないが、成功率や失敗した時に被るデメリットの勘定はルーミアも行っている。

「呪いを解けたのはよかったですが……一緒に付与《エンチャント》されている空間魔法も壊してしまわなかったのはさすがですね」

「あっ……」

「もしかして気付いてなかったんですか？　まあ、呪いさえどうにかなればよかったので結果論ですか」

呪いと共に空間魔法も消していれば中身は取り出せたかもしれないが、マジックバッグの機能も失われていた。リリスはその可能性について言及するが、ルーミアは小さく声を漏らして目を泳がせた。

その可能性に思い至ることなく全力で魔法行使した。それでもマジックバッグは機能を保持している。偶然でも呪いだけを除去できているため、リリスの言う通り結果論である。

「しかし、盗賊団が所持していたマジックバッグですか……。呪いがかかっていたということは盗品の持ち運びなんかに悪用されたりはしてなさそうなので不幸中の幸いでしたね」

「え……？　あっ、そうですよね。悪用……持ち運び……？　あれ、もしかして……？」

リリスの言葉から何かに気付いたルーミアはおもむろに白いマジックバッグをごそごそと漁りだし

た。

ルーミアは洞窟内の探索は隈なく行った。その点に関しては自信を持って言える。だが、まだ一つ確認していない場所があった。

それが、白いマジックバッグの中だ。

自身のガントレットを取り戻すことに躍起になっていたためすっかり試みるのを忘れていたが、もし盗賊団がマジックバッグを所持していたらどのように運用するかを考えたら一目瞭然。

リリスの言ったように当然盗品を詰め込むだろう。

ルーミアにとってそのマジックバッグは呪い付きの不良品だったため先入観で思い至らなかったが、これを手に入れた盗賊団が同じような考えをしていたら。便利な高級アイテムを手に入れて、楽に荷物を運べるようになったとしたら。まず間違いなくあれこれ入れられてるはずだ。

「えっと、これじゃない。これでもない」

ルーミアの掘り起こしによって鞄の中から様々なものが出てくる。

高そうな骨董品や武器類、質の良さそうな布、宝石、アクセサリーなどなど。

統一性はまるでないが、明らかに高価なものが詰まっている。

まるで今から売りに行くと宣言しているかのようなラインナップだ。

そしてその中には——。

「あった！　星形のペンダント！　しかも二つ！」

目当ての物を見つけ出したルーミアは二つのペンダントを握り締めた手を高々と上げげた。

「見てくださいリリスさん！　ありました！　ありましたよ！」

「分かりましたから早くそれしまってください！　高そうなもの散らかして……みんな見てますよ」

ルーミアは依頼を完全達成させる最後のカギをようやく見つけることができた。これもリリスの助言が大きかったからだろう。その喜びをリリスと共有するためにペンダントを彼女に突き出すが、取り出された高級品が注目を浴びルーミア自身も多くの視線を集めていた。

リリスがそれを咎めるとルーミアはようやく気付いて慌て始める。

「わっ、ごめんなさいー。すぐ片付けますー」

「まったく……普通呪い解いたら初めにその中確認しません？　……まあ、ルーミアさんなので仕方ないですか」

探し物を実はずっと持っていたなんて展開にリリスは呆れたように半笑いを浮かべる。

慌ただしく散らかしたものを回収しているルーミアの姿を見兼ねたリリスは呆れた様子で片付けるのを手伝いに受付カウンターから出てくるのだった。

◇

数分後。無事散らかした物を片付け終えて、二人は一息ついた。

「ふう……思ったよりも溜め込まれてましたね。盗品が少ないとは思ってましたが、金目のものは全部ここにあったということですか」

「ですねー。ですがどこかのタイミングで中身を取り出せないことに気付いて、木箱にしまい込んだということでしょうね」

「それだったらもっと分かりやすく封印してほしかったです」

「いや、木箱に赤いバツ印って相当だと思いますけど……でもよかったじゃないですか。変なところに隠されて見つけられなかったらペンダントも回収できなかったわけですし」

「そうでした！　これで晴れて依頼完遂です！」

依頼が完遂なのかどうかは依頼者であるキリカ本人に確認を取ってみなければ分からないことだが、ペンダントの形状も数も事前に知らされていた情報と一致している。おそらくキリカ達の物で間違いないだろう。

「ところで素朴な疑問なのですが、こういった盗品の扱いはどうすればいいんでしょう？　キリカさんみたいに取り返したいと思ってる人は多いのでしょうか？」

「こういったのは基本的に泣き寝入りするケースが多いです。キリカさんのように元の持ち主が判明しているものなら返そうと思えば返せますが、不特定多数から、しかもいつどこで盗られた物かも分からない以上どうしようもありませんね」

「そうですか。では……これらの盗品は？」

「獲得したルーミアさんの物、ということになりますね。それだけのもの、売ったらかなりの額になるはずです。臨時収入が手に入ってよかったじゃないですか」

「元は誰かの所有物だったと思うと少し心苦しいですが……せっかくなのでもらっておきましょう

か」

ルーミアが抱えていた疑問は、持ち帰った盗品はどうなるのか。

キリカが盗られたペンダントを取り戻したいと考えてルーミアに指名依頼を持ってきたように、盗られた物を返してほしいと思うのは至って普通のことだ。

しかし、いつどこで誰から盗った物なのか判別できない。

ユーティリスに来る途中で襲われた者もいれば、ユーティリスを出る時に襲われた者もいるだろう。被害者すべてを特定することは不可能に近く、被害者の方から名乗り出てくれなければ手の打ちようがないというのが現状。

ギルドも依頼という形ならば承るが、慈善事業ではないためわざわざ被害者を探して盗品を一つ一つ返していくといったこともしない。もうこれは盗賊団を倒し、物を回収したルーミアに所有する権利があるのだ。

「元の持ち主さんには申し訳ないですが、これだけは欲しかったんですよ。頑張って呪いをぶっ壊したので……！」

「いや、元の持ち主もそれは要らなかったんじゃないですか？」

「それでもちゃんとした専門家の人に呪いさえどうにかしてもらえばまた使えるかもしれないじゃないですか？　喜んで盗られたというわけではないと思いますよ？」

「それはそうですが……本当によかったですね、壊してしまわなくて」

「まったくです」

「これだけは欲しいと言ってましたが他にめぼしいものはなかったんですか？」

「元々このバッグと盗賊団のボス的な人……えっと、ヴォ、ヴォ……なんとかさんが使ってた風の魔剣だけ持ってくるつもりだったのでそこまでは考えてなかったですね」

ルーミアは白いマジックバッグを撫でた。

呪いがかかっていた時は愛用の装備を呑み込んだまま返してくれない忌々しい鞄だと思っていたが、肝心の呪いさえなくなってしまえば高級便利アイテムに様変わり。

冒険者としての活動を快適にするそれを純粋に欲しいと思っていたルーミアは盗品を自分の物にしてしまうというのにはやや複雑な心境ではあるが、呪いを壊して使えるようにと頑張ったこともあり嬉しそうだ。

元々持ち帰るつもりだったのはそのバッグと魔剣サイクロン・カリバーのみだったが、マジックバッグの中に色々と詰め込まれていたことで更なる臨時ボーナスを手に入れたルーミア。

嬉しいやら申し訳ないやら様々な感情が入り混じるが、所有者となってしまった以上受け入れるしかない。

「とりあえずそちらのペンダントの方は一度お預かりさせていただいて、依頼者のキリカさんに確認を取ってみます。多分依頼は完遂なので後日の連絡をお待ちください」

「よろしくお願いします」

紆余曲折あったが、なんとかキリカの期待に応えることができただろうか。

まだ完全に完遂と決まったわけではないが、リリスからも太鼓判をもらい安心したルーミアだった。

◇

それから数日後。ルーミアはキリカからの指名依頼の件はすっかり忘れて日常を過ごしていた。

思いついた新技を試すための手頃な依頼を受けようと冒険者ギルドの扉を開く。刺激的でワクワクするような一日の始まりを感じてルーミアは機嫌よく訪れた。

「さて、今日は試してみたい新技があるのでいい感じの討伐依頼を……おや？」

そんな彼女を待ち受けていたのは、いつもの日常からは少し外れた展開だった。

依頼掲示板などには目もくれず真っ先にリリスのもとに向かおうとしたところ先客がいた。リリスはルーミアにとって専属の受付嬢のような存在。だが、リリスはルーミア以外の者の対応もしなければいけない。その人物の用が済むまで依頼掲示板でも眺めて時間を潰そうと方向転換しかけたルーミアだが、ふとリリスの声が耳に届いた。

「ルーミアさん、そっちじゃなくてこっちです！」

リリスは手招きをしながらルーミアを呼んでいる。いったいなんなのだろうと早足で近付くとその理由にも察しがついた。

「あれ、キリカさんじゃないですか」

「ルーミアさん、こんにちは」

「もしかして依頼の件ですか？」

「はい、その節は本当にありがとうございました！　一時は諦めていましたが、ルーミアさんにお願いして本当によかったです」

リリスと話をしていたのはキリカ。

指名依頼についての確認か何かで来ているのだろうと察しがつき尋ねるが、キリカのお礼の言葉でやはり依頼はきちんと達成されていることが証明される。

ルーミアとしては完遂したつもりでもキリカに確認を取るまでは本当に依頼が終わったのかは分からず、星形のペンダント二つという条件は満たしていても実はキリカの求めていたものではないという可能性も無きにしも非《あら》ずだった。

だが、キリカの嬉しそうな反応が結果を物語っており、ルーミアもつられて笑った。

「依頼の報酬などはギルドを通さなければいけないのですが、どうしても直接お礼を言いたかったので待たせてもらってました」

「えっ、もしかして結構待たせちゃいました？」

「いえ、ついさっき来たところです。ルーミアさんの姿がないのであれば後日改めて時間をもらえるか頼むつもりでしたが、こちらの方がルーミアさんならもうすぐ来ると教えてくれましたので……」

「リリスさん……そんな無責任なこと言って……もし私が来なかったらどうするつもりだったんですか？」

「そろそろ来ると思ってたのでそれは考えてませんでした」

まるでルーミアの行動を見透かしているかのような言い草。

事実リリスの言った通りのタイミングでやってきたルーミアは何も言い返せず、無言で頬を膨らませリリスの肩をぺちぺちと軽く叩いた。

「もう……いいですよ。キリカさんもわざわざありがとうございます」

「いえ。私も弟も大切にしていたペンダントなので返ってきて本当に嬉しいです。なんでもこれを探すのあちこち奔走してくれたとか……重ねてお世話になりました」

キリカとしてはたまたま知っていてなおかつ実力的にも信頼できる冒険者がルーミアだったというだけだが、結果だけ見れば彼女を指名したのは最適だったかもしれない。

今キリカの手元にペンダントが戻ってきているのは、ルーミアが見つけたからだ。

だが、そこに至るまでに必要だったプロセスとしてマジックバッグにかかった呪いをどうにかするというものがある。

偶然ルーミアは自力でそれを為すことができる冒険者だったため最終的にこのような結果になったが、そうじゃない者ならば中身や鞄自体を諦めていた可能性もある。

白魔導師のルーミアだから依頼を最短で達成できたのだ。

そんなルーミアにお礼を何度も言い頭を下げるキリカ。

感謝の気持ちを何度もぶつけられて照れたルーミアは、もじもじとかわいらしく悶えていた。

「……あの、ルーミアさんはこのあとお時間ありますか？」

「時間ですか？　今日の予定はまだ決まってないので大丈夫ですが……」

「でしたら、この後うちに来てくれませんか？　うちの親なんですけど定食屋をやってて、前に助けてもらったこともあってお礼したいって言ってるんです」

「ご飯！　お邪魔じゃなければぜひ……！」

「邪魔だなんてとんでもない。指名依頼ではあまり報酬をお支払いできなかったので、よかったらたくさん食べていってください」

指名依頼は依頼主が払う報酬額を決める。

キリカとしては出せる最大限を報酬にしたが、ルーミアの働きはそれ以上だった。

その指名依頼を受けると決めたのはルーミア自身なので、キリカが報酬額について気に病む必要はないのだが、結果に見合ったお礼をできていないというのはキリカとしても心苦しいのだろう。

それを埋め合わせるというわけではないが、お礼の一部となればいいなというのがキリカの思いだ。

ルーミアはまだギルドに来たばかりで受ける依頼も決めていない。

キリカの親が営む定食屋というのに興味が湧いたルーミアは二つ返事で本日の予定を変更するのだった。

◇

「ここです。ささ、入ってください」

「お邪魔しまーす」

キリカの案内でやってきた定食屋。

扉にはまだ開店していないことを示す札がかけられているが、キリカはルーミアを中に通す。

「あら、いらっしゃい。まだ開店前だけど……キリカのお友達かしら？」

「え、あの……」

先に入ったルーミアを出迎えたのはエプロンをしてテーブルの拭《ふ》き作業をしている女性。

ルーミアが反応に困り固まっていると後ろからキリカが助け舟を出してくれた。

「お母さん、この人が私とユウを助けてくれた冒険者のルーミアさんだよ。まだ開店前だけどいいよね？」

「あら、この子が？　もちろんいいわよ。ちょっとお父さん呼んでくるから好きなところに座っててもらって」

「はーい」

キリカが軽くルーミアの紹介をする。

やってきたのが娘を助けてくれた恩人なのだと分かると慌ただしく奥へと早歩きで消えた。

キリカは慣れた様子でルーミアを席に案内し、冷たいお茶の入ったグラスを持って向かいに座った。

「お母さん、優しそうな人ですね」

「そうですか？　たまに怒ると恐いですが……まあそうですね」

「お仕事の途中みたいですけど……本当によかったんですか？」

「はい、開店の準備は多分終わってますし、お父さんの方……厨房の仕込みなんかもこの時間ならほとんど終わってます」

「……その割には厨房の方からガチャガチャ慌ただしい音が聞こえてきますが……大丈夫です？」

「大丈夫です。気のせいです」

キリカの母が厨房に向かい、キリカの父らしき者の声が聞こえたと思ったら何か金属製の物を床に転がしたような音や、何か液体が飛び散っているかのような音が鳴り止まない。

心配になったルーミアだったが、キリカの達観した表情に黙り込む。

しばらくして少しエプロンを着崩し息を荒くしたキリカの母と、父と思われる男性がやってきた。

「初めまして、キリカとユウの父です！　この度は娘と息子を助けていただき本当にありがとうございます！」

「私からも、本当にありがとうございます！」

「あの、頭を上げてください。二人とも無事でよかったです」

大人二人に迫られ頭を下げられるのにはさすがのルーミアも抵抗があったのかすぐに頭を上げるように告げる。

やはりお礼をする側と受け取る側では認識が異なるのだろう。ルーミアとしてももう十分お礼はもらっている。だが、キリカ達救われた側からすればまだまだ足りないのだ。

「今日はルーミアさんに食べていってもらうけどいいよね？」

「もちろん、好きなのを好きなだけ食べてください。お代はいただきませんので」

「え、それは悪いですよ」

「いいんですよ、ルーミアさん。お父さんもこう言っているし好きに飲み食いしてください。これくらいでしかお返しできないので」

「……では、お言葉に甘えて。でもさっきなんかすごい音してましたが大丈夫ですか？」

「げっ、そういえばさっき恩人が来たって聞いて慌てて、仕込み中の鍋ひっくり返しちまったんだ。申し訳ありませんが挨拶はこのくらいで戻らせてもらいます。どうぞ、ゆっくりしていってください！」

「私も手伝うわ。キリカは今日のお手伝いはいいから、ルーミアさんの相手をしてあげて」

そう言って二人は厨房に戻っていった。

お礼を言われ続けるような展開にならずルーミアはほっと胸を撫で下ろした。しかし、間接的に仕込みの妨害をしてしまったような気もして少しバツの悪い表情を浮かべる。

「何か悪いことしちゃいましたかね……」

「そそっかしいお父さんが悪いので気にしないでください。大丈夫です、今日に限らずよくあることなので」

「それはそれで心配ですが……。キリカさんはここのお手伝いをされてるんですね。このお茶出しも手慣れてました」

「いつもってわけじゃないですが忙しそうな時はたまにです」

「お店のお手伝いなんて偉いですねー。ということは料理のお手伝いもされるんですか？」

「厨房の方はよっぽど手が回ってない時だけです。お父さんの作る料理にはまだまだ追いつけませんが、いつか本格的に厨房を任せてもらえるようになります。その時はぜひ、ルーミアさんにも食べてもらいたいです」

「それは楽しみですね。その日を待ってますよ」

手伝いで厨房に入ることもあるキリカだったが、あくまでも手伝いの域を出ず本格的な調理はすべて父が担当している。だが、キリカはいつか必ず自分がメイン調理を担うと意気込んでいる。その時が来たら自分の手で料理を振る舞いたいという純粋な熱意に胸を打たれたルーミアは、キリカの目標が達成されることを願った。

「あ、いい匂《にお》いがしてきましたね」

「悔しいですがお父さんの作る料理は美味しいです。お父さんも言ってましたがルーミアさんも遠慮せずに好きなだけ食べてくださいね」

「はいっ、いっぱい食べます」

「……きましたね。さ、どんどん食べてくださいね」

「え？　えっ？　なんかいっぱい来てますけど？」

「はい、いっぱい食べてくださいね」

店前の看板が営業中を示すものへと掛け変えられ、お客さんがやってくる。

そんな中ルーミアとキリカの座る席には次々に料理が運ばれだし、ルーミアは困惑しながら食べ始めた。

キリカは美味しそうに料理を頬張るルーミアに優しい眼差しを向けていた。

◇

「ふぅ、いっぱい食べました。お腹《なか》いっぱいですよ」

「ルーミアさん、いい食べっぷりでした。美味しそうに食べてくれるので見ていて気持ちよかったですよ」

「……なんか恥ずかしいです。でも本当においしかったので、これからも通いたいです」

メニュー表を見ることもなくどんな料理があるのかも知らぬまま次々と運ばれてきた料理。ルーミアは困惑しながらも食べた。どれも絶品でルーミアの手と口は終始忙しかった。

そんな様子をまじまじと見られていたことにやや羞恥心《しゅうちしん》を覚えるが、料理は本当においしく大満足だった。

普段外食もあまりせず、食に対するこだわりなどもないルーミアは当然キリカの両親が営むこの定食屋も知らなかったが、とても気に入ったためまた来ることを心に決めた。

「いつでも来てください。親も喜びます。もちろん……私も」

「はい、絶対」

「……ルーミアさんにつられて私も少し食べすぎちゃったみたいです。ちょっと食後の運動がてら今日のノルマでもやってきます」

「今日のノルマ？　よく分かりませんが食後の運動なら私も行きます」

食後の軽い運動に立ち上がるキリカ。

ノルマがなんなのか気になったルーミアも続けて立ち上がり、キリカに続いて店の外に出た。

◇

カンッ、と小気味よい音が響く。

振り下ろされた鉈《なた》が薪《たきぎ》を半分に割り、薪割り台から二つになった薪が零れ落ちる。

ルーミアは綺麗に割れた薪を眺め、思わず手を叩いた。

「すごいです！　上手なんですね！」

「慣れですよ、慣れ。初めは上手くできず空振りしたり、斜めに差し込んでしまったりしてました。でも、こうして手伝いを重ねていくうちにコツを掴んで上手くできるようになったんです」

「コツですか？」

「はい。最初は力を込めて強く割り切るみたいにやってて全然上手くできなかったんですけど、力を抜いて軽く振るようにしたらスッと割れるようになりました。……お客さんにこんなことさせるのもアレですけど、もし興味があるならやってみますか？」

「え、やります！」

話しながらでもテンポよく薪を割っていくキリカをどこかキラキラした瞳でじっと見つめるルーミア。

その視線にキリカも苦笑いを浮かべて提案すると、待ってましたと言わんばかりにルーミアは食いついた。

使っていない薪割り台の方へ行くと、キリカから鉈を手渡される。

「鉈ですか。思ってたより小さいですね」

「お父さんがやる時は豪快に斧で叩き割ったりしますけど、私はこのくらいのサイズがちょうどいいんです」

想像より小さく、小柄なルーミアの手にもフィットするサイズ感。取り回しも難しくなく、使い方は至ってシンプル。

薪割り台に薪をセットし、キリカがやっていたように振り下ろす。

だが、綺麗に割り切れることなく、やや鈍い音が響いた。

「あれ？　ダメですか？」

「ちょっと力入りすぎですね。もう少し自然体で軽ーくで」

「こうですか？」

「まだ力が……」

「力を抜くのって難しいですね。もういっそ力めちゃくちゃ入れてやってみてもいいでしょうか？」

「えっ、あぁ……はい。やりやすいように」

キリカのアドバイスに従って何度か繰り返すもどうにも上手くいかない。

力を抜く。コツを掴んだキリカからすればできて当たり前のことかもしれないが、言われただけで完璧にやってのけるほどルーミアは器用ではなかった。

さらには、力を抜けきれないのなら敢えて全力で力を込めてみてはどうかという始末だ。キリカは自身の体験談的にそれはうまくいかないパターンなのではないかと思うも、ルーミアのやりたいようにやらせてみることにした。

「身体強化《ブースト》――三重《トリプル》。ていっ」

「ちょ、何やってるんですか？」

流れるような魔法行使宣言。果たして薪を割るのにこれほどの強化が必要なのだろうかと思われる三重《トリプル》発動。バフがかかった身体を大きく躍動させ、振り下ろされた右手の鉈――ではなく、何も持たない左手が綺麗に薪を叩き割った。

綺麗に割れたことに賛辞の言葉を贈ろうとしたキリカだったが、何かがおかしいことに気付く。鉈を持つ手がぶらりと垂れ下がっているのはその手が使われなかった証拠だ。

「はっ、つい癖で手が出てしまいました……！　でも、綺麗に割れました！」

「ダメですよ！　怪我しちゃったらどうするつもりなんですか？」

「回復《ヒール》で治します……が、そうですね。素手でチョップはよくなかったですね」

何事もなかったかのように繰り出された手刀。その危険な行為にキリカはルーミアを咎める。いくら回復魔法に長けているからといって傷付くことを容認できるわけじゃない。

「じゃあ、こうですね。あっ、ブーツの踵部分がいい感じに刺さって割りやすいです」

「……うーん、それならいいのかな。というか鉈、使わないなら返してください」

踵落としで綺麗に薪を叩き割ったルーミアは何かしらコツを掴んだのか、次々に割っていく。せっかく貸した鉈が完全に置物と化しているのはどこか釈然としないが、完璧に割れている薪には素直に称賛を送らざるを得ない。

キリカはルーミアから鉈を取り返し、対抗心を燃やして薪を割る。

割り方がどうであれ、初めてのルーミアが簡単に割っていくのがどうにも悔しかったキリカはまるでどちらが早く沢山割れるのかを競うようにペースを上げた。

それを挑戦だと受け取ったルーミアも気合を入れ、結局封じていた手も解禁してチョップと踵落としを繰り返す。

勝負がつく頃にはとうにノルマなど終わっており、たくさんの薪がそこら中に転がっているのだった。

第5章

『白い悪魔』

本来ならば仲間がいなければ本領を発揮できない後衛職のはずなのに、ゴリゴリの物理アタッカースタイルを突き通す白魔導師ルーミア。

辺境の地ユーティリスでも彼女の存在は大きくなり、冒険者達の間でも様々な異名で知られている。

「リリスさん、私って結構評判悪いですか？」

「そんなことはないと思いますけど……何かあったんですか？」

「さっきすれ違った冒険者パーティの人に暴力姫って言われたんですよ。ひどくないですか？」

「え……何か間違ってます？」

「ひどい！　何もかもが間違ってます！」

かつてハンスが『観測者』と呼ばれていたように異名は他者から見たその人物を表すものが付けられる。

通りすがりに『暴力姫』と呼ばれたルーミアはその出来事に憤慨してリリスに縋りつくも、バッサリと一刀両断されてしまう。

異名は基本自分から名乗るものではなく、与えられるものだ。

たとえルーミア自身が気に入らなくとも、他者がそのように認識してしまったらもうどうしようもないのだ。

「いいじゃないですか、暴力姫。暴力的なのも間違ってないですし、姫ってついててかわいいですよ」

「よくないです！　そんな不名誉極まりない呼び名じゃなくて、もっとカッコいい呼ばれ方がいいです！」

「……そうですね。私が耳にしたことがあるルーミアさんの呼び方候補は確かにカッコいい感じのものはあまりなかったですね」

「……ちょっと待ってください。候補ってなんですか？」

「ルーミアさん、今色々な呼ばれ方されてるみたいですよ。暴力姫の他に有力なのは……ボッチ白魔導師とかですかね」

「ボッチじゃなくてソロです！」

「どっちも似たようなものじゃないですか？」

暴力姫の他に様々な呼ばれ方をされていて、それをリリスから告げられたルーミアは驚愕に表情を染める。

言われてみれば確かに当てはまっている。だが、ルーミアは不服そうに頬を膨らませた。

「嫌です！　そんな呼ばれ方定着してほしくないです」

「私に言われても……。いいじゃないですか、暴力姫。私は好きですよ」

「私ってそんな暴力のイメージあります？」

「何を今更……。ルーミアさんといえば暴力、暴力といえばルーミアさんじゃないですか。一般常識で誰でも知ってますよ」

「一般常識でもなければ誰でも知ってるわけでもないと思いますけど！」

「ふふ、そうでしょうか？」

ここぞとばかりにからかってくるリリスに涙目で突っ込みを入れるルーミア。

クスクスと笑われていっそうむくれてしまう。

「はぁ、もう少し日頃の行動を省みた方がいいでしょうか？」

「ルーミアさんから暴力を取り除いたらいったい何が残るんですか？」

「リリスさん、さっきからちょくちょくひどいこと言いますよね？　私という人間は暴力だけで構成されているわけじゃないんですよ？」

「すみません、ルーミアさんの反応がかわいいのでついからかいすぎてしまいましたね」

「まったく、もう……今日のリリスさんは意地悪です」

ルーミアが拗《す》ねてしまう一歩手前まで踏み入る攻めたからかい。

リリスもやりすぎたと思ったためか素直に謝罪をした。

「話を戻しますが、個人的に結構好きで中々熱い呼び名があるんですよ」

「なんですか、それ？」

「白い悪魔です」

「えっ、それ……聞いたことあります。それって私のことだったんですか？」

『白い悪魔』

それは白髪で色白な白魔導師の少女が悪魔じみた暴力性を秘めていることからひっそりと呼ばれ出した異名。

それがまさか自分のことを示しているとは露知らず、噂として聞き流していたルーミアはまたして

白い悪魔
暴力姫
ゴーーーン…

も驚愕した。

「えぇ……ちょっとショックです」

「白い悪魔……いいじゃないですか。他のものと比べたらカッコいいですよ」

「まあ……それは、確かに？　でも、悪魔ですよ？　なんか嫌じゃないですか？」

「じゃあ姫で我慢してください。暴力姫」

「それもいやだぁ……」

結局、ルーミアの気に入る呼び方はないようで、知りたくなかった新事実を知ってしまいがっくりと肩を落とす。

彼女の異名が『暴力姫』になるのか、それとも『白い悪魔』になるのか……はたまたまだ見ぬ第三の勢力が力を付けるのか。


彼女の異名を巡る熾烈《しれつ》な争いの行方はまだ誰も知らない。


だが、今のところ一つだけ確実なことは、現在の候補の中からどの異名で確定したとしてもルーミアが心から気に入るような異名にはならないということだ。

「さぁ。そんなところで項垂れてないで今日の依頼を決めてください……白い悪魔さん？」

「いやぁ、その名前で呼ばないでぇ」

「……積極的に広めていきたいですね」

「泣きますよ？」

「ほら、早く決めてください」

「無視!?」

◇

その後、何かとリリスからの悪戯《いたずら》を受けながら依頼を決定したルーミア。

その討伐に繰り出して、陽気に声を上げる。

「カマキリさん、黒いカマキリさん～。出ておいで～」

討伐対象は鋼鉄カマキリ。成人男性と同じくらいの大きさで、成長すると脚や翅《はね》、鎌《かま》などが金属のように硬く変化する魔物だ。

特に黒く色が変化した鎌は、鋭く切れ味抜群なので、そうした個体からは逃げた方がいいと言われるほどだ。

だがルーミアのお目当ては黒い部分が多い個体。

金属のように硬化した身体は魔道具や武器の材料にされることもあり、欲しがる者がいるとこうした依頼として出回る時もある。

討伐対象は鋼鉄カマキリなのだが、成長して硬化した部分が多ければ多いほど査定ボーナスが加算される依頼なため、ルーミアは張り切って黒い個体を探している。

「確か鎌の部分が黒いのが強いんですよね。切れ味がすごいみたいなのでスパッといかれないように気を付けないといけませんね……！」

黒い鎌は刃物と考えて差し支えない。

無防備なところに攻撃を受けてしまえば大怪我間違いなしなので、これからそんな凶悪な武器を持ち合わせる魔物と対峙しようというルーミアは一層気を引き締める。

そんな内心とは裏腹にとてもリラックスした様子で適当にぶらつきながら探す。

もう既に三匹の鋼鉄カマキリを討伐しているが、どれもまだ成長していない個体で、ボーナスは発生しない模様。幼体であっても使い道はあるため、その素材はルーミアの所有物となった白いマジックバッグの中へと放り込まれている。

「んっ、何か金属のぶつかり合うような音が聞こえましたね……。こっちでしょうか？」

微《かす》かに聞こえた音の方へ向かってみる。

戦闘音らしきものがどんどん大きくなる。誰かが戦っていることは間違いなさそうだと確信したルーミアはちらりと様子を見てから戦闘の邪魔にならないように静かに去るつもりだったが、状況を見て動きを止めた。

(男女二名、前衛剣士、後衛魔法使い……相手はカマキリさん。しかも鎌と脚……身体も所々黒い！若干押され気味……というか剣士の男の方、腕を負傷してますね)

戦闘を繰り広げる男女の冒険者パーティ。相手はルーミアが探していた個体だ。

前衛を張っている剣士の男性がなんとか攻撃を凌ぎつつ、魔法使いの女性が後ろから魔法攻撃を加えているものの、硬化して耐久力も増しているカマキリにはさしてダメージが与えられているようには見えない。

それどころか男性の腕から血が流れていて、力が入っていないように見える。

本来なら両手で持つだろう剣を片手で持ち、なんとか凌いでいるが、徐々についていけなくなっている。

(どうしましょう？　獲物の横取りだと思われるのは嫌ですが……どう見てもピンチですし。ここは加勢しましょうか)

黙って去るつもりだったが、劣勢を強いられる彼らに加勢することにしたルーミア。

冒険者の暗黙の了解として獲物の横取りは禁止というルールがあるが、今はそのようなことは些事として置いておくのが賢明な状況だろう。

(身体強化《ブースト》・二重《ダブル》)

身体強化《ブースト》を施し、割り込むタイミングを見計らう。

変に声をかけて冒険者サイドの注意を逸らしてしまうのは愚策。遠距離攻撃を持たず近接で戦うしかない者にとって連携は非常にシビアなものになる。

そうしていると剣士の冒険者の剣がかち上げられた。

身体もやや浮き上がり、胴は完全に空いている。どこからどう見ても隙だらけだ。

防御不可。カマキリからすれば諦めの悪かった冒険者に送るトドメの横一線。

その間に割り込むように白の軌跡が走った。

「すみません、遅くなりました」

「あっ、あんたは！　白い悪魔!?」

「……それ、結構知られてるんですね……。まあ、今はいいです。もし、厳しそうならこいつ、もらっちゃってもいいですか？」

「……ああ、頼む！　俺達じゃ無理だ！」

「分かりました。下がっててください」

黒い鎌を受け止める黒いガントレット。

鍔迫《つばぜ》り合いのように力を込め、押し返して弾く。

悲しき異名で呼ばれたことでややテンションが下がったルーミアだったが、文句を垂れていられる状況でもない。

突如現れた乱入者に邪魔をされ、気が立った鋼鉄カマキリは黒い鎌を振り上げる。

「付与《エンチャント》・火《ファイア》――四重《クアドラ》」

拳と足に炎を纏い、黒の斬撃を見据える。熱されて巻き上がる空気に揺らされる白い髪の毛先は赤く染まり、燃え上がる炎のようにも見える。

ルーミアは深紅を纏い、炎を噴きながら突撃する。

再度ぶつかり合い、周囲に放たれる熱波が開戦の狼煙だった。

「燃えろっ！」

ゴオッと噴き出る炎。

殴りつけた箇所を弾きながら炙《あぶ》る。

人を超える体長で、鋼鉄の身体で高い防御力を誇るといえど、元は昆虫系の魔物。

炎熱には弱い魔物であることは容易に想像できる。

弱点を突くというのは戦闘においては極めて当たり前で重要なこと。

物理攻撃に特化していてもルーミアは白魔導師。

曲がりなりにも魔導師であるからには魔法攻撃も可能。自身への属性付与で擬似的な魔法攻撃を再現できるため、それを使わない手はないだろう。

「うわ、かったいなー。あんまり受けると腕が痺《しび》れちゃうよ」

鋭い鎌の斬撃を避け、避けきれないと判断したものはガントレットの硬い部分で受け止める。成長し、より濃い黒色になればなるほど硬くなる鎌はとても鋭い。防げなければひとたまりもないのは明確だろう。

ルーミアは歴戦の剣士を相手取っていると見なして、回避を優先に立ち回る。

「ほいっ、せっ、やあっ！」

カマキリの脚を蹴りつけた勢いのまま軽やかな動きでその体躯《たいく》を駆け上がる。

途中何度か炎の蹴りを叩き込みながらアクロバティックに背中に飛び乗ったルーミア。振り落とそうと大きく揺らされる身体を力強く踏みつけ宙に躍り出る。

「身体強化《ブースト》・三重《トリプル》——灼熱蹴り《ヒート・スタンプ》」

火炎を纏う黒いブーツが、カマキリの肉体にめり込み焦がす。

かなり効いているようで激しく暴れルーミアを振り落とす。ルーミアは落ち着いた様子で宙に投げ出され、勢いを殺しながらスタッと着地を決める。

「今の攻撃は結構よかったかな。でも、ほんとに硬いね。素材として破壊したくないけどあまり出し惜しみはしてられないかも……？」

身体強化《ブースト》による肉弾戦。付与《エンチャント》によって火属性を纏う拳と足。

攻撃力を高める組み合わせだが、それを耐える昆虫とは思えない身体にルーミアは舌を巻いた。

この依頼はただ討伐すれば完了の類ではなく、この鋼鉄カマキリの肉体を素材として提出する必要のあるものだ。何も考えずにただ倒すだけならばもっと効率の良い倒し方がある。出力度外視、マックス強化で挑めば恐らく容易に討伐はできる。

だが、それをしてしまうとボーナス査定が落ちる可能性がある。

特に身体強化《ブースト》の段階を引き上げすぎて、容赦なくその素材部分に破壊の限りを尽くしてしまうことだけは気を付ける必要がある。

故に、思考を止めてはいけない。

これは練習なのだ。敵を倒すのに過剰な火力を用いず、適切な力加減で倒しきるための特訓。実際に対峙して得た情報から、最も効率の良い討伐手段を見つけ出す必要がある。

「身体強化《ブースト》・四重《クアドラ》――火葬拳《バーニング・フィスト》」

さらに一段階強化を引き上げて接近。

鎌を掻い潜ってインファイトに持ち込む。

炎を纏った拳の雨が降り注ぎ、あちこちに熱傷が刻まれていく。

「よっし！　いい感じいい感じっ！」

調子が上がってきたルーミアの猛攻は加速する。

どの一撃も火力を意識した重攻撃。鋼鉄カマキリの硬い身体も悲鳴を上げている。

そんな時、後方から一発の魔法攻撃が飛来した。

カマキリの顔付近に命中した火の魔法は僅かにその身体を仰け反らせる。

（へぇ、後方支援を受けるのってこんな感じなんですね）

「灼熱蹴り《ヒート・スタンプ》」

ルーミアにとっては初めての感覚。

後方支援によって生まれた隙をついて、容赦なく蹴りを入れる。

確かなダメージが蓄積され、敵の動きもかなり鈍っている。勝利が見え、あとは詰め切るだけ——

だったが、不意に視界がスローモーションに流れる。

（あ……これ、当たっちゃうな）

特攻するルーミアの目に映る魔法の弾幕。

ルーミアを助けるために放たれた援護射撃なのだろう。しかし、ルーミアはその射線上に飛び込んでしまうのが分かった。

見誤っていたとすれば、ルーミアの機動力と移動速度。

ルーミアは戦場を駆けまわる。そんな彼女と息を合わせようと思うのなら、最低限の速度とルーミア自身に対する理解が必要だ。

だが、ルーミアと彼らは他人。

同じ前衛でもまったく違う人間、身長、戦闘スタイル。

いきなり完璧に連携を取ることなどできるはずもなかった。

ルーミアに当てるつもりなどこれっぽっちもない魔法だった。

どちらにしてもルーミアは急には止まれない。

どうしたものか。一瞬の思考の末、ルーミアはそのまま踏み込んで弾幕の射線上に躍り出た。

左後方から自身へと向かって飛来する魔法に対してルーミアは反転、そのまま勢いを殺さず裏拳を繰り出した。

「解呪《ディスペル》改め――壊呪《ブレイクスペル》」

自身に着弾する魔法を的確に撃ち抜いて、無効化して壊す。

そうして弾幕の穴を広げ、ルーミア自身は器用に身を翻して無傷で切り抜ける。

残った魔法は鋼鉄カマキリの巨体を縫い留める支援としてきちんと機能していた。

「身体強化《ブースト》・五重《クインティ》、付与《エンチャント》・火《ファイア》――五重《クインティ》……紅蓮炎舞《フレア・サークル》」

付与《エンチャント》の段階を引き上げたことで、ルーミアの白い髪に差す赤みが一層濃くなった。

裏拳の勢いのまま、回し蹴りでガードをこじ開ける。

そのまま横に薙《な》ぐように爪先を差し込み、片方の鎌を捩じ切り弾き飛ばす。

さらに反転、回し蹴りをもう片方の鎌に押し込み圧し折る。

ルーミアは踊るように回る。流れるように回りながら次々に蹴りを刺し込んでいく様子はさながら、燃え上がる車輪で轢いているかのようだった。

「これでっ、トドメだっ！」

留まる様子を見せない勢いのまま最後の蹴りが横一閃。

タフだった鋼鉄カマキリもその一撃でようやく事切れた。

「あっ、ちょっと目が回った～。ふらふらする～」

激しく回転したルーミアは目を回し、少しふらつく素振りを見せる。

こうして油断を晒すのも、確実に倒しきったという確信がなければできない芸当だろう。

しばらくして視界が正常な状態を取り戻し、周囲に危険がないか見渡す。

敵性のある存在は見当たらない。ルーミアは身体強化《ブースト》と付与《エンチャント》で纏う炎を解いて、二人の冒険者へと近付いた。

「別に逃げてもらってもよかったんですよ？」

「え、その……白い悪魔さんに押し付けて逃げるのは何か違う気がして、何もできないけどせめて援護だけでもって。でも、それもむしろ邪魔になっちゃったみたいで……すみません」

「いえ、助かりましたよ。援護を受けたのは初めてなので新鮮でした。……ところであれ、私がもらってもいいでしょうか？」

「ああ、俺達じゃ手も足も出なかった……。助けてくれてありがとう」

「どういたしましてです。では、あなた達も気を付けて」

ルーミアはそれだけ確認すると、彼らの手に触れ回復《ヒール》を唱える。

そして、鋼鉄カマキリの素材をマジックバッグに詰め込むと、次なる獲物を探して颯爽と去っていった。

「あれが……白い悪魔、か。すごかったな」

「ね、めちゃくちゃ強かったね」

多くの者に知られつつある、ルーミアにとっては不名誉な呼び名。

彼らはそれを呟き、尊敬の眼差しを白い少女の小さな背中に向けていたのだった。

◇

ルーミアが自身の不名誉な呼び名について知ってから二週間ほどが過ぎようとしていた。ルーミアとしては普段通りに過ごしているだけでも、その名はどんどん広まっていく。初めのうちはなんとかして普及するのを阻止しなければと意気込んでいたルーミアだが、現在は半ば諦め、受け入れつつある。

そんなBランクソロの白魔導師のルーミアだが、彼女のもとにとある依頼が舞い込んだ。

彼女は今水辺を歩いている。さらさらと流れる川の音は涼しげで、足を入れてみれば冷たくて気持ちがいいだろう。

普段の彼女ならばはしゃいで水遊びの一つでもやってしまうのだろうが、今日の彼女の表情はやけに引き締まっていて、落ち着きや慎重さのようなものが感じられる。

「さてさて、見た目は至って綺麗ですが……この水が汚染されているかもしれないというのは本当でしょうか？」

ため息を吐きながら足元に転がる小石を無造作に蹴り上げる。

ちゃぽん、と小さな水音がいくつか響いた。

事の発端は数日前に遡る。

ユーティリスの町で原因不明の体調不良者が続出した。命に関わるようなものではないが、あまりに数が多かった。

その原因が飲み水にあるということが判明するのにはさして時間がかからなかった。

「基本町で使用される水はきちんと浄化されているはず……。水路に刻まれている浄化魔法の魔法陣も壊れたりはしていないみたいだし、普通の浄化では浄化しきれないほどの毒性が含まれているってこと……だよね？」

歩きながら小石が沈んでいった川に目だけを向ける。

町に引かれる水。その水路には水を浄化する機構が取り付けられている。普通の水ならば問題なく綺麗にする浄化の魔法陣。それ自体が機能していないというならば話は早かった。だが、浄化は問題なく作動していた。

問題なのは浄化を通しても毒性が残ってしまっているということ。

「変に弱かったから気付くのが遅れたんですよね」

命の危険自体はないほどに薄まってはいたが、それ故に発覚は遅れた。

いつからこのような水が流れていたのかは分からない。

しかし、きちんと浄化魔法や回復系統の魔法、解毒の薬などで正しい処置をすれば健康体を取り戻せるのは不幸中の幸いだった。

ルーミア自身その水を飲んでいたし、体調不良にも気付いていた。

しかし、違和感を覚えた彼女が己に片っ端から施した回復やら浄化やら回復系統の魔法がそれをいともたやすく打ち消したためそれほど深くは気にしていなかった。

たまたま偶然。少し運が悪かった。直近で口にした食べ物飲み物がよくなかったのかもしれない。

その程度にしか捉えていないルーミアはそれ以来体調を崩すことなく至って普通に過ごしていた。

そこで違和感に気付いて早めにアクションを起こせていたらこの状況にも変化はあったのかもしれないが過ぎたことを悔やんでいても仕方がない。

今のルーミアに与えられた任務は水質の調査、並びに汚染原因の特定と排除、そして水源の浄化と盛りだくさんだ。

まずはそちらをきちんとこなさなければいけない。

「冷たい……そしてちょっとヒリヒリする。浄化《ピュリフィケーション》」

ルーミアは川辺にしゃがみ込み、水に指を浸してみた。

透き通った水はひんやりとしていて気持ちがいい。そう思ったのも束の間、謎の痛みが指に走る。

見た目は綺麗でもやはり何かが溶け込んでいる。不快感を覚えながら浄化の魔法を唱えると、何かを打ち消した感覚があった。

「回復《ヒール》。流れてくるのが全部こんなだったらここを浄化したところで意味ないよね。大元をなんとかしないと……」

痛みを覚えた指に回復魔法をかけながら息を吐く。

ルーミアが指を入れた部分は恐らく浄化によって綺麗になった。

だが、すぐに流れゆく汚染された水と混ざり合い、結局町に届く頃には元通りとなるだろう。

その行いが無意味というわけではないが、効率が悪いのは間違いない。

「まったく……私はなんでもできる便利屋ではないんですけどね。ですが、頑張りましょう」

本来ならば白魔導師のルーミアも町の体調不良者の治療に当たるはずなのだが、自由に動かせてなおかつ問題解決能力も高いということで、外れくじのようなものを引かされてしまった。

むしろ、広範囲で魔法行使できないルーミアは治療班から外されて当然というべきだろうか。あるいはルーミアを治療班に置いておくのはもったいないとの判断かもしれない。いずれにせよ、与えられた任務を遂行するのみ。

だが、裏を返せばこれは特別依頼でもある。

役割を遂行し、問題の解決に貢献できれば、ランク昇格に大きく近付くかもしれない。

不満を感じ仕方なく依頼に当たるのではなく、大きなチャンスでもあると捉え、目的を見据える。

そうすれば幾分かやる気は出るだろう。

ルーミアは立ち上がり、遠く――上流とその先の水源となる場所を見つめた。

水は上から下に流れる。

下流、中流で悪あがきを重ねたところで、上をなんとかしなければ問題は解決しない。

「ひとまず一番上ですね。さっさと終わらせて帰りましょう」

そうしてルーミアは上流の方に向かって歩きだした。

当初の予定通りに一定の間隔を進んでは、水に指を突っ込み、水質を大まかに調べる。

鑑定《かんてい》魔法の使い手ではないルーミアがそんなことをしても分かることは少ない。ただ、己の身でその水に害があるか否か、それさえ分かればいい。

やはり流れてくる水は触れるとピリッと痺れるような痛みと不快感を伴う。水流のどこかで突然毒性が湧いているのではなく、流れる水そのものが汚染されていると確信づけるには十分だった。

では、それはどこから？

ルーミアは一番上だと当たりをつけているが、実は途中に何かあるのかもしれない。

目を凝らしながら水中を確認し、不審な物がないか、異変は見当たらないか用心深く観察しながら歩いているものの、ルーミアの目にそれらしきものは映らない。

「やっぱり上でしょうかね？　一応見てますが、水の中はよく見えませんし……もういいでしょうか？　身体強化《ブースト》――二重《ダブル》」

見逃しがあってはいけないので念のため丁寧な観察を心がけてきたが、どうにも要らぬ心配な気がしてならない。

叩くべき大元はもっと違う場所にあるはず、こんなところでうろうろ足を止めていては時間の無駄だと本能が告げる。

そこそこ気が短いルーミアにしてはよく持った方だろう。

だが、彼女は道中の調査をすっ飛ばして、一番上から見ることに決めた。そうして、身体強化《ブースト》を施して、上へ上へと駆けあがっていった。

◇

そして、源泉へと辿りついたルーミアは己の目を疑った。

「え、マジ？　これ全部浄化しないといけないの……？」

結論から言ってしまえば、ルーミアの行動は正しかったと言えるだろう。

途中の調査をすっ飛ばして、上流、そして源泉へとやってきた彼女の目に映るのはやや濁った水。下の方では薄まって見た目上綺麗だったが、こちらは見るからに汚染されている。

所々から変な色の煙のようなものが立ち昇っており、この現状を目の当たりにしたルーミアは顔をひくつかせた。

作業に着手する前から嫌になる。広大な源泉の水すべてを浄化するのにどれほどの労力がかかるのか。

魔力的な心配はない。ルーミアはギルドの経費でたんまり魔力結晶を購入しているし、絶対に飲みたくないと豪語している魔力ポーションも押し付けられる形で支給されているため、よほどのことがない限り魔力切れということはないだろう。

「それでもこの量……どのくらい時間かかるかなぁ……？　ま、いっか……とりあえず始めよ。抗《アンチ》・

「毒《ポイズン》・二重《ダブル》、浄《ピユリフイケーシヨン》　化――四重《クアドラ》」

割と考えなしの行き当たりばったりの行動を取りがちなルーミアといえど、さすがに何が混入しているか定かでない液体に素手を差し込む勇気はなかった。

毒対策を念入りに行い、いざ入水。

冷たさは感じる、だが痛みや不快感はない。そのまま浄化の魔法を唱え綺麗な水へと戻していく。

それでも膨大な量の水。

ルーミアの手の周りは一瞬綺麗になる様子を見せるも、すぐに周りの濁った水と混ざり合い、透明度を失ってしまう。

「ひぇ……四重《クアドラ》じゃ全然足りない……？」

浄化は波となって広がっていく――が、全体に隈なく行きわたり浸透するのにかなり時間がかかりそうだ。

いきなり四重《クアドラ》発動はかなり思い切った方だとルーミア自身自覚していたがそれでもまだ足りない。

途方もない作業量にルーミアは嘆息を漏らした。

四の五の言っても始まらない。やるしかない、そう意気込んでルーミアは両手を水に付ける。

「浄《ピユリフイケーシヨン》　化――六重《セクスタ》」

ルーミアの両の手が輝く。

その輝きが水の濁りを消し飛ばし、波状に広がっていく。

「おっ、これならなんとかいけそうですね。ちゃちゃっと済ませてしまいましょう」

さらに魔法を重ねて効力をはね上げる。進展の兆しが見え始めたことで調子付いたルーミアは手に込める魔力を増やそうとした。

その時、不意に地面が揺れた気がした。

「何!?　この音……何か来る……っ？」

ルーミアは咄嗟の判断で水から手を引き抜き、大きく後ろへ飛び退いた。

その直後、水面が大きく揺れ、水しぶきが跳ね上がった。

ルーミアが先程までいた場所には波が押し寄せて、離脱していなければずぶ濡《ぬ》れだっただろう。

「えぇ？　嘘じゃん……そんなの聞いてないよ」

水しぶきを腕で遮りながら見上げた先には、大きな影が蠢《うごめ》いている。

それこそが異変の元凶だろう。蛇のようで竜のようでもある頭が二つ水面から首を出し、それぞれがルーミアを見下ろしていた。

「どうやらあれをどうにかしなければ浄化作業は進まなそうですね……。はぁ、とんだ外れくじを引いてしまいました。こいつをしばき倒して戻ったら絶対ボーナス要求します。ソロの白魔導師に振っていい仕事量ではありませんよ……これ」

まさかの展開にルーミアも驚きを禁じ得ない。

地味な単純作業が一転して、危険生物との戦闘へと早変わりした。

「何あれ……？　こわっ」

ルーミアは端的に己の心境を吐露した。

突如姿を現した生物。

二つの頭をうねらせる見るからに凶悪そうな魔物。

知識としてではあるが恐らく間違っていないだろう。

「もしかして、毒竜《ヒュドラ》……？　なんでこんなところに……？」

こんなところでお目にかかれる魔物ではないはず。どうして、と混乱が押し寄せる頭をルーミアは数度横に振り、大きく息を吐いた。

（頭は二つ……強いやつならもっと頭が多いはずだし。多いのだと十を超えるってどっかで見た気がする……。毒の質も強いけどそこまででもない。今、倒すのが一番……！）

何故こんなところにこんな化け物がいるのかはいったん置いておいて、思考を移行させる。

まずはその強さ。まだ顔を見せただけで何か攻撃をされたわけでもないが、ヒュドラの強さは頭の数が関係している。成長して大きく力を付けるほど頭の数が増えていく。そして本体の強さが増せば増すほど、体表などから分泌される毒の強さも比例して増す。

ルーミアの浄化《ピュリフィケーション》や抗《アンチ》・毒《ポイズン》で抗うことができ、汎用の浄化機構である程度効力を削ぎ落とすことができる程度の毒と考えたら、実は見た目ほどの脅威はないのかもしれない。

だが、それは今だから言える話。

この源泉はまだ水の比率が高いが、こうしてヒュドラが住み着いているだけでじきに源泉は毒沼へと変化していくだろう。

そうなってしまえばこのヒュドラは快適な環境下でさらに成長する。

つまり、ヒュドラにとってルーミアは自身の家造りを邪魔する敵。せっかく濃度を高めていた毒液を浄化で綺麗にしようとする厄介者だ。だからこうして怒りをあらわにしながら潜めていた頭を出し、襲い掛からんとしている。

「身体強化《ブースト》・三重《トリプル》」

ルーミアに噛み付こうと迫る片方の頭を跳んで躱す。

すかさず、もう片方の頭が迫りくるが、ルーミアは蹴りで迎撃した。

「うわ、なんかぬめぬめする……」

蹴り込んだ足にねっとりとした感触が残る。

ルーミアは顔を顰めながらもしっかりと足を振り抜いた。

飛び散るこの体液こそが源泉を汚染している問題の中核というのがよく分かる。早いところ処理してしまった方がいいという考えがより一層強くなる。

だが、それ以上に生理的に受けつけないというルーミアの個人的な感情が強いだろうか。

ルーミアも冒険者以前に一人の女の子だ。

べとべと、ぬめぬめといった粘液を纏うモノを何度も殴ったり蹴ったりするのはどうにもメンタルが削られる。

故に狙うは短期決戦。

どうしても触れないといけないのならば、せめて触れる回数を最小限に抑えたいという切実な願い。

嫌なものは嫌。無理なものは無理。

そんな身も蓋《ふた》もない思いが、ルーミアが普段設けているリミッターをいともたやすくぶち抜いた。

「一発……は無理だから二発で終わらせましょう。身体強化《ブースト》――八重《オクタ》」

魔力消費量度外視。安定度外視。制御がギリギリ利く瞬間最大出力。

目の前に佇む敵を討ち滅ぼすための力をその身に宿して、ルーミアは鋭い視線をヒュドラに向けた。

飛び掛かろうと構えたところでまたしてもヒュドラが牙を剥きながら迫りくる。

身に宿す強化は本来なら諸刃の剣。それをヒュドラへの嫌悪感と気合で強引に維持しているため、身体を少し動かすのにも繊細な制御が求められる。

そのため、わざわざ近寄ってきてくれるのはルーミアにとって都合がよかった。

「はあああああああっっ！　黒戦斧《トマホーク》ッ！」

轟音が鳴り響いた。

ルーミアの咆哮《ほうこう》と共に放たれた跳び回転踵落としは、ヒュドラの首を刎《は》ね飛ばした。そのままもう片方の首に目を向け、ドンッと地面を抉る力強い踏み込みで宙に躍り出た。

「もういっちょ！　黒戦斧《トマホーク》ッ！」

残る頭への一撃。

その黒の一閃は容赦なくその首を断ち切った。

宣言通り、要したのは二発。

「ふぅ……見た目はあれでしたが、そんなに強くなかったですね。気持ち悪かったのでつい八重《オクタ》を解禁してしまいましたが……やりすぎだったかもしれないです。ま、とにかくあれを引っ張り出してから水の浄化を……っ？」

軽やかに着地して安堵の息を吐いたルーミアだったが、異変に目を疑った。

水を浄化するためにはまずは汚染の原因を取り除かなければならない。

気は進まないが倒したヒュドラを水から引き上げる作業をしなければならない……そう思いヒュドラの首に目を向けると何かが変だ。

「は？　嘘でしょ」

ルーミアは思わず低い声を漏らした。

頭を失った首が蠢いている。その切り口がもぞもぞと盛り上がり、先程刎ねた頭が出来上がったではないか。

「え、えっ？　再生するの？　それ初耳なんだけど……？　え、どうしよ……」

力でねじ伏せることで思ったよりも簡単に討伐でき若干拍子抜けしていたルーミアだったが、そううまくいくこともなく。

もう片方の首の再生も完了し、再び二つの頭がルーミアを睨みつけて唸っていた。

「ええ……とりあえず身体強化《ブースト》・三重《トリプル》」

ルーミアはひとまず身体強化《ブースト》の段階を引き下げた。

力に任せて首を断ち切ることはできる。だが、そのたびに再生されていてはルーミアといえど分が悪い。

瞬間的には発揮できるパワーも維持するとなると話が変わってくる。ルーミアの力は元はといえば魔法で成り立っているもの。魔力量には自信があるルーミアだが、長期戦となるのなら力の使い方は考えなければならない。

一旦、消費も抑えられ制御も安定している段階で様子見の姿勢をとった。

（大丈夫。動きは早くないから三重《トリプル》で十分対処は可能……。あとは、どうやって攻略するか……だよね）

ルーミアは噛み付き攻撃をひらりと躱しながら考える。

やみくもに攻撃しても倒せないと分かった以上迎撃や追撃も慎重になっている。迂闊に手は出せない。

（頭を潰しても意味がないのかな……？　それか……全部の頭を同時に潰さないといけないとか……？　そういう魔物がいるって何かで見たことあるかも……？）

多頭生物にありがちな特性として、すべての頭を潰さなければ倒れないというものがある。ルーミアは確かにヒュドラの頭を二つ潰した。だが、倒れることなく頭は再生された。

頭を刎ねた際の僅かな時間差が再生を許してしまった原因だと仮定するならば、すべての頭を同時に処理する必要がある。

「……それは少し面倒ですね」

試してみたいことは纏まった。

しかし、それをいざ実行するとなると中々に骨の折れる仕事だ。

遠距離攻撃手段と広範囲攻撃を持たないルーミアにとって、二つの首を同時に断ち切るというのは難しい注文だった。

「ですが、できないわけじゃありません！」

『難しい』と『できない』の間には簡単に埋めることのできない大きな差がある。

為せば成る。不可能ではないことの証明のため、ルーミアは冷たく低い声で宣言する。

「ふぅ……付与《エンチャント》・氷《アイス》——五重《クインティ》」

刹那、ルーミアの装備している黒いガントレットとブーツから冷気が溢れだした。そして、それに伴いルーミアの白い髪が凍り付くように青白く染まる。

パキパキと空気を凍らせる音が響く。ルーミアは白い息を吐いて、さらに己への魔法行使を続けた。

「重量軽減《デクリーズ・ウエイト》」

そのまま自身の体重を軽くし、ルーミアは勢いよく水面に飛び出した。

本来ならば沈みゆくはずの足が、溢れる冷気によって形成された薄氷によって支えられる。それを割らないための重量調整。水面を凍らせてヒュドラの首へと肉薄するルーミア。

「ちょっとこっちに来てもらうよ……っ！」

片方の首を殴りつけ、そのままガントレットと同化する形で氷漬けにする。

頭から首にかけて氷結が広がり、覆い尽くすように固まったが、氷結が行き届いていないところはうねうねと暴れてルーミアを振りほどこうとする。

それを強引に引き寄せ、もう片方の首に押し付け、二つの首を縫い付けるように凍らせる。

「これで両方同時っ……！　身体強化《ブースト》——六重《セクスタ》ッ！」

遠心力を利用した強烈な蹴りが、くっついて凍ったヒュドラの頭を両方とも粉々に砕いた。

「これで……もいけてないですか、そうですか。ちょっと考えたいので再生途中で申し訳ありませんが少し凍っててください」

それでも倒しきれていない。

凄まじい速度で頭を生やすヒュドラに半ば呆れながらルーミアは足蹴にして再び凍らせる。

むしろ下手に倒そうとするよりこのまま放置した方がいいのではないかと思ってしまうほどにキリがない。

「さてさて、いったいどうしたものでしょうか？　いっそ全力の付与《エンチャント》・氷《アイス》で全身生きたまま凍らせて素敵なオブジェにしてしまうというのもいいかもしれませんね。そうです、そうしましょう」

ルーミアはいかにも名案を思いつきましたと言わんばかりに手を打った。

よくよく考えてみれば最優先事項は源泉の浄化。

その際にヒュドラが邪魔だったから戦闘になっていたが、邪魔にならないところで佇んでいる分にはそれほど害はない。毒の体液も分泌できずにただただ凍り付いているだけならばそこらへんに転がしておいてもいいのではないかという投げやりな考えが今まさに遂行されようとしている。

「そうなるといったん水から引き上げた方がいいですね。そのままやってしまうと水ごと凍って浄化どころではなくなってしまいます。そうと決まれば……重量軽減《デクリーズ・ウエイト》」

ルーミアは重量軽減《デクリーズ・ウエイト》をヒュドラにかけ、水の中に潜ませている肉体ごと軽くした。

そのまま綱を引くようにしてヒュドラの首を引っ張り、釣り上げようという算段だ。

「よし、いきます。よいしょーーーーー!!」

かわいらしく気の抜ける掛け声と共に思い切り引っ張られる凍り付いた首。そして強引に引き上げられたヒュドラ。その姿を見てルーミアは唖然とした。

「頭、三つ目があるなんて聞いてないんですけどーー！」

軽々と水中から引っ張り出されたヒュドラの身体から伸びる首。

これまでずっと息を潜めていた三つ目の頭がついにルーミアと顔を合わせることになったのだった。

「えー、うわぁ……それは想定外です」

ルーミアの誤算は目に見えている頭がすべてだと思い込んでいたこと。だが、半ばヤケクソと思われる行動が隠れていた真実を表に引きずり出した。

すべての頭を同時に潰せば倒せるという仮定。それに対して、ルーミアが処理し続けていたのは二つ。それが正しい討伐法なのかはさておき前提が崩れた今、ルーミアはやや不満げに頬を膨らませた。

「水中にもう一つの頭を隠しておくなんてずるいです……！　おかげで無駄なことをする羽目になってしまいました……！」

二つの頭がすべてだと勘違いし、それらを同時に破壊することに躍起になっていた自分が恥ずかしいと少女は頬を膨らませる。無駄に大技を披露したことも合わせて、意味のない激闘を繰り広げてしまったことがややこたえている。

そんな怒りやら羞恥やらの感情はすべてヒュドラにぶつけてしまおうとルーミアは派手にやつあたりすることを決意した。

「もう許しません。絶対にボコボコにしてやります」

最後の弱点を露わにしたヒュドラに抗うすべはあるのか。ルーミアは必要以上にしばき倒すと心に決め宙を舞うヒュドラを睨みつけるが、想定外の事態が起きた。

「ちょっ、何してるんですか？　共食い……？　いや、再生を妨げる凍結部分を自分で砕いた……？」

三つ目の頭が凍り付いたまま再生できずにいる頭に齧《かじ》りついていた。

ゴリゴリと凍結部分を噛み砕き呑み込んだことに目を丸くしたルーミアだったが、すぐその意味に気付いた。

凍結部分がなくなったことで、頭の再生が始まった。

まさかそのような方法で強引に肉体を取り戻そうとしてくるとは思いもしなかったルーミアは、引っこ抜いた勢いのまま宙に放り投げてしまったことを嘆く。

「なるほど、なるほど……！　完全復活、というわけですか」

ほんの僅かな滞空時間でヒュドラは三つ首を完全復活させた。

それを見てルーミアは力強く右足を地面に叩き付けた。

「身体強化《ブースト》・五重《クインテイ》、重量軽減《デクリーズ・ウエイト》、付与《エンチヤント》・風《ウインド》――六重《セクスタ》。そして……付与《エンチヤント》・氷《アイス》――七重《セプタ》」

所持していた魔力結晶がいくつか割れた音が聞こえる。

本来なら過度な魔力消費と過剰な攻撃力の上乗せは避けるべき事案。

それでも、このイラつきをぶつけるべき相手に一切の容赦はできなかった。

ルーミアが纏う冷気と風。それによって髪先の青は濃さを増し、そこに緑色も入り混じる。幾重にも重ねられた付与《エンチャント》によって彼女がその身に宿したのはさながら吹雪だった。

次の瞬間、ゴパッと冷気が爆発し吹き荒れた。

瞬く間に全身が凍り付いて固まっていくヒュドラは何が起こっているのか認識すらできなかっただろう。

超速で動くルーミアの爆裂蹴りが炸裂した。重さを失っていることによって一撃一撃の威力は限りなく削ぎ落とされているが、速さに補整がかかった連撃。その一撃に込められた凍結能力は重ね掛けされた付与《エンチャント》・氷《アイス》の分だけ高められている。

蹴りつけられたところから凍り付いていくのは必至。

そんな蹴りが何十、何百と繰り出され、氷のオブジェへと変貌を遂げたヒュドラの辿る運命は一つ。

「さあさあ、全部纏めて砕いてあげます……！　もう再生なんてさせません。これで終わらせましょう」

ピクリとも動かない大きな像の上に立ち、ルーミアは大きく息を吸った。

誰に告げるでもなく自分に言い聞かせるように、その魔法を高らかに宣言する。

「身体強化《ブースト》・八重《オクタ》、付与《エンチャント》・雷《サンダー》・四重《クアドラ》ッ――――、雷鳴落とし《トールハンマー》！！！！」

ルーミアは髪先に金色を灯《とも》らせて、バチバチッと紫電を迸らせる。大きく跳び上がり、雷を乗せた裁きの鉄槌《てっつい》を下す。

直後、雷が落ちたかのような轟音が轟《とどろ》いた。

身体強化《ブースト》と付与《エンチャント》の組み合わせの中でも火とは別の方向性で攻撃力が高い組み合わせ。その威力は凄まじいもので、音を置き去りにした蹴りは、宣言通りヒュドラを再生できないほどに細かく砕いた。

しばらく様子を見ても再生する兆しはない。

今度こそ完全に倒したと言って差し支えないだろう。

「ふー、すっきりしたー！　気持ちよかったー！」

随分と派手で大掛かりなやつあたりだったが、無事ストレスを発散できてルーミアはご満悦の様子だ。

「結構疲れましたね……。さっさと帰りましょ」

だが、何か大切なことを忘れている。

得られた達成感からか本来の目的を見失い、そのまま帰路に就こうとするルーミア。

ついぞ、浄化作業という最も大切な工程が思い起こされることはなかった。

その数時間後、人知れず戻ってきて、美味しくない魔力ポーションを啜《すす》り、泣きそうになりながらせかせか浄化するルーミアだった。

第6章
!?
『魔弾と暴力姫』

ルーミアが本来の目的を忘れて戻ってくるなどのアクシデントはあったが、無事に源泉の浄化作業は完了し、ユーティリスは平和を取り戻した。

特別依頼を無事完遂したということで報酬を受け取ったルーミアだが、リリスからあることが告げられる。

「ルーミアさんはこの依頼を達成したことで、Aランクに昇格する試験を受ける条件を満たしました。一応確認ですが、昇格試験を受ける意思はありますか？」

「当然、受けますよ」

ルーミアは毎日毎日ほぼ休みなく冒険者ギルドに足を運び、何かしらの依頼を受けていた。依頼を失敗で終わらせることもなく実績を着実に積み重ねていくルーミアへの評価は自ずと高いものになっているだろう。

冒険者ギルドが定めた独自の指標、依頼達成の回数や難易度、貢献度など決められた目標値を達成した冒険者にはランクアップするための試験を受けるチャンスが与えられる。

ルーミアがBランクに上がる際に受けた特別昇格試験とは違い、正規の昇格試験。

彼女は日頃の積み重ねと実績が認められてついにその権利が与えられた。

もちろん権利が与えられただけで強制ではない。

それでもランクを上げるのにはまたとないチャンス。仮に失敗したとしてもそこまでの不利益はないため基本的に昇格試験を蹴る冒険者は少ない。

ルーミア自身ランクにそれほどこだわりがあるわけではないが、高ランクになればより難易度の高い依頼が受けられるようになり、難しい依頼になればなるほど報酬もおいしいものになる。要は危険度が高くなるのに比例して稼ぎやすさも上がるということだ。

どちらかというとランクが上がったことで受けられる討伐依頼の幅が広がるということに利点を見出しているルーミア。いずれにせよ、昇格試験を受けないという選択肢が彼女にあるはずもない。予想通りの言葉を聞いたリリスは分かっていたと言わんばかりに頷いた。

「ルーミアさんならそう言うと思いました。ではその方向で話を通しますので……やっぱり受けたくないとかありましたら早めに申告してくださいね」

「大丈夫です、撤回はしません。ちなみに昇格試験ってどんなことをやるんでしょう？」

「人によって多少変わることはありますが、大体はAランク以上の冒険者との戦闘試験と、以前ルーミアさんが特別昇格試験で受けた特別依頼のような形での審査になるはずです……」

「依頼だけじゃないんですね」

Bランク昇格の時とは異なり、見られるものが多い。

それだけ厳しく審査が行われるということなのだろう。

詳しい内容は決まっていないものの、リリスから大まかな話を聞いたルーミアは苦い表情を浮かべる。

何せ、Bランク昇格の特別試験ではかなりやらかしてしまった自覚がある。

結果的に丸く収まって大団円だったが、今回はAランク昇格試験ということもありどこまで審査されているのかが定かではない。

戦闘能力には自信があるものの、それ以外は不安が残るとルーミアも自覚している。自分には足りないものばかり。それでも、試験を受けると決めたのならば、ベストを尽くすしかない。

「しかし、前代未聞ですね。白魔導師の方がソロでAランク昇格試験に辿り着くなんて……ルーミアさんまた有名になっちゃいますね」

「……それって悪い方向にですか？」

「いえいえ、そんなことありませんよ。ルーミアさんなら大丈夫だと思いますが、Aランクに昇格してもっと名前を広めましょうね、姫」

「あまり不名誉な呼び名は広めたくないんですけど……もう手遅れですか。はぁ……まぁ、ぼちぼち頑張りますよ」

後衛職、支援職がソロで昇り詰めるといった稀《まれ》な事象。

これによってルーミアの呼び名はさらに知られることになるだろうとリリスはルーミアをよそに楽しんでいる。試験が始まる前からやる気が削がれるようなからかいをしないでほしいというのがルーミアの本音。しかし、不満を並べて、頬を膨らませたところで大衆の認識は変わらない。口を尖らせるルーミアだが、その表情にはどこか諦めの影が見える。

「では、日程や試験の内容が決定しましたら改めてお知らせします。緊張して体調を崩さないように気を付けてくださいね」

「はい、ありがとうございます」

試験というのは何度やっても慣れない時は慣れないし、緊張する時は否《いや》が応《おう》でもしてしまう。

だが、ルーミアは緊張よりもワクワクする気持ちの方が勝っていた。

(とりあえず試験までに今できることを再確認、再調整しておきましょう)

来るべき日に向けて闘志を燃やす。ルーミアは昇格試験に備えて己のコンディションを高めていくのだった。

◇

そうして一週間の時が流れた。

魔法の調整や組み合わせの確認などで試験日を待つルーミアだったが、ついに通知がきた。

試験が始まる。そのワクワクを抑えられないといった様子でルーミアは冒険者ギルドへとやってきた。

いつも通りリリスの受付に顔を出し、説明と案内を受ける。彼女から訓練室に向かうよう告げられたルーミアはさっそくそこに足を運んでいた。

「ここですか。あるのは知ってましたが実際入るのは初めてですね……」

冒険者ギルドには戦闘訓練をすることができる訓練室がある。

冒険者同士での模擬戦や、初心者冒険者への戦闘指導、的を用意しての魔法訓練などで様々な使い方ができる部屋だがルーミアは足を踏み入れたことがない。

基本的な用途が戦闘訓練。白魔導師には無縁の場所と言っても過言ではない。

「失礼しまーす……ってまだ誰もいないみたいですね」

入った訓練室には誰もおらずシンと静まり返っている。

辺りを見渡してルーミアは初めて入るその部屋に興味津々といった様子で目を輝かせた。

「へぇ……中はこんな感じになっているんですか。思ったよりも広いですね」

訓練室は幅も奥行きもそれなりに広い。

魔法訓練で射程距離を測ったり、命中精度を確かめたりするための物と思われる的が壁際にいくつか立てかけられている。近距離戦闘だけでなく、中、遠距離での訓練にも使えるように広く設計されているのが分かる。

「あっ、これは訓練用のカカシですか。ちょっとしばいてみてもいいですかね……？　ちょっとくらい触ってみてもいいですよね」

訓練室の端に立てられていた、攻撃を当てる訓練に用いられるカカシを見つけて近付いた。

使用許可を取ろうにも誰もいない。だが、自分も冒険者であるため多少用具に触れたところでお咎めはないだろうと正当化し、ルーミアはきょろきょろと周囲を確認してからおもむろにそれを蹴った。

「うーん、こういう動かないので練習するのもありですが、どうせなら依頼の一環で魔物とかしばいた方が効率は良さそうですね……」

戦闘スタイルをがらりと変えたばかりの頃ならばいざ知らず、今となってはすっかり物理攻撃スタイルにも慣れてしまったルーミア。剣術のような難しい技なども無く、体術なども関係ないただシンプルに殴る蹴るの暴力。向上した身体能力を駆使して思うままに暴れるだけでいい。

技の試し打ちなども実戦で行えるためここを利用することは今後もあまりないだろうなんてしみじみ感じていると、足音と訓練室の扉を開く音がした。

「ルーミアさん、お待たせしました……ってどうしたんですか？」

「リリスさんっ？　いえ、別にどうもしてませんよっ？　勝手に備品を殴ったり蹴ったりなんてしてませんからねっ」

「いや……それもう言っちゃってるじゃないですか。使用許可は出ているので中の物は使ってもらって結構ですが、無意味な破壊はダメですよ」

「あはは、そんなことしませんよ……多分」

「そんな風に言われると心配になってきますが……まあ、いいです。今日はお知らせした通りAランク昇格試験が行われます。心の準備はできてますか？」

「もちろんです」

聞かれるまでもない。この日を迎えるまでに様々な方面で準備は万端にしたつもりだ。できることは尽くした。ルーミアは自信満々に答えた。

「いい返事だな」

凛《りん》と透き通るような声が響く。

入り口を見るともう一人、ルーミアやリリスよりやや年上と思われる綺麗な女性が立っていた。

赤髪のサイドテールが彼女の歩行に合わせて美麗に揺れる。クールで整った顔にやや威圧感のある青い瞳。そんな彼女にルーミアが抱いた第一印象はカッコいいお姉さんだった。

彼女はルーミアとリリスの方につかつかと近付く。ルーミアの前で足を止めると見定めるように美しくも鋭い視線を向けた。

（うわ、綺麗でカッコいい人。背も高くてスタイルもいいって……羨ましい）

小柄なルーミアを見下ろせるだけの背の高さ。女のルーミアから見ても美しいと断言できる彼女は小さく整った口を開いた。

「君のAランク昇格試験の試験官を担当することになった、Sランクのアンジェリカだ。よろしく頼む」

「Bランクのルーミアです。こちらこそよろしくお願いします」

ルーミアはアンジェリカと名乗る女性が差し出した手を握ろうとする。

その時、彼女――アンジェリカの手が一瞬微かに光を放った。

（っ？　壊呪《ブレイクスペル》ッ）

半ば反射的に魔法を打ち消す魔法を行使したルーミア。

握った手は確かに魔法を打ち消したような感覚が残っている。

訳も分からずアンジェリカの顔を見上げると、彼女は感心したように口の端を上げた。

「ほう、まさかこの距離で防ぐか……。侮っていたわけではないが……やるじゃないか」

「え？　えっ？」

「ここで私の不意打ちに何かしらの対応ができないようでは問答無用で減点していたが、まさか警戒する素振りも見せずに私の手を握って、その上で防ぐとは思わなかった」

「減点……？　ってことは正解？」

「ああ、そうだ。まさかこれから試験が行われると分かって、心の準備もできていると言った奴が、油断しているはずないからな。不甲斐《ふがい》ない姿を見せたら減点、場合によっては即不合格にするつもりだったが……君とはもう少しだけ長い付き合いになりそうだ」

（……えっ、危なっ）

アンジェリカの口ぶりは冗談などではなく、本気でやると物語っていた。

だが、最初の関門は突破した。

ルーミアは唐突な試験の始まりに少しだけ冷や汗が流れるのを感じた。

（……間に合ってよかった～）

心臓バクバクのまま、握手している手とアンジェリカの顔を交互に見やる。試験的な意味でも、肉体的な意味でも損害がないのは喜ばしいことだろう。

「ふむ……ソロで活動する前代未聞の白魔導師なだけはある。私の魔法行使となんら遜色《そんしょく》ない発動スピード……面白いな」

「はぁ、どうも……？」

「悪かったな、脅かすような真似をして。これが私のやり方なんだ。Aランク昇格の資格を持っただけの未熟者が浮かれていないか見るのも上の務め……と偉そうなことを言ってみたものの、私がAに上がる時にされたことをそのまま真似しているだけだがな」

「アンジェリカさんが昇格する時に……ですか。ちなみにその時はどうされたんですか？」

「私の時の試験官は剣士だった。挨拶の途中でいきなり斬りかかられたから思わず反撃してしまったよ」

かつてアンジェリカが昇格の際に試験でやられたことをそっくりそのままやっているという。卑怯《ひきよう》とも思われるやり方だが、存外いいふるいとして機能しているらしく、これまでにもそのやり方で何人もの冒険者を試験してきたらしい。

「だが、これで安心するなよ。ひとまず減点がなかっただけでまだ試験は続く。巷《ちまた》で噂の白い……暴力……えー、なんだったかな？　まあいい、とにかく期待しているからあまり不甲斐ない姿は見せないでくれ」

「……次は何をするんですか？」

「軽い戦闘訓練だ。お前の実力、私に見せてみろ」

やはり昇格試験となればそれは外せないだろう。

格上冒険者との手合わせ。ルーミアはより一層気を引き締めると同時に思考を巡らせる。

(実力を見せろ……か。普通に戦えばいいのかな？　それとも……)

この模擬戦も試験の一環。実力を見せろとは何を示せばいいのか。勝利という分かりやすい指標でもなく、一撃を入れろ、一撃ももらわない、などという明確な目標もなく、ただ実力を示せと告げるアンジェリカ。

「ルーミアさん、頑張ってください。あの人は魔弾と呼ばれる魔法使いです。最強の魔導師と名高い方なので油断しちゃだめですよ」

「魔弾ですか。それはまた随分素敵な呼び名じゃないですか。私もそういうカッコいいのがいいのですが」

アンジェリカはルーミアの二つ名については知っている素振りを見せていた。

不名誉な二つ名が広まるのをどうにか食い止めたいと願うも、やはり人の口には戸が立てられない。叶わぬ願いは消え去るのみ。ルーミアは小さくため息を吐いた。

「では、またあとで」

「はい、いい報告ができるように頑張りますよ」

これから戦闘が繰り広げられる訓練室。

リリスはルーミアに激励の言葉を送ってその場を後にした。

「あの少女と会話している間も私から目線を外さなかったな。身体の構えも自然体、隙だらけに見えて隙がない。面白いな」

「今さっきああいうことされたばかりで警戒を解くなんてできないですよ。むしろ何かしてきたら反撃するつもりだったので残念です」

「それでいい。むしろこんなところで気を抜くようでは拍子抜けだ」

「アンジェリカさんの期待に応えられるように頑張りますよ」

「アンジェでいいぞ。人は私のことを魔弾のアンジェと呼ぶ」

「そうですか。非常に不本意ですが人は私のことを白い悪魔だとか、暴力姫だとか呼ぶそうですよ？」

ルーミアはリリスとの会話に応じながらも、アンジェリカから視線は外さずに何かされてもすぐに対応できるように構えていた。

その点も評価に値したのかアンジェリカは興味深そうに笑う。

アンジェリカもルーミアに期待しているのだろう。

彼女が定められた境界線を踏み越えてこちら側に来るに値する人物なのか。その答えを見せてくれと切に願っている。

「では、始めようか。ルールは簡単、私が合格か不合格のどちらかを告げるまで戦闘を続ける。さて……君はこの魔弾のアンジェ相手にいつまで立っていられるかな？」

「さぁ、どうでしょう？　意外と最後に立っているのは私かもしれないですよ？」

「やってみろ、できたら褒めてやる」

相手はランク上で見れば格上。

だが、慢心もしなければ過度に震え上がることもない。

心を乱していた先程とは違って、戦闘モードがオンになったルーミアはフラットな状態でアンジェリカを見つめる。

Sランク冒険者に挑むことができるまたとない機会。

魔弾と呼ばれる最強魔導師と暴力姫と呼ばれる異端の白魔導師は相対する。

ルーミアは拳を握り、ゆったりと膝を曲げ、白い髪を揺らし、不敵に微笑んだ。

（すごい気迫です……！）

これまで感じたことのない圧。

まだ何もしていない、目の前で両手を広げて立っているだけのアンジェリカから放たれるプレッシャーをひしひしとその身で受けながらルーミアは相手の出方を窺った。

「こないのか？　ならこちらからいこう」

先手必勝。先に仕掛けて主導権を握るという選択肢もあった。

だが、ルーミアは待った。実力の程を知れない相手に無策で突っ込むのは下策だと判断した。

だからこそ、相手の手札を見たい。

見て、見切って、安心してから行動を選択したい。戦闘においてルーミアは相手の動きに合わせて臨機応変に対応を変えるスタンスを取る。だが、アンジェリカという未知の強者にそれは通用しないと本能が警鐘を鳴らしていた。

ルーミアが動かないのを見て、アンジェリカは己を魔弾と知らしめるに至ったそれを展開した。

（早いし、多い。手数で押すタイプか……結構嫌かも）

一つや二つなどではない。少なく見積もっても三十は超えている魔法の弾丸がアンジェリカの傍《そば》に携えられた。しかも、それは片手だけの話。異なる属性の魔法の弾が左右の手それぞれに同じだけ展開されたのだ。

右手には炎の魔弾、左手には風の魔弾。

アンジェリカの左手側の弾が煌めき、凄まじい速度でルーミアに向かって射出された。

「それなら……身体強化《ブースト》・三重《トリプル》、重量軽減《デクリーズ・ウエイト》」

確かに速い。だが、目で追えている。

それを上回る速度を出すことに慣れているルーミアは落ち着いてそれを躱す。

「だろうな。この程度は防ぐか避けるかするだろう」

だが、小手調べだったのはアンジェリカも同じ。

すべての弾を放っていたわけではなく、手元に数十発残してあった弾をルーミアが動いた先へ散らしながら放つ。

ただただ魔法の弾を真っすぐ放つだけであるが、時間差を設け、散らして放たれるだけでまったく別の魔法であるかのように感じられる。完全に制御された通常攻撃がこれほどまでに脅威になるとは思いもしなかったルーミアはアンジェリカの魔導師としての技量の高さに感服して目を細めた。

魔法を扱う技術面に関しては素直に称賛せざるを得ない。最強の魔導師の名を恣《ほしいまま》にする実力の一端は本物で、当然一筋縄ではいかない。

「壊呪《ブレイクスペル》」

避けきれないと判断した魔法攻撃だけを的確に壊しながら、ルーミアはアンジェリカの方に向かった。

防御手段に乏しいルーミアが、中距離主体の魔法使いに距離を取っていてはただただなぶられるように狙い撃ちされるだけ。

どのみち距離を詰めなければいけないのならば、風の魔弾を対処した今……そう思っていたルーミアは目を疑った。

（あれ……？　炎の弾は……？）

アンジェリカが携えていた炎の魔弾がいつの間にかなくなっている。

ほんの一瞬、風の弾の対処に気を取られた隙に、アンジェリカは炎の弾を放っていた。

（上かな）

「付与《エンチャント》・風《ウインド》――三重《トリプル》」

髪先を薄い緑色で染めながら、ルーミアは冷静に分析する。

右にも左にも弾は見当たらない。正面には丸腰になったアンジェリカ。だが、焦る様子はまるでない。ならば、残された可能性は一つ。

ルーミアは踏み込みを急停止させ、すかさず高速で後退した。

その直後、ルーミアが通過しようとしていた場所に炎の雨が降り注ぎ、ズガガガッと訓練室の床を穿った。

何も考えずにアンジェリカの隙を突く好機とみて突撃していたら炎の雨に降られていた。

「ほう、これも躱すか。てっきりそのまま当たりに来てくれるかと思ってたよ」

（分かってはいたけど、この人……強いな）

魔法使いに限らず後衛職の基本である、敵を近付けさせない動きを忠実に守る立ち回り。

速さで突き抜けようにも同じく速さと先読みで対抗される。迂闊に近付こうものならそれこそ的だ。

「さって……どうしようかな？」

これはいわば挨拶に過ぎない。

ここからアンジェリカの攻撃はさらに精度が上がるだろう。

ルーミアがどれだけ動けるかも計算に入れ、もっと正確に狙ってくる。

「さ、まだまだこれからだぞ。さっきまでの威勢はどこにいった？」

再びアンジェリカは両の手に魔弾を装填《そうてん》した。

属性は変わらず風と炎。

容赦なくどかどか撃ち込まれる魔法を躱しながら、ルーミアは思考を巡らせる。

（空中機動できないからジャンプできないのが辛《つら》いなぁ……。平面で避けてるだけだと魔法を散らされてどんどん身動きできなくなるし……いっそ壁と天井を使って三次元の動きをする？）

現状ルーミアがアンジェリカの魔法攻撃に対して取れる行動は回避か迎撃の二択。だが、空中に回避——すなわち跳躍をしてしまうと、空中にて移動する手段を持たないルーミアは回避行動を取ることができず、そこから取れる行動が迎撃一択になってしまう。

その迎撃も手か足で行わなければならないため、ついいつもの癖で跳んで避けてしまうと、たちまち狙いやすい的になってしまう。

ここが屋内かつ足場にできるものがないというのもルーミアにとっては災いしているところだ。

無理やり壁や天井を使って変則的な動きをすることも視野に入れてみたが、どうやらそんなことをしている余裕はないようで、ルーミアはひたすらに魔弾の雨の対処に追われていた。

「やはり近付かなければ始まりませんね」

結局のところ、ルーミアが本領を発揮できるのは近接。

多少のリスクを背負ってでもアンジェリカに近付くことにしたルーミアは身体強化《ブースト》された足に力を込め一気に加速する。

しかし、互いの距離が縮まるということはアンジェリカにとってもメリットはある。

近いほど魔法の精度は上がり、着弾までの時間も短くなる。

特に速度重視の風の魔弾の対処の難易度は跳ね上がるだろう。

アンジェリカはさらに多くの風の魔弾を展開し、ルーミアに差し向ける。

百を超える数の魔弾が左右だけでなく足元、胴、頭と散らされ、時間差攻撃もある。

これに対してルーミアは、回避行動も迎撃態勢も取らなかった。

「身体強化《ブースト》・七重《セプタ》、付与《エンチャント》・風《ウインド》、付与《エンチャント》・雷《サンダー》——五重《クインティ》ッ、迅雷加速《ライトニングアクセル》」

「なんだとっ？」

ルーミアの宣言によって白髪に金色が混ざる。雷属性を纏い、バチバチと空気を裂く音を奏でながら、ルーミアは魔弾の嵐に向かって更なる加速を得て突撃した。

その身に魔弾を受けながらも、一切の迷いなく突き進む。

複雑な動きは何もない。

ただ直線に最短距離を駆け抜けたルーミア。その姿を見失ってしまうほどに、一瞬で懐に入り込まれたアンジェリカは驚愕の表情を浮かべる。

（痛っ……回復《ヒール》で即治しても痛いものは痛いなぁ。でも……）

「やっとその余裕そうな表情が崩れましたね」

ルーミアの表情はやや苦痛に歪んでいるが、口元は吊り上がっている。

狙い通り。捨て身の特攻と思われる行動だが、きちんと保険はかけてある。

回復《ヒール》・四重《クアドラ》。本来ならば回復《ヒール》を重ねて使う必要はないのだが、ルーミアは己の身が傷付くと同時に癒えるような強力な回復力を発揮できるように備えていた。

だからこそ、躊躇なく飛び込むことができた。

だが、受けたダメージを瞬時に癒すといってもダメージを受けていることに変わりはない。それでも、行動不能に陥る事態は避けられた。予想外の方法で弾幕を潜り抜けてきたルーミアにアンジェリカは初めて驚きで表情を崩した。

強引に自分の間合いに持ち込んだルーミアはそのままの勢いで足を振るう。

勢いはあるが軽くなった一撃。

それほど破壊力はない蹴りを叩き込まんとするが、アンジェリカに当たる直前、彼女の身体を覆う光の膜のようなものに阻まれる。

「魔法ガードを破るのは得意です。壊呪《ブレイクスペル》・二重《ダブル》」

しかし、それが魔法によるものならば無効化する力がある。

魔法を破壊する力を纏った拳と蹴りがアンジェリカを守る砦を叩き壊し、今度こそ丸腰にする。

「くっ、まだだ」

「いいえ、ここなら私の方が速いです」

アンジェリカはこれまでの魔法がお遊びではないかと思わせるほどの夥《おびただ》しい数の魔弾を広げる。

しかし、この距離ならば魔法を展開し放たれるまでの時間より、ルーミアの方が速い。

バチッと紫電を迸らせて素早くアンジェリカの後ろに回り込み、自慢の強化された身体で押さえ込むように抱き着いた。

「感電抱擁《エレキ・ハグ》。一応、食らっておきます？」

「……いや、遠慮しておこう、合格だ」

さすがのアンジェリカといえど自分の背後に向かって攻撃するためには、弾道を引いてやや回り道させる必要がある。そもそも、バチバチと身体から放電しているルーミアが密着している以上、何かアクションを起こそうにももう手遅れだろう。それにルーミアの小柄で華奢な身体からは見た目簡単に抜け出せそうだが、身体強化《ブースト》による恩恵を受け、きっちりと回された腕は強固で振りほどけそうもない。

アンジェリカはふぅと小さく息を吐き、ルーミアに合格の言葉を投げかけるのだった。

「さて、とりあえず放してくれないか……？　私を締めたままビリビリさせるのはやめてくれ……」

「あ、はい」

アンジェリカから合格の言葉を引き出したルーミアは、そこで安堵して彼女の拘束を解いた。

力を解き放っていないとはいえ、付与《エンチャント》・雷《サンダー》を纏ったルーミアの抱き着きはバチバチと肌を刺すような痛みを与えていた。

純粋なパワーによる締め付けとバチバチと弾ける感覚から解放されたアンジェリカは大きく息を吐いた。

「ふう……まさかあれを突っ切ってくるとはな……。いったいどうやったんだ？」

「回復に任せて被弾覚悟の特攻ですよ。ダメージをなかったことにするわけじゃないので痛かったですよ～」

「ふむ……随分と無茶をしたものだな。だが、多少の犠牲を厭わない姿勢は嫌いじゃない。そういった判断も時には必要不可欠だ」

意外にもアンジェリカはルーミアの取った身を切る戦い方に肯定的だった。

強引。力任せ。決して褒められるものではない。そう思っていたルーミアは目を見開いた。

「なんだ、意外か？　まあ、ソロで活動するのならダメージを受けるのはなるべく避けた方がいいのは確かだが、受ける攻撃の種類や程度をきちんと把握し、自分の回復能力と照らし合わせて判断できているのなら文句は言わん。そうだな……さっきの私の魔法が弾幕系ではなく光線系だったらどうした？」

「さすがにそれは避けますよ」

「そういうことだ。さっきの私の弾なら受けても回復が間に合うと判断したからだろう」

確かにルーミアの判断は合理的だった。

どのみち突撃せずに回避や迎撃を優先したとしてもあれだけの弾幕を張らせてしまえば追いつかなくなり削られていくだけ。それならば多少のダメージには目を瞑ってでも己の間合いに持ち込むことが先決と考え、それを実行した。

「最後、後ろに回ったのには何か理由があるか？」

「これまでに見せられた弾は直線軌道の風の魔法と曲がる炎の魔法だったので、背後からの密着攻撃が一番反撃を受けずに済むかなと……」

「それまでの戦闘から得た情報を踏まえていい判断ができているな。私は中距離攻撃主体だが、一応近接の魔法も使えるし、なんならこういうこともできる」

そう言うとアンジェリカは先程までルーミアに容赦なく撃っていた風の弾を手元に浮かべ、自身の身体の周りを回るように動かした。

基本的に魔法は撃ったらあとは飛んでいくだけと思われがちだが、上級者になれば軌道を変化させ、さらには広範囲にわたって制御下に置き、自分の意思で操作することだって可能となる。

弾の軌道を自由自在に変えることができるのも魔弾と呼ばれる所以《ゆえん》。

だが、それをしなかったのはひとえにルーミアの実力を見るための手加減だ。

「どうしてそれで私を攻撃しなかったんですか？」

「ん？　あそこまで密着されたら私がどう抵抗しようとお前の方が早いだろう？」

「じゃなくて、その前とか……あれだけ制御された魔法なら通り過ぎていった弾を戻して背中から狙うとかもできたんじゃないですか？」

「なんだ？　まさか本気で相手してもらえると思っていたのか？」

ルーミアはアンジェリカが手の内を隠していたことについて言及する。

この模擬戦の目的はあくまでもルーミアの実力を測ることであり、お互い本気の戦闘をするわけではない。

やや不服そうにしているルーミアにアンジェリカは困ったように笑う。

「そうだな……あれをそこに持ってきてくれ」

そう言って指差したのは部屋の端の方に並べて置いてあった訓練用の的だ。

何をするのかは不明だが、ルーミアはその指示に従い的を移動させ、アンジェリカから少し離れた場所に設置した。

「私が普段通りの戦い方をしているなら……こうだ」

アンジェリカが的に人差し指を向けた次の瞬間。ルーミアがまばたきをしたほんの一瞬でぶわりと風が吹き、的にはいくつかの穴が空けられていた。

「わざわざ魔法の弾を手元に置き、どんな属性の弾で、どのタイミングで攻撃するか相手に教えるような真似はしない」

「速い……」

「分かってくれたか？　これはあくまでもお前を測るための試験だ。試験者と試験官での間に実力差以上に有利不利がある場合、本気を出してしまったら試験にならなくなる場合もある。お前は十分不利な相手に抗い、残された勝ち筋をきちんと拾い上げた」

ルーミアとアンジェリカの相性は控えめに言っても最悪だった。

かたや近接攻撃主体の物理アタッカー、かたや中、遠距離対応の魔法使い。

近付けたらルーミアの方に分があるのかもしれないが、それまでの道のりがあまりにも至難すぎた。

アンジェリカが魔弾と呼ばれるに値する本来の力を振るっていたらルーミアは試験どころではなかっ

ただろう。

だが、適度に手を抜いたとはいえ、アンジェリカも全力だった。

負けるつもりなど毛頭なかった。だからこそ、最後の最後でルーミアの接近を許してしまった際は焦って抑えていた力を解放し、一瞬本気で弾幕を作り上げてしまったほどだ。

そういう意味ではルーミアはあの一瞬、アンジェリカの想定を上回った。そして、彼女の保っていたクールで余裕のある表情を崩してみせた。それは誇るべきことだろう。

「とにかく、私との模擬戦は合格だ。ところで…………君はサラシか何か巻いているのか？」

「……は？　なんですか急に？」

「いや、あれほど密着されたのに柔らかいものをあまり感じなかったなと思ってな……。あえて胸を潰しているのか？」

「……いえ、何もしてませんが」

「なるほど……余計な脂肪がなく抵抗が少ないから高速での移動も最適化されている……というわけか」

「……殴っていいですか？　喧嘩ならいくらでも買いますよ？」

背後から抱きしめられたアンジェリカはその時の感想を告げる。

純粋に思ったことを述べ、感心した様子のアンジェリカだったが、身体の起伏が乏しいことを少し、ほんの少しだけ気にしているルーミアには嫌味にしか聞こえなかった。

顔は笑っている。だが、目が笑っていない。

ゴゴゴゴッと怒りのオーラを纏い、拳をボキボキと唸らせながらアンジェリカに迫る。

「……すまない。私が悪かった。だからいったん冷静になろう」

「私はすこぶる冷静ですよ？」

「君に殴られたら骨が持たない……本当に勘弁してくれ」

「……はぁ、次はありませんよ」

ルーミアの地雷を見事に踏み抜いたアンジェリカ。

暴力をちらつかせるルーミアの圧力に冷や汗を流す彼女の姿は、今日一番の焦りを浮かべているように思えた。

◇

模擬戦よりも激しいオーラでアンジェリカを圧倒したルーミアだったが、なんとか落ち着きを取り戻し、結果の報告に向かう。

隣を歩くアンジェリカはややルーミアの顔色を窺っているようにも見える。

模擬戦で確かな実力差を示したアンジェリカだったが、盤外戦ではルーミアに軍配が上がった。

ルーミアの静かなる怒気に、アンジェリカも強気で凛とした様子がやや鳴りを潜めている。

それでも立ち振る舞いは美しく、小柄のルーミアと並ぶことで姉妹のようにも思える。

姉妹喧嘩の直後のような雰囲気を携えてやってきたルーミア達に気付いたリリスは怪訝そうな表情

を浮かべながら結果を尋ねる。

「あ、ルーミアさん。アンジェリカさん。お疲れ様です。どうでしたか……？　ルーミアさんの表情がものすごく険しいですが……まさか試験の結果がダメだったんですか？」

「えっ、いや、試験は合格でしたよ。合格はしましたけど……」

仮に合格しているのなら満面の笑みで嬉しそうに報告してくるだろうと思っていたリリスはルーミアの表情がどこか固く不満そうだったため、試験の結果が芳しくなかったのではないかと勘繰ってしまう。

しかし、そんなことはない。ルーミアの不機嫌と試験の結果はまったくと言っていいほど関係ない。

ルーミアはじとーっと横目でアンジェリカに鋭い視線を向け、無言で圧をかける。その圧を受けたアンジェリカは気まずそうに再度謝罪を口にした。

「……本当に悪かったよ。この件は貸し一つということにしておいてくれないか？」

「貸し……ですか？」

「ああ。いつでもいい。一つだけ頼みを聞いてやる」

「……分かりました。言質取りましたよ？」

「……ああ、考えておいてくれ」

貸しという曖昧《あいまい》なものに眉を寄せたルーミアだが、ひとまずそれを受け入れて手を打つことにした。

アンジェリカという個人が一冒険者の頼みをなんでも一つだけという条件付きではあるが聞いてくれる。考えなくても分かる、破格すぎる提案。どんな頼みごとをしようと損することのない権利をもらい受け、ルーミアは機嫌を直し、何を頼もうかと考え始めた。

自らの失言が招いた事態とはいえ、自分の担当する試験者がずっと不機嫌なままでは居心地が悪い
アンジェリカもほっと安堵の息を吐いた。そんな二人だけの盤外戦が幕を閉じ、蚊帳《かや》の外だったリリスは不思議そうに首を傾げた。

「えっと、何があったのか分かりませんが、おめでとうございます……でいいのでしょうか？」

「はい、ありがとうございます！」

「アンジェリカさん、ユーティリス屈指の期待の新星ルーミアさんはどうでしたか？」

「うむ、噂に違《たが》わぬ実力者だったな。あれだけ動けて攻撃力も高いときたものだ……これで白魔導師というのがにわかには信じられんよ。普通にそこらの中途半端な実力の前衛よりよっぽど役に立つだろうな」

「おお、意外に高評価なんですね」

「ああ、わざわざ試験官に立候補してここまで足を運んだんだ。すぐに帰るようなことにならずに済んでよかったよ」

「立候補、ですか？」

リリスはアンジェリカからルーミアの総評を聞いて、まるで自分のことのように喜んでいたが、彼女の口から飛び出した言葉に疑問を持った。昇格試験に携わる人物は基本的に冒険者ギルドが用意する。リリスも何度か高ランク冒険者への打診などを対応した経験があるため、試験が行われるまでの流れはある程度知っていた。だからこそ、その言葉が引っかかるのだろう。

「以前ルーミアがやった特別昇格試験の内容は覚えているな？」

「はい、盗賊団を捕まえる作戦ですね」

「その依頼は元々私が中心となってチームアップが行われる予定だった。だが、ギルド長がそれを変更して……ルーミアの試験としてあてがわれた。そうして私はルーミアのバックアップに回り、裏で見守っていた」

「えっ？　あれ見られてたんですか？」

「ああ。過程はまあ……アレだったが、結果としては悪くなかったな」

「うわーーー！　恥ずかしい！」

アンジェリカから生暖かい視線を向けられ、ルーミアは頭を抱えて悶えた。ルーミア自身反省点が多くあるのは自覚していたが、それを見られていたとなると話は別だ。ゴロゴロと床をのたうち回るほどに知られたくない、自分の胸にだけ秘めておきたい黒い歴史だった。

「まあ、なんだ。その時のことは今回の評価に持ち出していないから安心しろ。とにかく私はその時のお前に興味を持った。だから、次の昇格試験が行われる際は試験官を担当したいと立候補したんだ」

「私に興味……ですか？」

「私とて魔導師の端くれ。そしてお前も白魔導師。同じ魔導師だが在り方がまったく異なるタイプのお前を見定めたいと思った、ただそれだけだ」

アンジェリカにとってルーミアは未知の魔導師であり、興味深い観察対象だった。そして、偶然か必然か一番近くで見る機会が舞い込んできた。二つ返事でそれに乗っかったアンジェリカがこうしてルーミアを監督するためにやってきたのは何か運命のようなものも感じられる。

しかし、アンジェリカが立候補せずとも彼女がルーミアの試験を担当することになる可能性は高かった。

ハンスが懸念していた通り、ユーティリスにもAランクの冒険者はいるにはいるが、問題なのはルーミアと戦わせた時相手が務まるかというものだ。

アンジェリカが評価したようにルーミアの戦闘能力は高く、下手な冒険者を試験官に据えてしまうと試験にならず一方的な蹂躙が行われる可能性があった。それはもちろん、ルーミアが蹂躙する側である。

故に、ルーミアのパワーとスピード、そのどちらにも対応できる格上の冒険者の存在が必要だった。並のAランク冒険者ではルーミアの試験官は務まらないと判断したからこそ、Sランク冒険者に試験官の打診を考えていたハンス。そしてちょうどよく興味が湧いた相手の担当ということで引き受けたいと志願したアンジェリカ。二人の利害は一致していたということだ。

(やはり見るだけと実際に相手するのではまったく違うな。おかげで楽しい時間を過ごせた。この巡り合わせにも感謝せねばな……)

前代未聞のアタッカー型白魔導師。アンジェリカ自身一人でも戦える魔導師であるため、ソロの後衛職への理解は人よりはあるつもりだったが、それが支援職となれば話は別だ。

中遠距離の攻撃魔法を主体とする魔導師とは違い、支援や回復の魔法が主体の白魔導師がいったいどうやってAランク昇格の資格を手に入れたのかなど考えれば考えるほど興味は尽きない。だが、ルーミアの相手を努めてみてよく分かった。これまで観察してきたすべてがその実力を雄弁に物語っている。

「だが……油断するのはまだ早いぞ。私との模擬戦を突破したからといって、もう一つの試験で不甲斐ない結果を残せば昇格はさせられない。もう受かった気になるのはいささか早計なんじゃないか？」

「……あっ、そうでしたね。まだ試験残ってるんでした。リリスさん、あと何をすればいいんですか？」

「実際にAランク冒険者が受ける依頼を一つ選んでもらって、それをこなしてくるというものになりますね。もちろんアンジェリカさん同伴です。原則手助けなどはできませんが、いざという時は助けてもらえるので安心してください」

「おー、ついにAランクの依頼ですか。楽しみです」

ルーミアに残された試練は、実際にAランク相当の依頼をこなすというもの。

試験官同伴でどうしようもない危機的な状況に陥ったらサポートに入ってもらえる。といっても試験官はあくまでも保険。出番が回ってくることは即ち試験不合格を意味すると思って臨むべきだろう。

「もちろん私に手を出させずに、見守ってるだけの簡単なお仕事にしてくれると期待している」

「任せてください！　どんな依頼でもパワーでねじ伏せます！」

「そうか。それは楽しみだ」

試験者を監督するという最低限の役目をこなすだけで余計な手出しをする機会が訪れないのが試験官としては望ましい。

どんなAランクの依頼を充てられるかは分からないが、自信満々といった様子のルーミアに、アンジェリカはふっと小さく笑みをこぼした。

そこにリリスが依頼書を持って戻ってくる。

「ということなので、こちらの依頼書から一つお選びください。このAランク依頼の中からルーミアさんが手に取ったものが試験内容になります」

「では、失礼します……ってなんで避けるんですかっ？」

「言い忘れましたが内容は見ずに裏向きのまま取ってください。内容見て決めるのはいけませんよ」

「あ、そういう仕様なんですね。てっきり自分で選べるものかと思ってました」

残る試験に向けてやる気十分。

どんな依頼を受けるのだろうかと心待ちにしていたルーミアは、リリスから複数の依頼書を差し出された。

どんなラインナップなのか目を通そうと手を伸ばしたところで、リリスがひょいと手を引っ込め、ルーミアの手が空を切る。

どうやら昇格試験の依頼は内容を見て選ぶことができない完全ランダムの仕様になっているらしく、ルーミアは僅かながら戸惑いを見せる。

ここから引き抜いた依頼の結果で昇格するか否か決まる。

そんな命運が重くのしかかった依頼がランダムだとは思ってもみなかった。

「まあ、別にいいですけど……どんな依頼でもクリアすればいいだけの話です」

ここで躊躇していても始まらない。

どんな依頼になろうともやるべきことは変わらずシンプル。クリアするのみ。

すぐに気を取り直したルーミアはそれこそ何も考えず適当に選んだ。

「えー、金剛亀の討伐……ですか。外れを引いてしまいましたかね……?」

「なるほど……それなら昇格はほぼ決まったようなものですね。昇格の手続き……進めておきますね」

「そうだな。これはよっぽどヘマをしない限り失敗のしようがない」

「あの、どうして昇格する前提で話が進んでいるんですか? いや、まあ……そう思ってもらえるのは嬉しいですが、これで失敗とかだったらめちゃくちゃ恥ずかしいです」

ルーミアは引いた依頼書を確認し、その内容を口にした。

それを聞いたリリスとアンジェリカの中で、ルーミアのAランク昇格は確定事項のものとなった。

まだ試験に赴いてすらいないのに昇格の手続きを進めようとするリリス。

ルーミアがその依頼を失敗するとは一片も考えていない証拠だ。

アンジェリカも同様にルーミアの昇格を確定的なものとして受け止めている。

話がどうも飛躍していることにルーミアは驚きを隠せない。

自身の昇格を疑わない姿は嬉しく思うが、あまりにも気が早いとそれはそれで期待が重い。

特にこれほどの祝勝ムード全開の中、万が一にでも依頼を失敗してしまうようならば申し訳ない気持ちを通り越して恥ずかしいとすら思うだろう。

結果を悟る二人とは対照的にやや困惑気味に肩を震わせているルーミアだったが、そんな不安を掻き消すようにリリスはポンと肩を優しく叩いた。

「いえ、大丈夫です。ルーミアさんがこの依頼で後れを取ることはありません。安心して倒してきてください」

「どうしてそう言い切れるんですか？」

「それは……そうとしか言えないからです。この依頼は本来なら成功率はかなり低めで、それ故にAランクの依頼なのですが、ルーミアさんが失敗する姿はどうも想像できません」

「うむ。私も見ているだけの楽な仕事になりそうでよかった。さっきこの依頼を外れと言っていたが、君にとってはおそらく大当たりだ」

「え、それって……？」

「金剛亀は……そうだな。言ってしまえば攻撃能力はそれほどでもないが防御力が高すぎて倒すことが困難だからこのランクの依頼になっているんだ。私でもこの依頼は受けたくないと思うほどのものだが……君なら話は別だろう？」

攻撃能力だけで見ればそれほどでもなく危険性も高くない魔物がAランクの討伐依頼として名を連ねているのはその硬さ故だ。

アンジェリカほどの実力者ですら討伐は困難な魔物。

並大抵の冒険者ならば、この依頼を昇格試験で引き当ててしまったその時点で試験を断念しなければならない場合もあるだろう。

だが、ルーミアにとっては当たりも当たり。

相手がどれほど硬かろうと、その盾を上回る矛になればそれですべて解決する。

異端の白魔導師。その攻撃特化のスタイルは伊達ではない。

「なるほど、それなら得意です。要は力でなんとかすればいいってことですよね」

「雑に言ってしまうとそういうことです。さ、手続きしてお待ちしてますので頑張ってください！」

「分かりました！　サクッと叩き割ってきます！」

格上冒険者との模擬戦では相性の悪いアンジェリカと戦うことになったルーミアだったが、こちらでは最高の引きを見せたようだ。

もはや誰も、試験官のアンジェリカすら昇格決定を疑っていない。

そんな中意気揚々と初Aランクの依頼に繰り出したルーミア。

その姿は昇格試験というよりは消化試合に臨むようで、とても気楽な様子だった。

◇

依頼のランクはその依頼の難易度と紐づけされているが、難易度といっても一口には語れない。

主な難易度の高い依頼のイメージといえば、討伐対象が強力で、何かしら命の危険が付きまとうものだが、それ以外にも発見自体が困難だったり、危険が少なくとも討伐が困難だったりと難しいにおける幅がある。

今回ルーミアが引き当てた金剛亀の討伐は討伐自体が非常に困難なものに当たる。

特筆すべきはその防御力と耐久性。

危険が迫ると硬い甲羅の中に身体を引っ込め、危機が去るまで籠り続ける。

頭や手足などの出し入れする部分も防御形態をとった際には甲羅と同質のもので塞がれ、中を直接攻撃することは不可能に近い。

一方で攻撃力はそれほど高くない。

せいぜい大きく硬い甲羅を利用した体当たりがいいところだが、敏捷性《びんしょうせい》に優れている魔物ではないので、挙動にさえ気を付けていれば簡単に避けられる。

そんな危険性の低い魔物相手でも、その突き抜けた防御特化の能力故にAランク帯に位置づけられているこの依頼。

総合的な観点から見て依頼難易度が算出されることを考えると、いかに一点に特化しているステータスなのかがよく分かる。

「ちなみにアンジェさんならどうやって倒すんですか？」

「なんだ？　攻略の糸口を聞き出そうとしているのか？」

「いや……聞いたところで参考にできないので単なる興味本位ですが」

「それもそうか。私なら……同じところに何度も攻撃を当て続けて気長に削っていくしかないだろうな。あの甲羅は物理攻撃にも魔法攻撃にも耐性がある。甲羅を壊すのが先か、私の魔力が尽きるのが先か……どちらだろうな？」

「Sランク冒険者にそこまで言わせるなんて……さすが防御能力だけでAランクの依頼になっているだけはありますね」

「だが、それを引いたルーミアは豪運だな。君のようなスピードタイプの高火力アタッカーなら、そもそも金剛亀からの攻撃を受ける心配もないだろうし、常に攻撃に専念できる。ついでに私も楽ができる。いいことずくめだ」

防御特化の魔物だが、攻撃能力が皆無なわけでもなく、隙があれば反撃もしてくる。

危険はそれほどなくとも、硬い甲羅での体当たりは警戒した方がいい。とはいえ、ルーミアのような高速アタッカータイプの者ならよほど密着していない限り見てからでも避けられる。

そういう意味ではいい依頼を引き当てた。

だが、それはルーミアが金剛亀の防御を貫けるということを大前提としたものだ。

「私の攻撃で貫けると確信してるんですね……。そういえば他の依頼はどんなものがあったんでしょう？　アンジェさんは何か知ってますか？」

「詳しくは知らないがAランクの依頼は知っているから予想は付く……。私が出張る必要のある依頼も恐らくはあっただろうな」

「そうですか。だったらなおさらこの依頼でよかったのかもしれません」

ルーミアが引き当てなかった残りの依頼書にどんなものがあったのかは分からない。

もしかするとこの依頼よりも楽ですぐ終わりそうな依頼が残っていたかもしれないし、ルーミア一人ではどうにもできずにアンジェリカの力を必要とする依頼があったかもしれない。

昇格試験の依頼が確定してしまった今、過ぎたことを言っても仕方ない。

ルーミアにできることは、この依頼に全力で取り組む。ただそれだけだ。

「さ、お仕事の時間だな。私は見ているから頑張れ」

「うわぁ……でっか」

金剛亀は発見もそう難しくない普通のAランク魔物だ。

目当てのそれに遭遇し、アンジェリカはルーミアの肩を軽く叩いた。

のそのそと歩くそれはルーミアより少し大きいくらいの体長をしており、見るからに堅牢《けんろう》そうな姿はずっしりと存在感を放っている。

しかし、どれだけ大きく、どれだけ硬かろうと関係ない。むしろ、的が大きいのはルーミアにとっては嬉しい要素だ。

「サクッと終わらせましょうっ！　身体強化《ブースト》・四重《クアドラ》」

強化段階を引き上げ、一気に金剛亀へと肉薄する。

そんなルーミアに気付いた金剛亀は素早く頭と手足を甲羅の中に引っ込めた。

完全防御態勢に入り、危機が去るのを待つ構えだ。

「せーの、おりゃ！」

気の抜けるような掛け声と共に勢いよく振り下ろされた拳。

黒いガントレットと甲羅がぶつかり合いゴンと鈍い音が鳴り響く。

「かったい。身体強化《ブースト》・五重《クインティ》」

ゴンッ、ゴンッ、と鈍い音が何度も響く。

甲羅に籠って動かないそれはルーミアにとっては殴ってくださいと言わんばかりのいいオブジェクトだ。

たまに反撃で体当たりしてくるが予備動作が大きく分かりやすいため、ルーミアは見てから軽々と躱し追撃の拳を叩き込んでいく。

「身体強化《ブースト》──六重《セクスタ》」

アンジェリカの言葉では、なるべく同じところに負荷を集中させた方がいいというものだったが、甲羅に籠られ頭や手足を出し入れする部分を塞がれるともはや全体が甲羅だ。

模様も似たり寄ったりでどこを殴ったのかなんて覚えていられない。

だが、そんなことなどお構いなしにとにかく全力で拳を叩き込み続けていると、ついにぴしりと甲羅にひびが走った。

「お、きたきた〜。身体強化《ブースト》──七重《セプタ》」

ひびが入ってしまえばあとはそこに狙いを定めて拳を振り下ろすだけ。

さらに強化段階を高めて的確に何度も撃ち抜き、ぴしり、ぴしりとひびを広げていく。

「これでっ、トドメですっ！　瞬間最大出力、身体強化《ブースト》──八重《オクタ》ッ、せーのっ！」

反撃の体当たりを躱すと同時に大きく飛び上がり空中で身体を捻る。

そのまま落下の勢いを加えた渾身の一撃は、ひびの入った部分にどんどんめり込んでいき、ついにその難攻不落の要塞を叩き割った。

甲羅を貫いて中に籠る本体にも多大なダメージが行きわたり、無事に討伐は完了した。

「お疲れ様。見事だったよ」

「ありがとうございます！　でも……こんな簡単でよかったのでしょうか？」

「これを簡単と言い切れる人間はそれほど多くはない。運も実力のうちというし、そういう自分に合った依頼を引き当てられたことも含めて素直に喜べばいい」

「あっ、ちょ、喜ぶのでわしゃわしゃするのはやめてください！」

ルーミアからしてみればいつも通りの依頼。

それどころか普段受けている依頼よりも難易度は低いと感じてしまったほどだ。

拍子抜けして実感が湧かず、喜びよりも困惑が勝っているといった様子のルーミアと、そんな彼女の頭を撫でまわし励ますアンジェリカ。そんな微笑ましい光景がしばし続いていた。

◇

無事討伐試験を終えたルーミア達が冒険者ギルドに戻ると、リリスが出迎えてくれた。

その表情に結果について心配する色はまったく見えず、ルーミアやアンジェリカからの報告を待たずして笑顔でこう告げた。

「ルーミアさん、昇格おめでとうございます！」

「あの……はい、ありがとうございます？」

リリスはまだルーミアやアンジェリカと言葉を交わしていない。それでも、ルーミアの昇格を確定したものとして信じて待っていた。

そんな気の早い祝いの言葉にルーミアはやや困惑している。ルーミア自身結果に自信はある。アンジェリカからお褒めの言葉を頂いたということもあり、合格であることは疑っていない。

それでも、最終的な結果を判断するのはリリスではなくアンジェリカだ。彼女の口からその言葉を引き出すまでは安心できないと考えていたルーミアは確認の意味も込めてアンジェリカに視線を向ける。

その視線に気付いたアンジェリカは静かに頷いた。そして、ルーミアが待っていた一言を口にした。

「合格だ」

「……よかったです」

その一言を待っていた。

これで本当の意味で昇格が確定のものとなり、ルーミアはようやく肩の荷が下りる解放感を覚えた。

（やった、やりました！　私は無事やり遂げたんです！）

結果を言葉にされたことで、今更ながら喜びの気持ちが胸の中にじんわりと広がっていく。

「私からも改めて。昇格おめでとう」

「ありがとうございます！」

ルーミアに祝いの言葉を贈るアンジェリカの表情は相変わらず固いが、口元はうっすらと笑みを浮かべているようにも見える。

ルーミアにとって、リリスとアンジェリカの二人から向けられる優しい視線と言葉はとても温かいものだった。祝福は何度味わっても嬉しいものだと感じ、頬をだらしなく緩ませる。

しかし、ルーミアの昇格試験が終了したということは、アンジェリカがルーミアを監督する義務から解放されたということだ。役割を終えた彼女はリリスと最終確認を交わし、この場を後にしようとしていた。

「さて、ルーミアの昇格試験も済んだことだし、私はこれで失礼する。手続き……といってもほとんど終わっているだろうし、残りはそちらに任せてもいいのだろう？」

「はい、問題ありません。アンジェリカさんも試験監督お疲れさまでした」

「ああ、では……」

「ちょ、ちょっと待ってください！」

役目を完遂し、去ろうとするアンジェリカにルーミアは声をかけ引き留めた。

しかし、何を言おうか纏まらない。焦ってオロオロと挙動不審な様子を見せるルーミアを、アンジェリカは不思議そうに眺めていた。

「どうした？　まだ何か用があるのか？」

「……この後って時間ありますか？」

「ん？　そうだな？　とりわけ急ぎの用もないし、少しなら時間を取ってやってもいい」

「なら……貸し一つ。ここで使います」

「ほう？」

アンジェリカはルーミアの言葉と真っすぐな瞳に驚いたような反応を見せる。

だが、内心同じくらいルーミアも驚いていた。

アンジェリカを引き留めるために何かを言わないといけないという焦りから咄嗟に出てきた言葉がこれだ。

（でも……そうですね。せっかく格上の強者がそこにいるんです。貸し一つ使ってお願いするなら、これしかありません）

その驚きを受け止めて、冷静に考えを纏めたルーミアは、自身を納得させるように頷いた。

「それで？　お前は私に何を望むんだ？」

「あなたとの本気の戦闘を」

「……あの模擬戦では満足できなかったか？」

「はい」

試験の模擬戦でアンジェリカは確かに全力を尽くしただろう。だが、その状況に合わせた全力であって本気ではない。最終的に手を抜いていたことも明らかになっており、それがルーミアの納得できない一因でもあった。

（模擬戦でも強かったです。届かないと思ってしまいました。でも、アンジェリカさんにはまだ上がある。私はそれを……見てみたい）

強き者への挑戦。高い壁に挑むことこそが成長への近道。だからこそ、アンジェリカの本気を拝んで、糧にしたい。ルーミアの血が、本能がそのように騒いでいる。

「まったく……こうも好戦的な白魔導師とは……」

「嫌いですか？」

「いいや、向上心のあるものは好感が持てる。実に私好みだ」

ルーミアは獰猛な笑みを浮かべている。そして、アンジェリカもそれに応えるように口元に弧を描いた。

（そうです。あなたは断りません。なんていったって……これは貸しですから）

借りはきちんと返してもらわなければ気が済まない。アンジェリカがこの要求を断らないことを確信したルーミアは期待の眼差しを彼女に向ける。

「ふ、いいだろう。少しだけ本気で相手をしてやろう」

「ありがとうございます」

「礼はいい。せいぜい私を……楽しませてくれ」

そう口にしたアンジェリカの凍《い》てつく氷のような瞳が、ルーミアを威圧するように鋭く射貫いていた。

◇

「昇格試験も無事に終えられてお祝いムードといった感じだったのに、なんだかすごいことになりましたね」

「すみませんね、水を差すようなことをしてしまって」

「いえ、それはいいのですが……どうしたんですか？　アンジェリカさんともう一度戦いたいだなんて」

リリスは訓練室使用手続きの書類に筆を走らせながらルーミアに尋ねた。

どうして、と聞かれるとなんと答えていいのか迷ってしまうルーミアは眉間《みけん》に皺《しわ》を寄せる。だが、この本能を言葉にするのなら、不完全燃焼というのが一番しっくりくる。ルーミアはそう思った。

「模擬戦は試験を成立させるために相当手加減されていたんです。そんなの……ムカつくじゃないですか」

「ルーミアさん、意外と負けず嫌いなんですね」

「まだ負けてません」

「ほら、そういうところですよ」

不貞腐《ふてくさ》れるように頬を膨らませるルーミアに、リリスはそう言ってクスクスと笑った。

それが余計に気に入らなかったのか、ルーミアはさらにむくれてしまう。

「とにかく！　私はアンジェさんの本気をこの身で体験しておきたいんです」

「そうですね。最強魔導師の本気となると、とてもいい経験になりそうです。結果、楽しみにしてますね」

「……それでですね。お願いなんですけど、一緒に来て、見守っててくれませんか？」

「はぁ……別に構いませんが。私がいてもルーミアさんの強さは変動しないと思いますよ？」

それでも、ルーミアはリリスの存在を願った。

ただ、そこにいてくれるだけでいい。それこそに意味がある。

ルーミアは、そう信じている。

「じゃあ、行きましょう。アンジェさんが待ってます」

「はいはい」

ルーミアはリリスの手を握って急かすように引っ張った。

そして、もう片方の手では魔力ポーションの瓶を開け、嫌そうな顔で一気に呷《あお》る。

口の中に広がる受け付けない風味をなるべく感じずに済むように流し込み、ルーミアは苦しそうにむせ込んだ。

「うぇぇ……まずい」

「ルーミアさんがそれを飲むなんて珍しいですね」

「模擬戦と討伐試験で随分と魔力を使いましたからね。補っておかなければ勝負になりません。げほっ、うぅ、おいしくない……」

「大丈夫ですか？　無理はよくないですよ」

「無理でもなんでも、飲まないといけないんです……！　うぇっ、吐きそう……」

リリスは、気合で魔力ポーションを流し込むルーミアの背中をさすり、手を握る。

ルーミアは吐き気を催しながらも、リリスの補助を受け、今にも倒れそうなほどフラフラな足取りで訓練室に向かう。

目的地までどうにか辿り着くと、一足先にやってきていたアンジェリカが扉の前で腕を組んで待っていた。

「待ったぞ……と言いたいところだが、大丈夫か？　この短時間に何があった？」

「うぇ……お気になさらず……げほっ、がはっ」

「……いや、気にするだろ」

啖呵《たんか》を切った対戦相手がやってきたかと思いきや、涙目でえずく弱々しい姿で現れたのだ。気にしないという方が難しいだろう。

アンジェリカの哀れむような視線と、リリスの心配そうな視線を受け、心から申し訳ないと思うルーミア。

顔色はまだ悪いがやや落ち着いてきたのか、呂律もはっきりとし、リリスから離れて自立する。

「ふぅ、やっと落ち着いてきました。もう少しで全部戻してしまうところでしたがぎりぎり耐えました……。リリスさん、色々ありがとうございます」

「どういたしまして」

「アンジェさんも心配ありがとうございます。見ての通り観客が一人いますがいいですか？」

「別に構わんが……応援でもしてもらうつもりか？」

「それもいいかもしれませんね。ヒーローはヒロインの応援で強くなると相場は決まってます」

「それだと私は悪役か。なら悪役らしく本気で叩き潰しにいこうか」

アンジェリカは扉を開け、訓練室に入る。

燃える炎のように真っ赤な髪が揺れる。その背中からは殺気のような気迫がビシビシと伝わってお り、ルーミアは息を呑んだ。

その圧は模擬戦の比ではない。生半可な状態では戦いが成立しないというのが肌で感じ取れる。

だからこそ——苦しい思いをしてまで魔力を補充したことに意味がある。

(今の私の全力を超えた全力。どこまで通用するか……試してやる。たとえそれが一瞬の煌めきでもいい。今から私は……私を超える)

◇

ルーミアとアンジェリカは向かい合う。

それは初めに行われた模擬戦と同じような構図。だが、ルーミアもアンジェリカも顔付きが異なる。

ルーミアはもはや手合わせなどという温《ぬる》い考えはしておらず、それこそ命のやり取りを行うような、張りつめた緊張感で構える。

アンジェリカも同様だ。試験のような胸を貸すといった考えは持たず、ルーミアという排除すべき敵を見据えるような心持ちで立っている。目で殺すという言葉が似合うような様子でルーミアを見つめていた。

「開戦の合図はどうしますか？　コインでも弾きます？」

「好きにしろ。よーいドンの勝負は嫌いじゃない」

「奇遇ですね。私もです」

一定の距離を取って戦闘を始めることになるのだが、この場合の戦闘は基本的に攻撃射程の長い方が有利になる。片や近接戦闘特化の物理型白魔導師、片や全距離対応の最強魔導師。

距離があっても攻撃する手段を持つアンジェリカの方が有利であると言える。

それでも、ルーミアにメリットがないわけではない。距離があるということは、見て、反応する余地があるということだ。防御手段に乏しいルーミアの回避能力は至高の域に達している。

魔法の属性を、軌道を、射線を、見極めることができればルーミアに突破口が生まれる。

再戦ということもあり、互いの戦闘スタイルは割れている。初見殺しは通用しないと考えていいだろう。

そんな状況で、そんな状況だからこそ、ルーミアの取るべき手段は単純明快。

（私の原点を思い出せ）

奇をてらう必要はない。練り上げるのは原点の魔法だ。

「行きます。コインが床に落ちたら、でいいですね」

「ああ、来い。お前の本気を私に見せてみろ」

右手の拳を握り、親指にコインを乗せ、高々と弾いた。

それを見届けたルーミアは目を閉じて、深呼吸をした。

大丈夫。やれる。

そう言い聞かせる心境は、近いようで遠い昔のようにも思えるあの日に似ている。

だが、あの日とは違う。原点のこの魔法は、もうイチかバチかの最後の手段ではない。

ゆっくりと目を開ける。

極限の集中状態へと没入したルーミアの世界から色が消えた。

もうすぐ床へと達するコインの刻まれた模様やその回転までがよく見えた。

スローモーションに流れる世界の静寂を斬り裂くように、ルーミアは原点、身体強化《ブースト》の魔法を行使した。

「限界突破《リミットブレイク》・超過身体強化《オーバーブースト》」

その宣言を終えた瞬間、コインが音を奏でる。ルーミアにその音は届いていない。それでも、コインが床に達した。その認識さえできれば、ルーミアは十分だった。

最小限の動きで首を横に動かす。顔目掛けて射出された一発の風魔法がルーミアの髪を掠《かす》めて通り過ぎた。

「いきなり顔面狙いとは……穏やかじゃありませんね」

「避けておいてよく言う」

「受けたら……楽しい時間が終わってしまうじゃないですか」

「そうだな。時間が許す限り……」

「ええ、時間が許す限り……」

「私と踊ってくれ！」

「私と踊りましょう！」

ボッ、と空気を裂く音が幾重にも響く。

『魔弾』の名を恣にする象徴の魔弾が眩《まばゆ》い煌めきを放つ。

ルーミアはそれを避け、躱し、壊す。そうして少しずつアンジェリカとの距離を詰める。

息つく暇もなく押し寄せる弾幕。その対処に追われるルーミアは――まるでダンスを楽しんでいるかのように美しく舞っていた。

(当たらんな。これでもかなり散らしているが……反応速度がさっきとは桁違いだ)

アンジェリカは威力重視の魔弾を広範囲にわたって撒き散らしている。それも、むやみやたらに放つのではなく、ルーミアの行動を先読みして的確に狙い撃つようにだ。それでも、一手遅れるのは、ルーミアもアンジェリカと同様の読みを行っているからだろう。

(頭が弾けそうです……。でも、まだ、もっと、もっと、もっと！　無駄を削いで、最適化するんです)

色の消えた世界で、ルーミアは瞬時に魔法の軌道を読み、取るべき行動を最適化、次の選択肢の生成と破棄を繰り返す。

アンジェリカはルーミアが模擬戦で見せた、超回復に任せて強引に突っ切ってくるのを警戒している。そのため、威力重視の魔弾で、もし当たろうものなら一発で意識を刈り取れるような魔法を放つ。

それを溶けそうだと思うほどに熱く、それでいて氷のように冷静な思考でルーミアは最適に対処していた。

（意識外からの魔法も、なんとなく分かる）

アンジェリカが複数の魔法を使い分けてルーミアを追い込もうにも、ルーミアの反射神経と冴《さ》えわたる勘がそれを上回る。

速射も、曲射も、まるでそこに来ると分かっているかのように当たらない。魔弾が支配する空間を縦横無尽に斬り裂く白い閃光に、アンジェリカは高揚感を覚え、目を見開いた。

（まったく……嫌になるな。とんだ後衛殺しだ。私じゃなかったら瞬殺もいいところだぞ）

ルーミアを寄せ付けない立ち回りを徹底しているのにも拘わらず、彼女の勢いは止まらない。まるで背中に目がついているのではないかと錯覚するほどに視覚外からの魔法攻撃にも反応してみせる姿にはさすがのアンジェリカも苦笑いを浮かべた。

正面から速度で攻める風の魔弾。地から這《は》いあがるように足元で浮かび上がる炎の魔弾。背後から蛇のように忍び寄る水の魔弾。雨のように上空から降り注ぐ雷の魔弾。威力だけじゃない、制御方面にも全力で意識を割いていても、その魔弾はまだ届かない。

（愚直なまでに真っすぐな動きなのに追いきれない……か。消耗度外視、暴走モードといったところか）

アンジェリカも立ち回りの中で今のルーミアのスペックを冷静に測っていた。

模擬戦の際に得た情報と照らし合わせ、再認識、情報修正を細かく行う。その上で推測をし、ルーミアの形態を暴走状態と表現した。

アンジェリカから見て今のルーミアはあまりにも魔法の制御ができていない。だからこそ、いつ使用されるか分からずに警戒していた属性付与の魔法との併用は、『しない』のではなく『できない』のだと結論付けた。

その推測は当たっている。

今のルーミアはすべてを身体強化《ブースト》に費やした極地へと至っている。

制御を手放してより大きな力を得る反面、他の魔法と組み合わせて得られる汎用性を捨てている。

それでも、一点に突き抜けた力は多少のデメリットを帳消しにする。たとえ風を纏うことができなくても、雷を纏うことができなくても、白い軌跡は最強へと届き得るのだと証明する。

(あと二……三回切り返せば辿り着く。そこまで行けたら……私の間合いだ)

ルーミアはアンジェリカのもとに辿り着く未来を捉えた。

色のない世界で、彼女のもとへと辿り着く最適解のルートが彩りを放っている。

その超直感に身を委ねるルーミアは、あと数歩でアンジェリカの懐に入り込める地点までやってきている。

「ちっ、そこから先は危険地帯だぞ」

「いいや、そこはもう……私の領域です」

近付けば近付くほどに正確に狙い定める必殺の魔弾。

それらをすべて掻い潜り、踏み込んだ一歩はアンジェリカの支配を塗り替え、彼女の表情を僅かに曇らせた。この迎撃を叩き落としながら、伸ばした手は届く。現在と数秒先の未来を掌握したルーミアは、思い描いた光景に手を掛け――取りこぼした。

「え……？」

その超集中の思考に、一瞬のノイズが走る。まるで金縛りにかかったかのように、鈍りだした身体にルーミアは血の気が引くのを感じた。

（まずい。反動が……）

限界突破《リミットブレイク》・超過身体強化《オーバーブースト》。

今ルーミアの身体を作り変えている、原点の魔法が徐々に彼女の身体を蝕んでいく。

長く持たないのは分かっていた。制御できないのは分かっていた。限界を超えた強化が身体にかける負担は計り知れない。そんなことは覚悟していた。

それでも、それは諸刃の剣ではない、はずだった。

だが、突如として襲い掛かる反動が身体を鈍らせ、思考の妨げとなる。極限の集中が乱れたことで、ただでさえおぼつかなかった制御がより一層不安定なものになる。

クリアな思考とは裏腹に、身体が追い付かない。

雑念が混じって色を取り戻した世界で、思考と肉体に生じた僅かなズレ。たとえほんの一瞬の小さな出来事だとしても、最強の魔導師にとっては見逃すことのできない――大きな隙だった。

「温いぞ」

アンジェリカのギラついた瞳が失望の色に染まる。

彼女がルーミアに向けた、その指先が光る。

次の瞬間、色とりどりに輝く魔弾がルーミアの身体に突き刺さっていた。

「ぐっ……！」

吹き飛ばされたルーミアは呻き声を零しながら床を二、三度転がり跳ねた。攻撃を受けたのが胴体であるからかかろうじて意識は繋がっている。だが、胸部や腹部への強い衝撃で空気を吐き出したルーミアは苦しそうにむせ込んだ。

しかし、ルーミアが危機的状況だろうとそれはアンジェリカが追撃を緩める理由にはならない。

膝を立て、顔を上げるともう目前まで魔弾が迫っている。

「ちっ、回復《ヒール》ッ」

ルーミアは舌打ちを一つ零して回復魔法を発動する。だが、超過身体強化《オーバーブースト》に内包魔力のほとんどを費やして、それすらも枯渇しようとしている状態での魔法行使。ルーミアのコート内に仕込まれている緊急用魔力結晶が一つ砕け散った。

だが、肉体は正常を取り戻した。身体を捻り強引に回避行動を取ったルーミアは再び色のない極限集中の世界へと足を踏み入れ、アンジェリカとの距離を詰める。

（あと数秒でいい。それだけ持ってくれれば……届くっ！）

時間は残されていない。無駄を省き、弾幕の間を縫い、最短距離を駆ける。

「だろうな。お前は……そうするしかない」

（読まれたっ？　いや、誘導されたっ？）

「期待通りに動いてくれたな」

反応速度が常軌を逸し、最適を瞬時に判断できるパフォーマンスを発揮しているからこそ、ルーミアはその罠に気付かない。

ルーミアならばその弾幕の穴を突いて、肉薄してくるだろうという信頼。その期待に応えてしまったルーミアに向けられた指先に迸る魔力の奔流は、まるで死の宣告のようにも思えた。

「終わりだ」

（だったら、その期待を――裏切るっ！）

「限界突破《リミットブレイク》・超過身体強化《オーバーブースト》、解除《オフ》ッ！」

ルーミアが数ある可能性の中から導き出した起死回生の一手。

それは自身にスペックダウンを施す、無謀とも取れる一手。

だが、その一手はアンジェリカの虚を衝くと共に、ルーミアにあるメリットを与える。

制御の利かない暴走状態を解除したことで、一時的に制御が利く強化段階へと逆戻りする。

それこそが、アンジェリカの予測をズラす緩急を生む。

ルーミアのスピードがガクッと落ちたことで、限界突破《リミットブレイク》・超過身体強化《オーバーブースト》状態のルーミアの能力を当てはめて先読みしていたアンジェリカの想定が大きく崩される。

直撃を確信していた魔法は速度を落としたルーミアの鼻先を掠めて通り過ぎていく。

そして、強化段階は心もとない状態でも制御が利くということは小回りが利くということを意味する。鋭く、直線的な動きの中に、曲線的な変化が混ざる。

この一瞬、ルーミアはアンジェリカの想定を大きく外れた。それこそが絶望の中に差し込んだ一筋の希望。千載一遇のチャンス。

軋む身体に鞭《むち》を打ち、再度原点へと立ち返る。

「限界突破《リミットブレイク》・超過身体強化《オーバーブースト》」

幾重にも重ねられた身体強化《ブースト》を超えた身体強化《ブースト》。原点の力を纏いて、一瞬の煌めきに身を焦がす。

「――アアアァァッッ!!」

そして、咆哮と共に放たれる研ぎ澄まされた一閃。ここですべてを使い果たしても構わないと言わんばかりのなりふり構わない姿は、燃え尽きる前の一瞬の瞬きを纏って我が道を往く姿は。

儚くも、美しく、最も強い輝きを放つ流れ星のようだった。

エピローグ!?
『物理型白魔導師の軌跡』

ルーミアは夢を見ていた。

一本のろうそくに灯された炎が揺らいで消える。だが、その炎は消える直前に最も激しく燃え上がる。

(ああ……私もこんな風に、最後の輝きを放つことができたのかな……?)

そんなことを考えながらルーミアは目を開けた。

映りこんできたのは咲き誇る薔薇のような深紅の瞳。

(そうです。こんな風に……赤く、激しく、眩い輝きを……。私は求めていたんです)

薄ぼんやりとした思考でそんな風にその赤色を見つめていると、艶のある金色の髪が揺らめいた。

映し出される赤と金色。そして頭の下にある柔らかい感触。そこでルーミアは、彼女——リリスに膝枕をされているのだと気付いた。

「おはようございます」

「リリスさん……これはいったい……?」

「覚えてないですか?」

「覚えて……あっ」

リリスにそう言われてルーミアは思い出した。

本気のアンジェリカとの戦闘。それに今持てるすべてを出し切る全力で挑み、そして——。

「ああ、私……負けたんですね」

最後の記憶は被弾。ルーミアはその小さな身体にこれでもかというほど夥しい数の魔弾を受け、痛みを感じたのを覚えている。

つまり、アンジェリカに飛び掛かったルーミアは迎撃を受け、弾き飛ばされた。その衝撃で意識を失ったということだ。今もなお身体中に鈍い痛みが走っている。その理由はアンジェリカの魔弾を受けたから。その後、受け身も取れずに地面に叩き付けられたから。そして何より、身に余る力を宿した大いなる反動だ。

「回復《ヒール》……する魔力も残ってないですか。あぁ……悔しいです」

「ルーミアさん」

「最強の背中は遠いですね。こんなにも、遠い、なんて……」

「ルーミアさん！」

ルーミアの頬に一筋の雫が伝う。それが悔し涙なのだと気付くのに大して時間は要しなかった。

すべてを出し切ったが届かず、完膚なきまでに叩きのめされた。スッキリしているというのがルーミアの本音だが、まったく悔しさを感じていないというわけではない。

そんな風に感情を一人で完結させていると、ルーミアを覗き込むリリスの顔が不機嫌そうに歪んだ。ムッとした表情は何かを訴えたいと主張しており、我慢ならないといった様子でリリスは口を開いた。

「ルーミアさんは負けてません」

「何を言っているんですか？　リリスさんまで負けず嫌いになっちゃったんですか？」

「違います！　ルーミアさんが必死に伸ばした手は、確かにあの人へ届いてました」

「へ……？」

ルーミアはリリスが何を言っているのか理解できず、間の抜けた声を上げる。

確かにアンジェリカの魔法を受け、吹き飛ばされた。ルーミアはそれを覚えている。

だとしたらリリスの言っていることはどういうことなのだろうか。そう考えたルーミアだったが、ある可能性に辿り着き小さく息を吐いた。

「そっか。そうなんですね」

ルーミアはそれを覚えておらず、思い出せない。

平たく言ってしまえば、気絶した後の出来事をルーミアは知らないということだ。

リリスが嘘で励まそうとしているようには到底見えない。そこでルーミアは、気を失った後にその手を届かせたのだと思い至った。

だが、実感が湧かない。何故なら、その感触をルーミアは記憶に残せていないから。それでも、リリスの言葉ならば、嘘偽りなく本当に届いていたのだと信じられる。

「アンジェさんは?」

「ほんの僅かな時間でしたが気を失っていました。目を覚ましてからは自分の応急手当てをしたり、ルーミアさんの手当てをする私を手伝ってくれたりしてましたが……少し前にやることができたと言って帰ってしまいました」

「じゃあ、本当に?」

「はい、本当です」

「そっか。そうですか。私は……ちゃんと一矢報いることができたんですね」

「それはもう。だから……ルーミアさんは笑ってください。泣き顔もかわいくて素敵ですが……それを見せるのはきっと、今じゃありません」

そう言ってほほ笑んだリリスはルーミアの頬にそっと指を添わせた。涙を拭《ぬぐ》うように走る指先はなめらかでとても温かい。そんな心地よさの中にくすぐったさを感じたルーミアは思わず顔を綻《ほころ》ばせた。

「ルーミアさんは頑張りました。素敵でした。とても……かっこよかったです」

「は、恥ずかしいです」

「見ていてほしいと頼んできたのはルーミアさんです。正直、お二人の激しい戦闘は目で追うのがやっとでしたが……ルーミアさんのことは見逃さないように頑張って目を凝らしました。だから……あなたがその瞬間を覚えていなくても、私の中にちゃんと刻まれています」

リリスはルーミアの耳を優しく触り、その手を頭へと移動させる。

頑張った子供を褒めるかのような優しい手つきでルーミアの頭を往復させる。

その手はつい受け入れてしまうほどに心地よく抗えない。うっとりとした様子でその快楽に身を任せるルーミアは、もっと溺れていたいとさえ思ってしまった。

猫のように目を細めて気持ちよさそうにしているルーミアに、リリスはうっすらと笑いかけて思い出したように声をかける。

「それと、アンジェリカさんから伝言です。ルーミアさんが起きたら伝えてほしいと頼まれていたんでした」

「アンジェさんはなんと?」

「次は勝つ、だそうです。アンジェリカさんも勝ったとは思ってなさそうでしたし、再戦に向けて鍛え直すから覚悟しておけ、と」

「そうですか。次ですか。次があるのなら……私もこんなところで立ち止まってられませんね」

ルーミアはおもむろに手を伸ばした。その手の先にアンジェリカの姿を思い浮かべて、その背中に手をかける様を想起した。

残念ながらルーミアの記憶には残っていない。それでもリリスの記憶には鮮明に刻まれている。

その瞬間を実感できなかったのは残念だが、精一杯輝いた瞬間を覚えていてくれる人がそこにいる。

ルーミアはそれだけで満足だった。

「立ち止まってられない……ですか。そう思うのなら早く立ち上がってください。ルーミアさんが重くて動かせないのでこうしていますが、そろそろ私の足も痺れてきますよ」

「……あの、私が重いみたいに言うのやめてくれませんか？　重たいのは私じゃなくてブーツです」

「それは失礼しました。では、軽い軽いルーミアさん、動けますか？」

「……ちょっと厳しいです。もう少しだけ、このままでいさせてください」

反動で怠い身体を動かすのが億劫というのもあるが、どちらかというとこの温かくて心が安らぐ癒しの時間にもう少しだけ浸っていたいというのが本音だ。

（もう少しだけ、わがままを言う私を許してください）

ルーミアは心が満たされるのを感じてうとうとと舟を漕ぎ始めた。

「まったく……甘えん坊さんですね」

リリスは困ったように笑い再度優しい手つきでルーミアの綺麗な髪を梳《す》き始めた。

ルーミアは襲い掛かる微睡《まどろ》みに抗うことをやめ、ゆっくりと落ちてくる瞼《まぶた》を受け入れた。

◇

その後、再び目を覚ました頃には幾分か魔力も回復していた。

ルーミアはその魔力を使い、切らしていた一段階の強化を纏い直し、後回しにしていた治療を回復魔法で行った。

そして、律儀に膝枕を継続し、離れることなく傍にいてくれたリリスにも魔法をかける。痺れきって感覚もなくなっている太腿に触れ、痺れを取り去るとリリスの強張った表情が幾分か和らいだ。

(とても気持ちいい膝枕でした。ぜひまたお願いしたいです)

ルーミアが頭に残る柔らかい余韻に浸っていると、ふと二人の視線が絡み合った。

「ルーミアさん、改めて昇格おめでとうございます」

「……ああ、そういえばそういうのありましたね」

ルーミアは一瞬リリスがなんの話をしているのかと思い首を傾げたが、つい先程まで昇格試験を行っていたことを思い出してハッと声を上げた。

アンジェリカとの本気の戦闘が濃すぎてすっかり忘れていたルーミアだったが、リリスの信じられないと言わんばかりの視線を受け思わずたじろいだ。

「結構一大イベントだったと思うのですが……忘れてしまうなんてルーミアさんらしいですね」

「えへへ」

「言っておきますが褒めてませんよ」

「はい、ですよねー」

リリスの視線を受けしゅんとしたルーミアはもじもじしながら自身の指を突き合わせた。

そんないじらしい姿にリリスは呆れたように息を吐き会話を続ける。

「Aランク昇格ともなれば周囲の冒険者さん達も巻き込んで大々的にお祝いすることの方が多いですが……ルーミアさんはそういうのを好むタイプじゃないですよね？」

「まあ、祝われるのは悪くないですが……お祭り騒ぎはちょっと……」

「ルーミアさんの場合、また色んな人に囲まれて、お祭りが血祭りになってしまいそうでちょっと怖いです」

「……私のことをなんだと思っているんですか？」

リリスの中のルーミア像はいったいどれほど野蛮なものになっているのだろうか。ルーミアは思いもよらない評価にげんなりとした表情を浮かべる。しかし、ここ最近になってルーミアの手が早くなっているのも事実。流血沙汰までは起こさないと思いたいルーミアはややむくれた表情を見せるが、リリスが性格や好みなどを把握してくれていて少しだけ嬉しくなりにやけてしまった。

そんな風に思いながらだらしない表情を浮かべていると、リリスは懐かしむようにルーミアに話を振った。

「ルーミアさんは……私達が初めて会った日のことを覚えてますか？　ついさっきのことも忘れてしまうようなので覚えてないですか？」

「さすがに覚えてますよ。あの日……リリスさんが私に声をかけてくれたんです」

「覚えてますか……。懐かしいですね。あの時はルーミアさんがこんな風になるだなんて思ってもみませんでした」

「でしょうね。むしろあの頃に私の成長や進化の方向性を予見できていたら、それはもう称賛を通り越して驚愕です」

「あはは、ですね。あなたは……本当に予想外の成長で、予想外のところまでやってきました」

リリスの真っすぐな言葉、真っすぐな想いにルーミアは胸が熱くなるのを感じた。

だが、振り返ってみればそこに辿り着く。ルーミアの始まりはきっとあの日だった。

「私はあの日……リリスさんが声をかけてくれたから、今の私があると思っています。それが他の誰でもない、新しい私の在り方を否定せず、受け入れ、認めてくれた貴方だったから……本当にありがとうございます」

「な、なんですか急に改まって」

「感謝しています。私がここまで来れたのは、私だけの力じゃありません。リリスさんにいっぱい支えてもらいました。だから、何度でも言います。本当にありがとうございます」

「……改まってそんな風に言われると照れます」

リリスは顔を赤く染めてルーミアから目を逸らした。

だが、ルーミアは意地悪をしたり、からかったりしたくてそのように言っているわけではない。普段は恥ずかしく言えない本心を、今だからこそ真っすぐに伝えられる。

(だから。願わくは。これからも――)

「私を見ていてください。私を支えてください」

「バーカ。そんなこと、言われなくても。貴方の専属が務まるのは私だけです。貴方みたいな面白い女の面倒見る役割……譲ってやるもんですか」

「ん……？　何か貶されてるような……いや、気のせいですか」

一瞬貶されているような気がして眉をひそめたルーミアだったが、続くリリスの言葉を待つ。

まくし立てるように言い放つリリスは大きく息を吸い、ルーミアにビシッと指を向けて不敵に笑った。

「だから――見せてください。私が飽きるまで、飽きてからも、何度も、何度でも……！　貴方の、貴方だけの、ルーミアさんの描く物語を！」

その言葉を受けてルーミアは驚いたように目を丸くした。

リリスの心からの願いを受け、応えなければいけないと思った。

ルーミアはリリスと同様にニッと歯を見せて笑い、同じように指をリリスに向けた。

「それが貴方のお望みならば、私は全力で応えましょう。だから、遅れずに付いてきてください。一瞬たりとも見逃さないでください。何度も、何度でも見せつけてやります。決して飽きさせはしません。ずっと、ずっと、一番の輝きを放って、貴方の心を掴んで離さないと約束しましょう」

「……ルーミアさん」

「目に、胸に、心に、深く刻み込んであげます。だから貴方は特等席で見守ってください」

——私の描く【物理型白魔導師の軌跡】を——

《了》

あとがき

はじめまして、桜ノ宮天音と申します。

この度は物理型白魔導師の軌跡第一巻をお手に取っていただき誠にありがとうございます。

あとがきということなので今回は物理型白魔導師誕生秘話でもお話しできたらと思います。

実を言いますとこの作品を生み出すことができたのは本当に偶然でした。他の作品を手掛けている時に何か参考にできるものはないかと過去の設定集などを漁っていた際に見つけたのが物理型白魔導師の書き出しだったわけです。

そこで『面白そう』『過去の自分中々やるじゃん』と思い書き始めたものの、発掘まで一年以上かかっていたため、当時の自分がどのようなことを考えて物語を綴《つづ》り始めたのかを汲《く》み取るのが中々に厄介な点でした。

それでも、書き始めてみると主人公のルーミアがタイトル通りに暴れてくれたので、筆は進み、楽しく書き進めることができました。

主人公のルーミアは白魔導師という支援や回復が専門の職業ながらも、自らが前線に立って戦うスタイルということで、まさにメインタイトルにもある通り物理型白魔導師というわけですが、いかがだったでしょうか？

このような、本来の能力値からは推測できない方向への成長がコンセプトだったので、本来一人では戦えないのにソロ、後衛職なのに前衛に立つ、魔法主体なのに肉弾戦などなど、意表を突いたスタイルの主人公を描いてきました。とても楽しかったです。

引き続きルーミアの魅力を前面に押し出していけたらと思います……！

さて、この辺りで謝辞を述べさせていただきます。

担当編集のO様。この度は多大なご支援を賜りまして誠にありがとうございます。作品をより良くするためのアドバイスをいただいたり、不安な箇所の相談に何度も乗っていただいたりと、親身になって接してくださり、なんとお礼申し上げればいいか……。とても心強く、頼りにさせていただいてました……！

本作のイラストを担当してくださったすきま様。素敵なイラストでキャラに命を吹き込んでいただきまして本当にありがとうございます。どのキャラもとても魅力的に仕上げてくださったので、立ち絵や挿絵、カバーイラストなど頂いた際に好きすぎて爆発四散してました。

また、本書の出版に関わったすべての皆様、多大なご尽力ありがとうございます。この場を借りて厚く御礼申し上げます。

そして何より、本書をお手に取ってくださった読者の皆様。重ねてお礼申し上げます。たくさんの作品の中からこの『物理型白魔導師の軌跡』を見つけ、お手に取っていただけたこと、どれだけ感謝してもしきれません。本当にありがとうございます。

それではまた、二巻でお会いできたらと思います。

桜ノ宮天音

幼女無双
～仲間に裏切られた召喚師、魔族の幼女になって
【英霊召喚】で溺愛スローライフを送る～
presented by
yocco
ill. にもし
1～2巻好評発売中！
幼女になったけど…
英霊召喚で無双しちゃう!!
魔族の四天王や家族に溺愛されるスローライフ開幕！
©yocco

我輩は猫魔導師である
～キジトラ・ルークの快適チート猫生活～
1～3巻好評発売中！
猫神信仰研究会
nekogami sinkou kenkyuukai
ハム
転生したらチートな猫でした！
目指せ！三食昼寝付きのペットライフ！
©nekogami sinkou kenkyuukai

唯一無二の最強テイマー
～国の全てのギルドで門前払いされたから、
他国に行ってスローライフします～
原作：赤金武蔵　漫画：田村紘一
キャラクター原案：LLLthika
異世界還りのおっさんは
終末世界で無双する
原作：羽々音色　漫画：ダンタガワ
処刑された聖女は
死霊となって舞い戻る
原作：緒二葉　漫画：蚊
キャラクター原案：みなせなぎ

雷帝と呼ばれた最強冒険者、
魔術学院に入学して
一切の遠慮なく無双する
原作：五月蒼　漫画：こばしがわ
キャラクター原案：マニャ子
モブ高生の俺でも
冒険者になれば
リア充になれますか？
原作：百均　漫画：さぎやまれん
キャラクター原案：hai
魔物を狩るなと言われた
最強ハンター、
料理ギルドに転職する
原作：延野正行　漫画：奥村浅葱
キャラクター原案：だぶ竜
COMIC NOVA ノヴァ
https://www.123hon.com/nova/
話題の作品
続々連載開始!!

物理型白魔導師の軌跡 1
～ソロの支援職、自分にバフを盛って攻撃特化無双。後方支援？ そんな事より暴力です！～

発　行
2023年9月15日　初版発行

著　者
桜ノ宮天音

発行人
山崎　篤

発行・発売
株式会社一二三書房
〒101-0003　東京都千代田区一ツ橋2-4-3 光文恒産ビル
03-3265-1881

印　刷
中央精版印刷株式会社

作品の感想、ファンレターをお待ちしております。
〒101-0003　東京都千代田区一ツ橋2-4-3 光文恒産ビル
株式会社一二三書房
桜ノ宮天音 先生／すきま 先生

Printed in Japan, ISBN 978-4-8242-0009-9 C0093
※本書は小説投稿サイト「小説家になろう」（https://syosetu.com/）に
掲載された作品を加筆修正し書籍化したものです。